家族文化再造与中国当代散文

JIA ZU WEN HUA
YU
ZHONG GUO DA

葛杰 何平 著

国家出版基金项目
NATIONAL PUBLICATION FOUNDATION

文化自信与中国散文丛书
吴周文 王兆胜 陈剑晖 主编

SPM 南方出版传媒
广东人民出版社
·广州·

图书在版编目（CIP）数据

家族文化再造与中国当代散文 / 葛杰，何平著. —广州：广东人民出版社，2020.3（2023.1重印）
（文化自信与中国散文丛书）
ISBN 978-7-218-14197-8

Ⅰ. ①家… Ⅱ. ①葛… ②何… Ⅲ. ①散文—文学研究—中国—当代 Ⅳ. ①I207.67

中国版本图书馆CIP数据核字（2020）第024561号

JIAZU WENHUA ZAIZAO YU ZHONGGUO DANGDAI SANWEN
家族文化再造与中国当代散文

葛杰 何平 著

出 版 人：肖风华

责任编辑：古海阳
责任校对：黄炜芝
排 版：奔流文化
装帧设计：礼孩书衣坊
责任技编：吴彦斌 周星奎

出版发行：广东人民出版社
地 址：广州市大沙头四马路10号（邮政编码：510199）
电 话：（020）85716809（总编室）
传 真：（020）83289585
网 址：http://www.gdpph.com
印 刷：永清县晔盛亚胶印有限公司
开 本：787毫米 × 1092毫米 1/16
印 张：14.25 **插 页**：2 **字 数**：205千
版 次：2020年3月第1版
印 次：2023年1月第2次印刷
定 价：58.00元

总 序

散文在中国源远流长、历史悠久、积累丰厚。它不仅博大精深，是中国的特产，是受西方文艺思潮影响最小的文体，而且是中国人的文化读本，也是中华民族精神的主要载体。可以说，中国散文在中国文化中占有重要的地位，是中国最大的一笔文学遗产。但是，过去我们对散文研究不够，更没有从民族复兴、当代文化建设，尤其是从国家文化战略、文化自信的高度来研究散文。有鉴于此，丛书立足于传统与现代、历史与现实，将散文看作一种精神纽带，将其同当代文化建设、民族复兴、文化自信，以及整个中华民族国民素质、精神文明水平的提高联系起来。

本丛书的理论起点，是基于中国散文与中国文化的一种内在逻辑关系。这种关系主要体现在三个层面：一是中国文化为散文的发展提供了丰厚的土壤，而中国散文则是中国文化的组成部分，是中国文化的一种载体；或者说，是将中国文化具体化、书面化和审美化的一种文体。二是散文与文化处于一种共构共荣、相长相生的状态：它们既共同承载着一个国家、一个民族的精神追求，体现了一个社会共同的价值标准，又是现代人的精神、感情和心灵的栖息地。三是中国文化和中国人文精神唯有在散文这种文体里，才能得到最为充分、扎实的传承和发展，这是其他文体所无法比拟的。

当前的中国已进入商业和高科技主导的信息时代，在文化转型的时代急变中，特别在物质文明取得高速发展的同时，要保证国民的精神不空虚、价值不迷失、道德不沦丧、理想不失落、审美不麻木，就必须重新发现中国散文的价值，发掘中国散文丰沃的思想文化和审美资源，以此助益当代文化建设。因此，本丛书的学术价值与现实意义主要体现在：其一，在中国传统散文中挖掘文化的价值。其二，塑造一种新的、符合现代性要求的文化人格，在反思文化中激发对文化生命理想的追求。其三，建构一种适合时代要求，能有效提高国民精神和审美感知水平的审美文化。其四，拓宽散文研究视野，改变传统散文研究就散文论散文的狭小格局。

同时，本丛书还具有较强的创新意识和体系意识。这主要从五个维度的展开与“散文文化”的提出这两个方面体现出来。

五个维度，指的是传统散文的维度、社会性的维度、中西文化融合的维度、国家文化战略的维度、精神建构与审美感知互补的维度。

“散文文化”概念是第一次提出，此前国内尚没有人提出这一概念。在此，我们有必要对“散文文化”进行一点阐释。

以往我们一般提“诗文文化”，但由于我国有强大的诗歌写作传统，且诗歌一直被视为最高级的文学样式，所以在许多研究者那里，诗被抬到了至高无上的地位，而“文”却越来越边缘化。事实上，自唐代举行科举考试后，人们便越来越重视“文”，由是散文的作用也就越来越大。及至“桐城派”，散文更是影响了一个时代的文风。所以，从文学史的演进发展来看，“文”对中国文化和人们日常生活的影响最大，它比小说、诗歌更全面、更深刻地影响着当代文化。尤其在信息化的互联网时代，因全民性的网上写作，散文更是全方位地影响着当代的日常生活。

中国“散文文化”的价值，首先体现在它与普通人的日常生活的关系上。散文既是一种文学写作，又是一种文化操作实践，一种面对现实生活和广大民众的独特发言。从古至今，散文都是从中国文化最根基性的部位，真实记录历史、社会和普通人的日常生活的。散文作为一种根基性写作，作为中国文化的一部分，已渗透进每一位中国人的精神血脉之中。它在不同的领域被应用，并以其潜在、缓慢又富于韧劲的特有气质参与到当代文化建设中。

其次，“散文文化”是中华民族情感的结晶。我们看历史上那些优秀的散文，无不体现了中华民族的感情结构和心理结构，正所谓：“读诸葛孔明《出师表》而不堕泪者，其人必不忠。读李令伯《陈情表》而不堕泪者，其人必不孝。读韩退之《祭十二郎文》而不堕泪者，其人必不友。”可见，散文这种文学形式在整个中国文化当中占据非常重要的地位，它凝结着中国人的思想价值、文化理想，渗透进了中华民族浓浓的情感基因。从这个意义上说，我们研究中国散文就不仅仅是研究一种文字的写作，而是探究一种深植于文化中的大爱和人文情怀。我们的散文研究，要尽量透过散文作品的表层文字，挖掘出深藏于文字背后的民族情感原型和精神原型，使其更好地融入当代文化建设中。

再次，“散文文化”还凝聚着中华民族的智慧。中国的散文里充满了一种东方式的智慧，这种智慧有两个特征：一是“以寓言为广”。如《庄子·养生主》中的“庖丁解牛”，就相当典型地体现出庄子诗性智慧写作的特色，这个寓言主要通过庖丁高超的解牛技巧来隐喻某种生存之道。二是倾心于“平常心是道”的禅风与“以心传心，不立文字”的直觉思维方式。柳宗元的《始得西山宴游记》、苏轼的《记承天寺夜游》都是颇具“禅味”的散文小品。

中国的“散文文化”犹如一条大河，它时而波涛汹涌，时而涓涓细流，时而泥沙俱下，时而明净清澈。但不管如何曲折和难以辨析，“散文文化”都是中国人不容忽视的一笔精神财富和文学遗产。梳理、辨析“散文文化”传统的同时，再看看中国当代文学，我们深感中国当代文学从新时期之初开始，骨子里就缺乏一种文化自信和文化自觉。由于缺乏文化的主体性，才会一切唯西方马首是瞻，抱着如此矮化自己的奴性心态，中国当代文学怎么有可能进入“世界文学之林”？所以，在当下这样一个互联网、新媒体和传统文化相碰撞、相融会的时代，中国当代文学的确有必要回归到产生诗性的原初之处，回归到我国“散文文化”的伟大文学传统中。我们当下的文学创作与研究只有从“散文文化”中获取营养，才能使自己孱弱的身体强壮起来，在实现中华民族伟大复兴的新时代中精神饱满地再出发。本丛书的出版即是在这方面作出的有益尝试和探索。

吴周文　王兆胜　陈剑晖

2019年10月20日

目录
contents

导 言

一、家族文化衍变与家族文学母题的传衍

"'家族'是中国文化的一个最主要的柱石，我们几乎可以说，中国文化，全部都从家族观念上筑起，先有家族观念乃有人道观念，先有人道观念乃有其他的一切。"[①]作为中国传统文化的有机组成部分甚至可以说是重要支柱，德国哲学家黑格尔把中国的民族精神称之为"家族的精神"。在传统社会中，家族文化在践行纲常伦理、维护社会稳定、巩固国家政权方面发挥着不可替代的作用，同时也影响着每一个中国人的思想、道德与精神追求。

家族文化不是一成不变的，它一定是特定历史时期的产物，在社会不同的发展阶段呈现出不同的风貌。家族文化如果适应社会发展，人们便遵循、敬畏和歌颂；家族文化如果不适应甚至阻挠社会的进步，人们便憎恶、批判和重建，是故家族文化一直处在动态的衍变之中。进入现当代，伴随着中国社会结构的转型，家族文化分别发生了两次重大变化，第一次是现代工业文明的侵入，中国传统自然经济解体，家族赖以生存和发展的经济基础坍塌，家族文化的表层结构产生了剧烈动荡；第二次是进入当代以后，私有制被消灭，轰轰烈烈的土地改革分化了传统的家族单元结构，家族文化的表层结构趋于断裂。

之所以一直强调"表层结构"的衍变，主要是相较家族文化的

① 钱穆：《中国文化史导论》，商务印书馆1994年版，第51页。

“深层结构”而言。家族文化恰如河上之桥，桥会断裂也会被修复，会坍塌也会被重建，但桥下的河流却是静水流深，甚至是“抽刀断水水更流”。而这河流的动力之源，并非简单来自家族“定远近分亲疏”的秩序感、“守纲常卫伦理”的道德感，以及国家权力统治的强制要求，而是来自数千年来沉淀下来的文化势能，家族文化已自发成为每个中国人的情感需要和终极关怀。

对于中国人而言，整个20世纪是一个转型和裂变的时代。中国的历史进程不再遵循它固有的运行规律，中国人的精神世界也发生了翻天覆地的变化。20世纪的中国文学不仅见证、记录着这些历史、精神的事实和嬗变，而且对于如何去陈述这些事实和嬗变也呈现出不同的视角和话语。随着时间的不断推移，这样的“不同”会变得更为明显。因此，当我们今天通过文学阅读去重建20世纪历史和精神的意义世界，同时构建20世纪文学书写史时，就会发现它陈述的多种可能性。

需要说明的是，本书研究家族文化衍变，区别于从历史学、社会学等角度研究家族的文本，而是立足于关于家族母题的文学作品，古代以《诗经》《离骚》等作品为例，近代则选取与家族相关的小说、散文，及至当代则重点研究“家族记忆散文”。而我们研究的“当代家族记忆散文”，考察范围实际上也没有局限在当代，而是追溯到近现代乃至古代，这里面既有出于厘清家族文化衍变脉络的考虑，找出陈述视角和话语的“不同”，同时也想找到不同时期的家族母题文本之间，存在的某种一直构成传衍的、幽暗而连贯的联系。

这种联系体现在，虽然关于家族母题文学作品的书写不绝如缕，但作者对家族的态度均呈现出一种断裂边缘的“撕扯感”，表现为：理智上批判家族文化，但在情感上却时时眷恋反顾；家族结构趋于解体，家族文化日渐式微，却还在极力找寻关于家族的碎片式的记忆。这种“撕扯感”，主要源于家族文化表层结构决裂，但深层结构难以割舍，作家试图在这种撕扯中完成自我的身份确认与精神画像，其实质是现代文明与文化原乡的角力。

这种联系还体现在，作家的家族故事既是丰富多彩，又是统一样态、重复发生的。家族文化的衍变实则伴随的是每个家族成员的活动轨迹变化，包括行为的迁移和思想的转变，但他们的相似性和统一性在于，都经历过“离乡—还乡”的过程。起初是主动从家族离开，或者是外界的力量迫使他们远离家族；而后再返回家族，表现为成年之后的现实还乡，或找寻关于家族的记忆；最后，从家族再出发，发现更多关于家族、历史、人性的真相。

本书第一章论述家族文化起源与中国古代文学母题原型。家族的起源有其复杂的政治、经济、文化背景，儒家和道家这两大文化源头共同涂抹了家族文化的底色，也决定了每个中国人在伦理、道德、精神领域的基本评价和价值取向。事实上，通过研究诸多现当代家族文学作品，我们发现其无论开出怎样的花朵，都沾着那最初的文化心理土壤。是故，“衍变”中又有“不变”。

第二章论述家族文化的衍变与中国现代知识分子的“寻根”。家族文化是被横眉冷对着走进现代中国的，魂附于家族的封建政治伦理和礼教遭到前所未有的质疑和批判。但中国现代知识分子在冲破家族铁屋子“呐喊”的同时，也面临着离家后的“彷徨”，家族文化缠绕上了一丝新式乡愁，“除根”后还要再去“寻根”。

第三、四章论述家族文化的衍变与家族记忆散文创作。政治动荡不安、战祸绵延不断，家族被裹挟其中，风雨飘摇。时过境迁，在20世纪90年代后，“经历的我”成长为“叙说的我”，催发了家族记忆散文的创作。而家族记忆散文作家群所呈现出的对真实的追寻，对个体的关注，既是在“重拾记忆”，也是在“重返五四”。

家族文化是每个时代政治、经济、文化的一面镜子。在研究过程中，我们试图梳理清楚，在不同的时代背景下，家族文化内容有什么被更替了，有什么被改造了，又有什么被创造了。我们清醒地认识到，家族文化的衍变，除了源于不可抗的历史进程，更多的推动力来源于公共话语流通领域，乃至国家权力对它运用和阐释的变化。而在中国文学长河中，围绕家族文化展开的讨论和评价，既是基于叙述者自己的体验，也是基于某种文化选择的立场和策略，这其中既融入了知识分子对国民性改造的努力，也寄寓了他们对民族实现现代化的愿望。

在研究家族母题的文学文本时，我们的目光往往会聚焦于作者。他们带着冷峻的启蒙视角打量着家族文化，家族同样也回投以“冷冷的观照”，无论如何努力，在与家族文化的对抗上，他们注定出发伊始就走上了虚妄之途。但他们依然在记录和讲述着，徘徊在理智与情感之间、离开与回归之间、怀疑和认同之间、真实与谎言之间。选择的困境与丰富的痛苦，身份的焦虑和叙述的禁忌，构成了家族叙述的多种意蕴，同时也让家族文化的研究视野溢出家族本身，引导我们去关注和探寻那失落的文化原乡和永恒的精神家园。

二、家族记忆散文创作与研究概貌

（一）当代家族记忆散文创作

家族记忆散文是本书研究的一个重要板块，在中国近现代，以鲁迅、巴金等作家为代表创作的现代家族小说，研究者着墨颇多；但学术界对当代家族记忆散文的创作，却没有足够的重视。现代与当代所处社会阶段不同，关于家族的书写必定有不同的视角和气象，而且家族记忆散文所表现出的对个体记忆的挖掘，对散文文体自身的革新以及对现代史的介入和重建，都是值得我们去梳理和探究的。

20世纪90年代以降的散文蓬勃发展，甚至有人将它与“五四”散文并论。散文，作为一种书写门槛较低且相对自由活泼的文体，成为人们书写日常话语的主要文学工具，同时作为一种思想表达最直接无碍的文体，也成为知识分子保留独立思考、寄托人文情感、闪烁思想光辉的“自己的园地”。许多学者、小说家纷纷涉足这一文体，由此诞生出了像文化散文、学者散文、小说家散文这样的散文类型。20世纪90年代以来，散文文体被广泛讨论，包括贾平凹提出的“大散文”概念，强调散文要有时代性、现代性，境界要高、格局要大；林贤治提出的“元文学”概念，认为散文是一种包容甚至混沌的文体，自由无拘，驰骋无界。而无论是“大散文”还是“元文学”，都显示了散文这一文体扩张的野心，但散文在迎来它繁茂春天的同时，也带来了散文概念的泛化，由此引发了散文的文体之争。无论是中国大陆的“非虚构写作”还是台湾的“跨文体写作”，都是散文主动求变、求新的产物，而理论的百家争鸣又影响到散文的创作。家族记忆散文就是在这片土壤中受到滋养并生长、活跃起来的。

在20世纪，有人曾经试图对散文写作进行严格的规范，像30年代的“以自我为中心，以闲适为格调”，五六十年代的“形散神不散”，不管是参考性范畴，还是强制性范畴，都只是被部分人认同、接受，但时过境迁，这样的“他律”往往失去其约束力。这和小说、诗歌、戏剧相对稳定的规定性殊异。因此，散文文体的开放和民主虽然给散文写作者带来了极大的自由度，但同时也带来了命名和边界厘定的困难。而家族记忆散文之所以在20世纪90年代以后自成一股潮流，既是时代背景所致，同时放在整个现当代文学史考察，又有其深远的渊源。概括来讲，中国大陆家族记忆散文可以说是“文革”结束之后悼忆散文的回响，而台湾家族记忆散文可以说是自20世纪50年代在台湾地区兴起且一直延续至今的怀乡散文的变奏。“文革”结束后，新时期散文以悼忆散文发轫，如巴金的《怀念萧珊》、孙犁的《亡人逸事》、宗璞的《哭小弟》、李锐的《怀念田家英》、韦君宜的《蜡炬成灰——痛悼杨述》、楼适夷的《痛悼傅雷》、艾青的《思念胡风和田间》等。进入20世纪八九十年代后，他们的后代开始叙述，由怀念同辈亲友转为追忆父辈，如王安忆的《话说父亲》、阿城的《父亲》、陈祖芬的《爸爸》、何立伟《一点不能忘记的记忆》、贾平凹的《祭父》、梁晓声的《父亲》等，这其实是家族记忆散文的滥觞。大陆家族记忆散文的创作以短篇居多，比较典型的是《花城》杂志自2010年第1期起开设的《家族记忆》专栏，刊登家族记忆散文。代表篇目摘录如下：

荆歌《父亲·母子对话》（2010年第1期）、陈希我《关于母亲，我说不清》（2010年第2期）、赵荔红《芳香年代》（2010年第3期）、刁斗《一个虚无主义者的正常死亡》（2010年第4期）、北岛

《父亲》（2010年第5期）、沙泊《风花雪月“2.30”》（2010年第6期）、何庆华《桃李劫》（2011年第1期）、张尔客《母亲的牙齿》（2011年第2期）、耿翔《母亲本纪》（2011年第3期）、梁绍武《父亲没有故事》（2011年第4期）、彭建平《菜园母亲瓜棚事》（2011年第5期）、俞天白《离离草》（2011年第6期）、刘荒田《贵叔·他的和我的家族》（2012年第1期）、黄金明《跟父亲的战争》（2012年第2期）、王桂科《我的母亲》（2012年第3期）、徐南铁《柔软的烙印》（2012年第4期）、陈善壎《记忆的废墟》（2012年第5期）、白桦《我的爹娘》（2012年第6期）、傅菲《草帽下的雨季》（2013年第1期）、吴向东《一个轻度斜视者的记忆》（2013年第2期）、盛慧《来处》（2013年第3期）、林岗《父亲的奥德赛》（2013年第4期）、马必文《故乡的老屋》（2013年第5期）、陈霁《父亲时代》（2013年第6期）、朱朝敏《1954：母亲的孤洲》（2014年第1期）、胡晓君《心祭》（2014年第2期）、伊丽《爱情的挽歌》（2014年第3期）、沈宁《父亲终生不忘的三个恩人》（2014年第4期）、姜宗福《末代槽坊》（2014年第5期）、黄惟群《风雨父辈》（2014年第6期）、马鼎盛《我和母亲红线女》（2015年第1期）、李颖《父亲的三个可疑身份》（2015年第2期）、李银河《童年·沁县·小波》（2015年第3期）、曾晓文《远方的父亲》（2015年第4期）、王啸峰《弄堂里的祖母》（2015年第5期）、东方莎莎《血脉中的盐》（2015年第6期）、南子《回来的人》（2016年第1期）、刘平《亨爷略记》（2016年第2期）、宋可望《远百堂琐话》（2016年第3期）、朱零《陪老头去远方》（2016年第4期）、杨春《风中的父亲母亲》（2016年第5期）、张梅《光芒万丈》（2016年第6期）。

而除了短篇创作，中国大陆家族记忆散文也涌现了一些优秀长篇，如范培松的《南溪水》（《钟山》2012年第2期）、南帆的《关于我父母的一切》（2004年）、阎连科的《我与父辈》（2009年）、刘剑波的《姥娘》（2012年）、萧功秦的《家书中的百年史》（2014年）、庞进的《秦人家事》（2015年）等。相较短篇的精悍，长篇因其跨度之长、逻辑之完整、思想容量之大，更能体现出家族记忆散文的创作特点。

而台湾地区的家族记忆散文发端于台湾的怀乡散文。台湾怀乡散文自20世纪50年代兴起，一直是台湾地区长盛不衰的文学潮流。由于时局的变化和时代的发展，台湾怀乡散文在不同时期也包孕了不同的文化蕴质和美学意识形态，包括在80年代又分化出探亲文学一脉，都可以说是台湾家族记忆散文的缘起。而随着90年代台湾“解严”，两岸文化交织，大量回溯家族记忆、抒发家国之思的家族记忆散文出现了。代表作品有：骆以军的《月球姓氏》（2000年）、钟文音的《昨日重现：物件和影像的家族史》（2001年）、周芬伶的《母系银河》（2005年）、钟怡雯的《野半岛》（2007年）、张大春的《聆听父亲》（2008年）、齐邦媛的《巨流河》（2009年）、简媜的《天涯海角》（2011年）、张辉诚的《离别赋》（2011年）、郑鸿生的《寻找大范男孩》（2012年）、郝誉翔的《逆旅》（2012年）、亮轩的《飘零一家：从大陆到台湾的父子残局》（2012年）、周志文的《家族合照》（2013年）、陈浩的《女儿的台湾，父亲的大陆》（2013年）等。这些文本中有的是半纪传体式的鸿篇巨制，如《巨流河》《飘零一家：从大陆到台湾的父子残局》等；有的则是采取合集的形式，各个篇目统一在“家族记忆”这一主题之下，如《女儿的台湾，父亲的大陆》《家族合照》等。

纵观两岸家族记忆散文创作，虽然在创作风貌上不尽相同，包括大陆以短篇为主，台湾以长篇居多；大陆更趋于温柔敦厚，而台湾创作则带有明显的实验性质，但它们的核心特质和发展阶段却是相似的。20世纪90年代以前，可以说是家族记忆散文的发酵期，出现了家族记忆散文的前身（在大陆是悼忆散文，于台湾是怀乡散文），酝酿着家族记忆散文的核心特质，确立了家族、家庭的写作视角。90年代以后，随着二代开始书写父辈，家族记忆散文迎来了它的发轫期，也确立了作为后代——“我”叙述的合法性。进入21世纪，随着城市化进程的加快，人们开始回头关注故乡根系和精神家园，同时散文的文体变革也影响着作家的记忆书写，可以说家族记忆散文走向了它的丰收期，家族记忆散文的创作密度更加集中，创作技巧也越趋成熟，并最终汇聚为一股不容忽视的文学潮流。

（二）家族记忆散文研究

以家族记忆、家族书写为主题的研究，学术界尚未专门定义这一散文写作趋势和现象，对于它的写作范式没有进行深入而精准的归纳和提炼，对于它的文本价值也没有进行过客观而系统的评价。这与散文文体的“弱势地位”有关，散文这一文体一直被“模糊化处理”，关于散文的理论研究也不像小说、诗歌那样自成体系，拥有自己的一套评论话语。同时，家族记忆散文在大陆和台湾各表一枝，被“怀乡散文”“怀人散文”“非虚构”“跨文体”等更强势、更时兴的文学类型共名，丧失了独立性和特殊性，且并没有与家族记忆书写配套的并具有一定数量和影响力的“理论宣言”，指导和引领家族记忆散文的创作，这使得家族记忆散文并没有以抱团、捆扎的姿态屹立文坛。但随着近年来“非虚构”创作的大热以及“文化记忆”理论的勃兴，我们相信家族记忆散文可以借势被学术界所重视。

其一，个体记忆和集体记忆的关系。

个体记忆和集体记忆是家族记忆散文最重要的一对关系。一些学者通过研究家族记忆散文文本，探讨个体记忆的合法性和意义，这对于研究家族记忆散文的个体化叙事具有很大的参考价值。冯仰操的《通向历史的一种路径——读范培松的〈南溪水〉》（《小说评论》2012年第5期）认为《南溪水》指向被大历史叙述刻意遗漏的“文革”及其前后这一特殊的历史节点，论文中列举了《南溪水》中关于太平天国、土改分田、抗美援朝、统购统销等历史事件的民间反应和评价。最后总结认为，范培松用“一己之力以对抗权威历史或向幽暗的大地寻求更为深广的记忆，都不失为拒绝遗忘的努力”。作者倾向于将个体记忆和官方叙史解读为一种对抗关系，而另一些学者发现，家族记忆散文在进行个体叙事的同时，也存在一种游离和解构集体记忆的倾向。张学昕、梁海的《时间之上：“非虚构”的历史与人生——齐邦媛的〈巨流河〉与“非虚构”写作》（《南方文坛》2013年第2期）认为齐邦媛的个体叙述是一种纯粹的个体记忆，历史作为一种背景被隐去，聚焦的是生活化的人和事，对集体记忆采取的是一种策略化的疏离。王云芳的《家族史的现代书写——评张大春〈聆听父亲〉》（《现代语文》2008年第4期）认为张大春无意于为大时代构筑历史，而是属意于从现代式、日常化的角度经营自己的家族史，更注重对父辈个体生命的追寻、体认和关怀，以及进行以儒家传统文化为内核的精神原乡的现代性反思。而个体记忆和集体记忆除了对抗、疏离的关系，也有着补充、验证的关系。贾梦玮的《历史的情感成本——〈钟山〉的“个人史”叙事》（《小说评论》2009年第2期）和孟繁华的《战争本质的国族叙事与个人体验——中国、西方战争文艺“历史记忆”的差异性》（《山东社会科学》2006年第4期）均提到了“历史情感成本”的问题，认为宏大叙事不曾关注的情感层面正是个体化叙述的意义。贾梦玮认为大历史叙述中往往关注的是数据和英雄人物，对个体和家庭造成的心理创伤和情感裂缝几无言及，而个人史写作的意义就在于打捞这些情感成本，探究天灾人祸中的负面情感对人的持续影响。孟繁华虽然主要分析的是抗战题材小说，但对家族记忆散文的写作和研究也有一定的启发意义，他认为中国抗战题材的小说，鲜有超越国家主义框架之作，对战争给人造成的心灵创痛的揭示和对战争本身的思考还停留在浅层。贾梦玮和孟繁华所言的“历史情感成本”其实类似于一些家族记忆散文研究者从个体记忆中提取出的“创伤记忆”概念。胡嘉芮的硕士论文《巨史私传——朱天心、张大春、龙应台的记忆书写》（台湾“中央大学”，2012年）以朱天心的《初夏荷花时期的爱情》、张大春的《聆听父亲》等为研究对象，从这几个文本对记忆的摄取与叙述的角度、对创伤记忆的检视途径、对记忆的篡改和重构方式等方面进行了对比分析，并提出了一个比较新颖的观点，即要警惕记忆书写中的悲情化和商品化倾向。朱云霞的《呈现与审视：“解严”后台湾家族书写中的创伤叙事》（《齐鲁学刊》2015年第1期）从台湾“解严”后涌现的家族历史题材作品切入，认为这些作品通过个体记忆的视角回述了家族在不同历史时期和政治事件中所遭受的群体性创伤，并指出创伤书写的意义不仅在于裸露伤痕，还在于对创伤的告慰、化解、抚平，最终完成心灵救赎。

其二，个体生命史、家族史与国族史的勾连。

家族记忆散文以家族为单位，连接国家和个人，研究者注意到了家族记忆散文作者在国族、家族身份认同方面作出的挣扎和努力。这其实是研究家族记忆散文绕不过去的一个重要课题，这一点台湾的硕博论文着墨较多，这也与台湾在近代史中的境遇有关。柯品文的博士论文《八〇年代后台湾散文之家国书写研究》（台湾成功大学，2010年）通过对台湾1949年后“家国书写”散文的分析，拎起家与国两条线索，厘清大陆迁台第一代作家、第二代作家、台湾地区本土作家和马华作家对家与国的不同界定和自我身份的差异性认同。林强的《底层视角，家国叙述——试论简媜散文集〈天涯海角〉的历史叙述》（《扬子江评论》2011年第5期）以简媜的《天涯海角》为研究对象，认为其在大历史的罅隙中遥想祖先群像，从而勾连、还原出家族史和国族史。王依善和杨佳娴的论文则考虑到台湾“外省”二代这一身份因素，探讨族群身份、家族身份如何影响了作者的记忆书写。王依善的硕士论文《台湾外省第二代作家的记忆书写》（浙江大学，2012年）以郝誉翔的《逆旅》《温泉洗去我们的忧伤》和张辉诚的《离别赋》为研究对象，认为两位作者站在“外省”二代边缘的角度，勾勒出被大历史遗忘的族群——“外省”一代的漂泊史和精神流亡史。杨佳娴的《在历史的裂隙中——骆以军〈月球姓氏〉的记忆书写》［《中外文学》（台湾）2003年第1期］认为骆以军身为台湾“外省”二代，族群差异和原乡失落给他带来了双重流亡感，骆以军以边缘性的站位和夸张的孤臣孽子的姿态，书写破碎复杂的家族史，由此引发身份认同焦虑与对家族谱系的执着追索。

除了寄托和抒发家国之思，一些研究者也指出，家族记忆散文的文化关怀倾注了对自我生命史的体认。朱云霞的《“解严”后台湾家族书写的特征与意义》［《中南大学学报》（社会科学版）2014年第1期］认为台湾“解严”后，家族书写在叙述家族往事时，叙述角度和表现方式有了新变化——叙述视点由全知视角转变成限制视角的“我”，使得家族的历史负重逐渐被家族场域中个人语境或个人经验解构，转向探求个体生命存在的意义。在对自我生命史的体认上，比较典型的是基于女性性别的身份体认。阮承香的硕士论文《记忆构建与自我认同——赴台第一代女作家怀旧散文研究》（福建师范大学，2013年）以赴台第一代女作家怀旧散文和齐邦媛的《巨流河》为研究对象，认为其以回忆、虚构、想象构筑了一个私人空间，这个空间呈现出对家族、社会、意识形态的个体化、私人化认知，体现了女性性别意识的觉醒和对自我性别的认同。黄雅歆的《〈天涯海角〉与〈母系银河〉的“父系”“母系”追索——兼论散文的“历史／家族”书写》（台湾《彰化师大国文学志》2011年第22期）认为《母系银河》的作者周芬伶选择背离父系、追索母系，从而还原和确认自我面貌。林唯莉的硕士论文《女游与女性自传式书写中的家国语艺——以〈逆旅〉〈漫游者〉〈海神家族〉为分析对象》（台湾成功大学，2006年），前两章研究三位女性作者如何理解外省一代父亲的经历和身份问题，而父亲的身份又如何影响作者自传旅行的路径选择；后一章分析作品中体现出的母女关系以及女性自传式书写如何再造女性自身。李晓慧的硕士论文《当代台湾女性散文的家族书写——以钟文音〈昨日重现〉、简媜〈天涯海角〉为分析对象》（台北教育大学，2009年），探究两位女作家对父系和母族不同的血缘认同和由此构建的对自身生命起源和身份认同上的区别。

无论如何，家族文化始终是每个中国人睡不醒的梦乡，逃不脱的梦魇。

第一章

家族文化起源与中国古代文学母题原型

家族文化是我国传统文化的重要组成部分，深刻影响着每一个中国人的处世原则、文化心理与价值追求。家族作为一个具有稳定性、永恒性和创造性的基本单位，先后出现过以西周分封制为代表的宗族组织、以两汉为代表的强宗大族、以魏晋南北朝为代表的门阀士族等多种形态，及至宋代以后一直延续到清末。以地主为主体的家族制度成为中国家族制度的主流形态，推动了中国历史文化进程，也是诸多文学母题形态的承载者，成为文学关注和绘摹的对象。

第一节　重建中国文学“家族”母题原型的古老本原

“母题”（motif或motive）是一个在叙事学和主题学研究中都很重要的概念。作为具有结构和传衍功能的文学单位，审视文学史上反复出现于不同文本，甚至不同体裁的某一母题，既可以观察到其背后丰富的文化、心理以及审美层面内容，同时如果在长时段的文学和思想发展史上去把握母题的嬗变和转化，又可以找寻到文学的发展规律。正是从这种意义上，母题研究不但为20世纪中国文学提供了更为宏阔的文学史描述背景，而且在考察20世纪文学如何对已有文学资源进行创造性的转化方面，母题研究有着其他角度难以替代的优势。荣格的研究使我们认识到母题原型的生成，必须经历原始意象的“不断发生的心理体验的沉淀”，“它在历史进程中不断发生并且显现于创造性幻想得到自由表现的任何地方”。当进一步考察这些意象时，我们发现，“原始意象或原型是一种形象……它们为我们祖先的无数类型的经验提供形式。可以这样说，它们是同一类型的无数经验的心理残迹”，“每一个原始意象中都有着人类精神和人类命运的一块碎片，都有着在我们祖先的历史中重复了无数次的欢乐和悲哀的一点残余，并且总的说来始终遵循同样的路线”。[①]所以说，我们对“家族”这样的母题原型进行发生学的探讨，一定程度上就是遵循一定的路线，重建这种原型古老的本原。而我们之所以要重建某一原型古老的本原，关键在于人类的发展方面，既“遵循行进的，向前的方面进行，亦可遵循回归的、向后的方面进行。行进意味着意识自我使环境的现实与整个心灵的种种需要和谐一致。当这种和谐被环境的挫折或者环境的剥夺打破时……当遭受挫折的人在无意识中找到解决自身问题的答案时，回归可以用于调节。我们可以回忆起，无意识之中蕴容着个体以及种族往昔的知识与智慧”。荣格从心理学的角度揭示出“伟大艺术的奥秘”正在于这种阶段性的回归与退隐，“通过分享无意识的富饶的资源来使自己重新获得活力”[②]。通过“从无意识中激活原型意象，并对它加工造型精心制作，使之成为一部完整的作品。通过这种造型，艺术家把它翻译成了我们今天的语言，并因而使我们可能找到一条道路以返回生命的最深的泉源”[③]。从这个意义上说，在文学书写历史中，有生命力的母题原型的传衍具有一种神秘的“召唤”的力量，这种力量植根于深厚的民族心理土壤。不仅如此，对于这种文学现象，约瑟夫·汉德逊在《古代神话与现代人》中，曾运用一个典型的例证揭示回归原型的象征性，他指出：“在世界大战期

---

① 荣格著，冯川、苏克译：《心理学与文学》，三联书店1987年版，第120—121页。

② 卡尔文·S. 霍尔、沃农·J. 诺德拜著，张月译：《荣格心理学纲要》，黄河文艺出版社1987年版，第91页。

③ 荣格著，冯川、苏克译：《心理学与文学》，三联书店1987年版，第122页。

间，人们对荷马、莎士比亚或托尔斯泰的作品的兴趣更浓厚了，我们读它的目的是要了解使战争持续（或其原型的）的意义。它们在我们身上激起了一种反应，这是有过战争的强烈的感情经验的人更感深刻。特洛伊平原战与在亚詹角（Agincourt）或贝鲁蒂诺（Borodino）战斗不同，可是伟大的作家可以超越时空限制，表达与宇宙共存的主题。我们做出反应是因为这些主题根本上是象征性。”[①]揭示出原型的象征性，其意义在于“无意识的象征性想象，是人类精神在其全部实现中的创造性源泉。不仅意识及其对世界进行哲学理解的概念起源于象征，而且宗教、仪式和崇拜、艺术和习俗皆起源于象征”[②]。

那么，我们从哪儿着手去重建“家族”母题原型的古老本原呢？荣格提醒我们，“原始部落的传说与原型有关，但这些原型已采用特殊方式加以修改”。“另外一个众所周知的表达原型的方式是神话和童话”，“神话是揭示灵魂现象的最早和最突出的心理现象”。[③]另外一些人类学家和原型批评理论家则相信神话起源于仪式，加拿大原型批评理论家诺思洛普·弗莱就从这个角度，发展了荣格的原型批评理论，他认为：“在仪式中，我们可以发现叙述、故事的起源，因为仪式是在时间中发生的一系列动作，其中，潜藏着人们意识到的重要含义，旁观者能察觉到这一点，而参与者基本上一无所知的，仪式的力量在于能揭发一种纯叙述，如确有这种叙述的话，它必定是自发的和无意识的。”[④]

在弗莱的理解中，“整部文学史从上古朴质的文学一直写到现代深奥精良的作品，在这过程中，我们有机会瞥见文学是呈现于原始

---

① 荣格等著，张举文、荣文库译：《人类及其象征》，辽宁教育出版社1988年版，第87页。

② 埃利希·诺伊曼著，李以洪译：《大母神——原型分析》，东方出版社1998年版，第16页。

③ 荣格著，冯川、苏克译：《心理学与文学》，三联书店1987年版，第53—54页。

④ 吴持哲编：《诺思洛普·弗莱文论选集》，中国社会科学出版社1997年版，第89页。

文化中的较为局限和简单的程式系统逐步演变而成的复杂体系。如果这样，那么，探索各种原型便构成一种文学上的人类学，它涉及诸如仪式、神话和民间传说等文学前的形态如何渗透到后来文学中来的问题。接着，我们还体会到，原始形态与后来文学的关系绝不像我们在几部最杰出的古典作品所见那样，单纯的世代相传的关系——事实上，伟大的经典作品，仿佛存在一种总的趋势，要回归到原始形态去”[①]。在这里，我们发现，和荣格的原型理论不同，弗莱已经自觉从文学史的角度探讨从上古到现代的文学发展过程中，母题原型的生成和传衍，而不是仅仅揭示出原型及其生成和传衍的民族心理土壤的关系。从某种程度上说，荣格的研究是心理学本位的，而弗莱则是以文学为关注焦点，因而，弗莱的研究对于我们去分析某一原型的生成和传衍具有一种实践上的指导意义。

那么，按照弗莱的提示，我们现在对“家族”母题原型的分析应该首先上溯到中国先民的仪式、神话和民间传说，去找寻积淀了“家族”内容的心理体验的原始意象。从理论上讲，势必如此去做；从操作层面上讲，我们就会发现，这样上溯很困难。诚如许多研究者指出的：“中国人的神话意识比……‘世界文明中心’的神话意识远为薄弱，且有日趋弱化的倾向。其结果，是尚未系统化的原始神话材料多半融入了‘古史系统’，变形为‘历史’，神格化为人格。剩余的材料，大都保留了较原始的风貌，继而从上层文化的‘大雅之堂’中被‘驱逐’出去，只在民间信仰中存在、发展。”[②]而神话是“实际仪式，即所作之事的口头伴随物；神话是和‘仪式行为’相对立或相伴随的‘言语行为’”[③]。由于神话过早被纳入“古史系统”，或被驱逐，仪式也必然处于被遮蔽的状态。因此，在中国文学的传衍过

① 吴持哲编：《诺思洛普·弗莱文论选集》，中国社会科学出版社1997年版，第85—86页。

② 谢选骏：《神话与民族精神》，山东文艺出版社1986年版，第192页。

③ 海曼著，潘国庆等译：《神话的仪式观》，约翰·维克雷编《神话与文学》，上海文艺出版社1995年版，第73页。

程中，缺少类似于西方文学的从神话向文学的承递序列。因此，在母题原型的传衍过程中，也缺乏从文学前的原始形态向后来文学的清晰过渡。

这样看来，如果我们坚持从仪式、神话和民间传说去重建某一文学母题原型的古老本原，必然面临繁复不堪的材料选择和甄别，而且由于时代久远，这样的选择和甄别，有多大的可靠性，也值得怀疑。但我们不能因此忽视神话材料在我们研究中的作用，正如张光直先生指出的："我们在研究每一代的神话时，并非仅用当代的神话资料作孤立的研究，而实际上对每一个朝代的神话之文化与社会的背景已经有了相当的了解。……换言之，我们在作神话史的解释时，有文化史的一半基础为核对的标准，并不是在作猜谜或是游戏。""在商周时代神话为文化的前锋，其记录发见于各种的典籍。"[①]这些商周时代的神话应该说较之后世神话更接近于原始神话的真实风貌。而且在中国，原始蒙昧时代向理性时代过渡的意识形态内容相当多地遗存于《诗经》《楚辞》中，这完全可作为"家族"母题原型考察的出发点，再以神话、仪式和民间传说作为佐证；同时，引入近年来对上古时代田野考古的相关内容，从而最大可能地接近"家族"母题原型的古老本原。这其中，对上古的田野考古成果尤其值得珍视，因为这一时期神话思维孕育并兴盛，且借助形象来表达意义，形成神话意象。这些反映原始意识形态的神话意象凝定于文身、舞蹈、面具、岩画、雕刻、陶器纹饰、传说故事中，一些已经在流传中被改造，或湮没于历史风尘，另一些则穿越时间的隧道，成为我们现在认识、理解这一时期意识形态的依据。

现在让我们回过头来看看中国文学中的"家族"，追溯中国文学史，我们发现"家族"不仅有其古老的渊源，而且在中国文学发展中至今仍然不断回响。这样的母题无疑具有文学中古老本原的原型意味，它积淀的丰富的心理体验，对中国人的精神生活来说，是象征性

① 张光直：《中国青铜时代》，三联书店1983年版，第261—262页。

的，同时也是召唤性的。

第二节　原始文明中的“家族”母题研究——祖先崇拜下的追源归宁观念

现在我们可以从源头上对“家族”母题进行原型的分析研究。就像《广雅·释诂》中解释的“生，出也”，我们的祖先从最直观的生命孕育和诞生、死亡之中体验到生命的出发和回归。按照目前的原始文明研究，我们祖先的意识和信仰体系存在过三种崇拜形式——女性生殖器崇拜、图腾崇拜和祖先崇拜，在这样的崇拜转换中，人类对生命的理解也在不断深化中。

我们不妨先从史前图腾崇拜中离析出“家族”的母题原型和原始意象。作为祖先崇拜的先声，其余绪我们能够从后世的文字材料中感觉到。关于图腾的含义，赵国华认为：“图腾主要有两方面的含义：对内是一个氏族选择的想象中的始祖；对外，它是一个氏族用以区分‘我’与‘非我’的标志。”[①]何星亮则把“图腾”作为一个动态的文化现象，认为“原始人曾先后产生三种‘图腾’含义：图腾是血缘亲属；图腾是祖先；图腾是保护神。最初，原始人把图腾人认作血缘亲属……并把它作为群体的标志。后来，原始人开始寻找自己的来源，很自然地误把图腾视为群体的祖先，以群体成员都是由图腾繁衍而来。随着人类思维的进一步发展，原始人认识到人和兽之间有很大差别，不再认为图腾能生人，不再相信群体起源于图腾。但图腾祖先在原始人的头脑中根深蒂固，于是，在图腾祖先观点基础上产生保护神观念”[②]。

从上面描述看，归宁和追源似乎是产生图腾崇拜的共同心理动因。正像有人指出的：“家园之爱，对家园的思念常常也是反复出现

① 赵国华：《生殖崇拜文化论》，中国科学出版社1990年版，第347页。
② 何星亮：《中国图腾文化》，中国社会科学出版社1992年版，第12页。

于图腾祖先神话中的重要主题。”[①]图腾崇拜源于原始人类求安和寻根的心理，只不过和回归现实的大地不同，在图腾崇拜中这种安宁的获得来源于氏族内部共同的心理想象，其所寻之根也不是众生归一的大地，而是极具族群特征的图腾。现在我们回过头来检索和图腾崇拜相关的文字材料：

> 我高祖少皞挚之立也，凤鸟适至，故纪于鸟。
>
> ——《左传》

> （满洲）历数世，后其子孙暴虐，部属遂叛。于六月间将鄂多理攻破，尽杀其阖族子孙，内有一幼儿名樊察，脱身走到旷野。后兵追之，会有神鹊栖儿头上。追兵谓首无鹊栖之理，疑为枯木椿，遂回。于是樊察得出，遂隐其身以终焉。满洲后世子孙以鹊为神，故不加害。
>
> ——《满洲实录》

还有《隋书·突厥传》记述的狼和突厥之先——阿史那氏的关系，几乎每一个族源神话传说都与图腾崇拜相关。而且，在这种意义上，图腾的生成往往都包含着这种祖先“生活与功绩的往事”。图腾作为一种标记，能够让后人“反古复始，不忘其所生”，在祖先远逝后，能不断唤起遥远的种族记忆。图腾崇拜的宗教意义在于归还至宗族的本源，通过反古复始以寻找生者存在的依据，从而最终求得平安。“家族”母题正是从这里获得那种报本追源的原型意味。这种原型意味在《诗经》时代依然保持着质朴的原始风貌，这一点我们在《诗经》的商、周的自叙开国史诗中看得很清楚。与后世文学相比，尽管《诗经》时代的“家族”主题不乏母题原型的意味，但它毕竟晚

① 转引自列维—施特劳斯著，李幼蒸译：《野性的思维》，商务印书馆1987年版，第277页。

出于原始神话、仪式，它和更古老的原型、原始意象之间有没有传衍中的耗损和增值，是我们本节探讨的问题。为此，我们不妨再研究几个神话片段：

往古之时，四极废，九州裂；天不兼覆，地不周载；火爁炎而不灭，水浩洋而不息，猛兽食颛民，鸷鸟攫老弱。于是女娲炼五色石以补苍天，断鳌足以立四极，杀黑龙以济冀州，积芦灰以止淫水。苍天补，四极正，淫水涸，冀州平，狡虫死，颛民生。

——《淮南子·览冥训》

尧之时，十日并出，焦禾稼，杀草木，而民无所食。猰貐、凿齿、九婴、大风、封狶、脩蛇皆为民害。尧乃使羿诛凿齿于畴华之野，杀九婴于凶水之上，缴大风于青丘之泽，上射十日而下杀猰貐，断脩蛇于洞庭，禽封狶于桑林，万民皆喜，置尧以为天子。

——《淮南子·本经训》

舜之时，共工振滔洪水，以薄空桑。龙门未开，吕梁未发，江淮通流，四海溟涬，民皆上丘陵，赴树木。舜乃使禹疏三江五湖，辟伊阙，导廛涧，平通沟陆，流注东海。鸿水漏，九州干，万民皆宁其性。

——《淮南子·本经训》

这些神话故事之间可能存在着嫁接和重组，但如果我们深究一下，就能看到这种嫁接和重组，往往是发生在神话人物和神话时间的序列上，而神话的主题内容却变化不大。表面上看这些神话片段，与世界性的“灾难—救世”的英雄神话谱系有些接近，但不同的是它们都缺乏世界性神话谱系同类模式的因果逻辑，也没有一个主宰一切的万神之主规避人物的命运，因此，很难判断出这种神话的主题内容在序列上是居于文学前，还是后世的改造。但通过以上几个神话片段，我们能清晰地看到从“图腾崇拜”到“祖先崇拜”过渡的过程。原始人崇拜的对象逐渐由“器物”“兽物”向“人”转变，由崇拜“自然神”向“祖先神”转变。那些对宗族作出过巨大贡献的祖先，具有近乎于神的能量，引领宗族渡过难关，使“颛民生”“万民皆喜”“万民皆宁其性”，最终成为被后人长久供奉和追慕的“祖先英雄”。我们发现，早期的图腾崇拜不乏巫术操作的象征性，皈依图腾也具有一定的虚拟和想象性，在图腾崇拜中所凝聚的个人经验也更多。虽然这种个人经验会逐渐转化为某一族群的共同经验和共同想象，但是无法形成高度自觉的心理认同，而且随着社会发展和人类意识的进步，人们逐渐认识到群体并非起源于图腾，所以图腾的功能势必有所减弱。发展到祖先崇拜，情况有所变化，因为祖先与图腾不同，祖先与宗族成员有着共同的血缘关系。我们知道中国原始社会组织，从氏族、部落再发展到部落联盟，都是以血缘关系为基础建构的，商周以后的家族血缘观念，通过宗法制度得到空前的强化。祖先与宗族成员同根同源，血脉相连，对宗族的影响更直接也更深刻，相较于图腾，在形象上不再是遥不可及，而是具体可感的；在感情上不再是凛不可犯，而是蔼然可亲的。于是，“山、河、泉、水塘，对于他（土著）来说，不只是引起兴味的或美丽的风景……它们是自己祖先的作品。他看到了在周围的景致中留存的有关他所崇敬的不朽生灵的生活与功绩的往事；短时间内会再现人形的生灵；在自己亲身经验中认识其中不少人（如他的父亲、祖父、兄弟，以及母亲和姐妹）的生灵。整个家乡是他的古老而永存的家庭谱系之树。家乡的历史就是在时间伊始，在生命初临之际，他自己所作所为的故事，那时他所了解的世界曾被无所不能的造物之手创造和模塑”[①]。

“祖先崇拜的基本内容是把祖先幻化成超自然神秘力量，其中

---

① 转引自列维—施特劳斯著，李幼蒸译，《野性的思维》，商务印书馆1987年版，第277页。

生前对后人有过突出贡献的祖先还被幻化为神，后人必须以虔诚的心情和永远延续的香火祭祀祖先，必须继承祖先的德行和实现祖先的遗愿。祖先崇拜的这些基本内容成了儒家倡导的‘孝’的本原。由于强调必须保持繁衍后代，生育后代便成为祖先崇拜的重要内容，从而使祖先崇拜与生殖崇拜合二为一，生殖崇拜也同样成为‘孝’的本原。”[①]上面一段论述，揭示了祖先崇拜与生殖崇拜（女性）的统一性，祖先崇拜强调子孙繁衍、开枝散叶，并催发了“不孝有三，无后为大”的传统道德观念。但如果我们从“归宁追源”的角度去谈论祖先崇拜与生殖崇拜，也许会有不同的发现。

我们知道，女性生殖器崇拜的前奏是孕体崇拜，孕体崇拜寄托了原始人类对生命现象的震惊和膜拜，而当人类进入生殖器崇拜阶段则开始了对生命来源和归宿的探索。在女性生殖器崇拜的发展过程中，按照赵国华的研究，我们的祖先经历了“由对外生殖器女阴的崇拜，发展出对怀胎子宫的崇拜，这是人类对女性功能和繁殖过程的一次深化。母系氏族社会文化遗存中彩陶纹样的鱼先蛙后，正是人类生殖崇拜第一个进程的写照。临潼姜寨彩陶盆内壁鱼蛙纹的结合，则进一步表明在这时间远古人类对女性生殖器已经有了整体认识”[②]。那么这样的崇拜中究竟蕴含了我们祖先怎样的心理秘密呢？其一，应该是老子《道德经》所说的“玄牝之门，是谓天地根”的生命体认。其二，惠尔赖特的一段话，对我们极富启发。他在《论神话创造》中写道：“原始人对于自然界的典型心态总的说来是一种介于熟悉与提防之间的张力。前者赋予稳定与信心，一种置根于大地母亲的安全感。洞穴、家庭，也许无意识之中还有子宫，这一切带来的安全感提供了史前人类生活的概貌。熟悉的处所、人、物体以及事件肯定了基本

① 杨知勇：《家族主义与中国文化》，云南大学出版社2000年版，第401—402页。

② 赵国华：《生殖崇拜文化论》，中国科学出版社1990年版，第182页。

的归属感。”[①]如果惠尔赖特的这段话能够在我们祖先生活的原始时代找到有说服力的证据，那么这种和生命来源密切相关的人类的归属感，正是“家族”母题的古老本原，而所谓“有说服力的证据”应该是这个时代的文化遗存。对于我们现在讨论的历史时空而言，彩陶和岩画无疑是最具代表性的两种文化遗存，尤其是彩陶一向被认为是中国新石器时代的文化精华，因此，我们把关注的视野放在对彩陶的读解之上。从世界范围来看，新石器时代的陶器制作是极其普遍的。德国学者温德尔对女神崇拜与陶器生产的象征曾作过相当深刻的说明，他认为：“她反映了人类关于生育与死亡、生存与消亡的基本经验。她是赋予生命的母亲，但同时也是地母，人们死后都要回到她的怀抱里。好些表现这种基本经验的象征都伴随着她：以增、圆、缺三种形象出现的月亮……还有罐子，这个相当于腹部的容器，新的生命就来自这里。同样，她用来蓄积食物和保存食物的这个罐子，又会变成人们——就像隐藏在母腹中那样——重又回到那里去的墓穴。”[②]

“万物本乎天，人本乎祖”，在这里，人类的出发和回归与人类关于“生育与死亡、生存与消亡的基本经验”纠缠在一起。就像荣格指出的那样：“最有影响的理想永远是原型的十分明显的变体，正如它们显然来自把自己租借给譬喻这一事实一样。举例来说，故乡（mother country）显然是母亲（mother）的譬喻……那种激动我们的力量并不来自譬喻，而是来自我们故乡土地的象征性价值。在这里，原型是原始人及其赖以生存的土壤（在这土壤中容纳着他祖先的幽灵）的神秘参与（participation mystique）。”[③]事实上，荣格指认的这种故乡和母亲同型同构的现象在中国的原始时代，在耸立于大地

---

① 菲利普·惠尔赖特著，潘国庆等译：《论神话创造》，约翰·维克雷编《神话与文学》，上海文艺出版社1995年版，第28页。

② E. M. 温德尔著，刁承俊译：《女性主义神学景观》，三联书店1995年版，第51—52页。

③ 荣格著，冯川、苏克译：《心理学与文学》，三联书店1987年版，第121—122页。

栖居的家园还不固定、血缘还笼罩着神秘的面纱的时候就存在，“家族”母题的古老本原就孕育在这远古的土壤之中。这样的判断将会在我们下面对这个时代文化遗存的象征性价值的昭揭中被证实。

中国的彩陶时代同样是女神崇拜的时代，人类学家和宗教史家认为，大母神（the Great Mother）是后代一切女神的终极原型，甚至可能是一切神的终极原型。“当时的意识形态的核心观念在于将女性的生育能力同大地的生产能力相互认同，使大母神信仰向地母信仰方向演进。”[①]“大母神在农耕文化中同土地的生养能力相认同的另一结果是，农作物乃至整个植物界的周期性荣与枯的循环被看作是地母特别掌握的死亡与再生功能的体现。”[②]对于大母神如何“从单一的生命赋予者，到‘生—死—再生’这样一种生命循环过程的主宰者”，原型批评为我们提供了理论依据。埃利希·诺伊曼认为：“原始模型的一个基本特点是把正面和负面的属性以及各种属性联合在一起。”[③]在中国，近十余年来，考古学家在新石器时代和铜石并用时代的遗址中发现了一批类似于大母神的陶塑女像和石雕像，像20世纪70年代末、80年代初在辽宁喀左东山嘴出土的陶塑孕妇，其形象凸腹肥臀，左手贴于上腹，并用记号将其女阴表现出来。1983年河北省滦平县金沟屯后台子遗址出土一批新石器时代中期石雕女像，其中有五件是裸体孕妇形象，共同特征是“肚腹隆起，双乳外鼓，两手抚在凸起的肚子上，臀部后面一般有一个小座，整个雕像呈坐姿，有的还用凹坑将女阴表现出来”[④]。对于东山嘴陶塑孕妇，俞伟超认为，从

---

① 萧兵、叶舒宪：《老子的文化解读》，湖北人民出版社1994年版，第172页。

② 萧兵、叶舒宪：《老子的文化解读》，湖北人民出版社1994年版，第180页。

③ 埃利希·诺伊曼著，李以洪译：《大母神——原型分析》，东方出版社1998年版，第16页。

④ 户晓辉：《地母之歌：中国彩陶与岩画的生死母题》，上海文化出版社2001年版，第71页。

形态看，“能够直接表现出的含义是生育神”[①]。结合当时的情境，户晓辉判断这女性雕像是“生殖巫术的一种操作根据”，“这些塑像或者可以直接插入土中与大地直接发生感应，或者采取坐势可以使阴部与大地接触获得某种生殖力”。如果这些判断成立，依据前面我们引述的温德尔的研究，这些地母形象赋予这个时代人类关于生命的诞生和死亡、出发和回归的基本经验，而陶器则是将这种基本经验象征化。应该说，这样的基本经验在史前中国并不是孤立的，江苏省连云港将军崖岩画，同样显示了人类此际将植物的生死循环归属于大地母亲的情景。

应该说，将军崖岩画让我们对史前人类的生命有了直观的认识，既然人和植物同样可以从土地萌生，那么，人的死亡并不可怕，死亡是与复活联系在一起的，“死也，生之始”（《庄子·知北游》）。这里的“视死如归”不是对生命有了理性认识之后的坦然，而是对生命的神秘性未曾窥破的体验和感受。死亡就是和植物的枯萎一样回归大地故乡，人来源于母亲正如植物来源于大地。在这里，“家园”大地凝定的不是世代栖居的家园，而是地母的子宫。就像户晓辉指出的：“当时的人们是用陶罐象征地母的子宫的，其中装以植物种子正是借地母子宫以使种子死而复生的巫术操作。而中国新石器时代普遍盛行的对幼儿的瓮棺葬，也同样是用初生婴儿作为牺牲，置入象征地母子宫的陶瓮之中使其死而复活……”进而户晓辉得出结论：“正像新石器时代的农人将第一粒谷种放入自己亲手刨开的土坑中就已经是将谷粒放入了大地母亲的子宫中一样，他们最初放弃洞穴而改入地穴的时候，无疑使他们的意识发生了一场根本的转变：他们进入了大地母亲的子宫！他们的家就是母亲的子宫！……子宫是生存之家，也是死亡之所。……在直观的意义上，女性与大地一样，既是伟大的繁殖者，也是死亡的创造者。在人类的深层意识或潜意识中，女性的子宫和大地的子宫一样，从根本上给人带来‘家’（home）的感觉，这是

① 《座谈东山嘴遗址》，《文物》1984年第11期。

我们认为史前人类将自己的居所认作地母子宫的心理依据。”[①]

户晓辉的推论并非毫无依据。从原始思维的角度来看，卡西尔认为，原始人类生存的确定性基于“直悟自然界这个再生之轮，这种确定性会得到不断加强。因为一切生成物都相互关联并神秘地交织在一起，在为一年之中某些重要时节（主要是太阳自秋分起下降或太阳升起以及光明与生命的复归）举行的庆祝仪式上，处处可见的是，这不仅是模拟地复制、表现某个外在事件，而是人类活动与宇宙过程的直接交织。复杂的神话意识区分自然界各种创生力和生殖力，不外是一开始把存在分解成多种多样、界限分明的生物种类。是同一生命力引起了植物的生成和人的生成生长。因此，在巫术世界和活动中，其中的一方总可以取代另一方，正如在著名的‘田野婚床’习俗中，性行为的实践或表演直接导致地受孕和丰饶多产，反之，正是给土地施肥的模拟表演，使灵魂能够死而再生。巫术中的男子是使土地多产之雨水的对应者，女子的子宫是农田的对应物，有此方就有彼方”[②]。在中国古代汉语中也能找到相关的佐证，《后汉书·隗嚣传》有“地为母”。汉族、蒙古族、彝族、白族、锡伯族等许多民族也都有“地母”的说法。

就祖先崇拜而言，卡西尔指出：“对神话意识纯内容的考察表明，那些内容并不完全或基本上属于对自然的直接直观。即使我们根据斯宾塞的‘鬼魂崇拜’论（monistic theory），不把祖先崇拜当作神话思维的真正源头，似乎也能证明，在任何发现清晰的灵魂概念的地方，发现有关灵魂之乡和灵魂起源的明确神话理论的地方，祖先崇拜都起着重要作用，在几大宗教中，以祖先崇拜为根源并似乎原封不动保持其原始特征的，首推中国的宗教。在祖先崇拜盛行之处，个体不仅感到自己通过连绵不断的生育过程与祖先紧密相连，而且认为自

---

①　户晓辉：《地母之歌：中国彩陶与岩画的生死母题》，上海文化出版社2001年版，第115、116—118页。

②　恩斯特·卡西尔著，黄龙保、周振选译：《神话思维》，中国社会科学出版社1992年版，第209页。

身与祖先同为一体。他祖先的灵魂未死，他们灵魂活着，存在着；这些灵魂将体现在子孙身上，并将不断在以后各代复现出来。”[①]如果把上述神话片段中的“归宁追源”主题和下文中会提到的《诗经》中的“归宁追源”意识进一步做些比较，我们能发现，前者的发生是偏向宗教领域的，歌颂祖先的丰功伟绩，接续祖先绵延的血脉，归属大地之母的信仰；但后者的诞生往往始于困厄、灾难以及其后与家园分离、生命的漂泊和灵魂的焦虑。“回归乡土”则偏向世俗领域，为弥合、抚慰这种漂泊和焦虑，为生命、灵魂和现实的身体找到一种归宿和认同。但两者主题的基型应该都是一种寻根、归根的生命冲动。这就为我们在更为远古的时代找寻这种基型的原型和原始意象提供了一条明晰的路径。

另外，由于《诗经》时代去原始文明未远，原始文明必然会遗存于《诗经》之中，这种遗存既是指《诗经》和文学前的仪式、神话和民间传说的传衍，也是指文化心态和心理模式的迁延。对于前者我们即使无法整合出一个仪式、神话和民间传说的体系而构成前文学景观，但至少有迹可寻。这种线索即便零乱、破碎，较之后世的体系化的前文学的附会和篡改，也更接近文学前的原生状态。对于这个问题，前人为我们积累了许多可资借鉴的成果。比如，赵沛霖在《兴的源起》一书中即认为“兴”的不少物象类型多为先民的图腾观念的历史积淀。[②]比如，对于《诗经》中周人自叙的开国史诗，陈子展先生说：“诗果颂美僖公新作其父闵公之庙，如毛公所说乎？为何远溯其始祖姜嫄之庙閟宫而言乎？自是诗人推本僖公之祖出于姜嫄后稷。但在今日吾人视之，则觉尚有别旨。盖不自知其反映周族起源由母系氏族社会过渡至父系氏族社会之一时代。在母系氏族社会由于妇女地位较男子为高，所以对于先人之亡灵崇拜、或云祖先崇拜，惟有先妣，

---

① 恩斯特·卡西尔著，黄龙保、周振选译：《神话思维》，中国社会科学出版社1992年版，第196页。

② 参见赵沛霖：《兴的源起》，中国社会科学出版社1987年版。

惟为先妣立庙，此即最初周人独祀姜嫄，《閟宫》与《先民》二诗皆自姜嫄首叙之所由来。迨至父系氏族社会，随其父权制家族之发展，氏族祖先崇拜成为家族之祖先崇拜。此盖周人首祀姜嫄次祀后稷为祖先之所由来。由此而言，姜嫄、后稷母子恰恰代表由母系氏族社会过渡到父系社会一时代之两大历史人物。《生民》《閟宫》二诗同读始得其义旨。”[①]据此说，我们能作出这样的判断，《诗经》中的这种自叙开国史诗中体现的祖先崇拜意识，显然与氏族的族源神话和图腾神话有着传衍上的因袭关系。因此，至少可以说在周人的这种自叙开国史诗顺着血脉将其家园的回返之路上溯到女性生殖崇拜的新旧石器交替的时代，而这个时代正是我们考察某一原型生成的渊薮。

第三节　《诗经》“家族”母题研究——世俗伦理与乡土家园意识萌芽

事实上，中国文学研究也习惯从《诗经》《楚辞》开始追溯某一母题原型的发生。我们前面曾指出，《诗经》时代原始文明去之不远，原始文明必然在其中留下印痕。而且，因为《诗经》在西周春秋的礼乐文明制度中的突出地位，这些宫廷、宗庙和民间的诗歌主题，在后世文学的传衍过程中，可以说贯穿于整个中国文学的古典时代，并对近现代中国文学产生影响。就我们现在讨论的“家族”母题而言，《诗经》有超过十分之一的篇目和它有着比较接近的关系，尤其是国风和小雅。如果我们对《诗经》中的“家族”内容的书写做一番细致的梳理，就会发现吸附、缠绕在“家族”主题之上有两组明晰的意象簇群：一是以复归田园和人伦世界为核心的归宁安居，一是以追念故家故国为核心的报本追源。前一个意象簇群，以《豳风·东山》和《小雅·采薇》最为典型；而后一个则以《邶风·泉水》和《鄘

① 陈子展撰述，范祥雍、杜月村校阅：《诗经直解》，复旦大学出版社1983年版，第1178—1179页。

风·载驰》体现得最为充分。《诗经》中两组意象簇群不断萌蘖、组合，变化出不同的人事和场景，却不出面向家乡“归家”的旨归。围绕这一旨归的《诗经》向我们呈现出一个“人”的心理世界。其中，有田园荒芜（《豳风·东山》）、亲人睽违（《邶风·式微》）、故家凋敝、故国阽危（《邶风·泉水》）的忧惧，有“慆慆不归”“不我以归，忧心有忡”的怨怼，有“王事靡盬，不能蓺稷黍。父母何怙？”“王事靡盬，不能蓺黍稷。父母何食？”“王事靡盬，不能蓺稻粱。父母何尝？”（《唐风·鸨羽》）的哀怨。与此相较，则是“归宁父母”（《周南·葛覃》），“不我遐弃”“父母孔迩”（《周南·汝坟》）的安宁、恬淡，对充满蔼蔼人伦亲情的田园生活的欣羡和向往。而因此，所谓的“归家”就是田园荒芜的复苏，人伦残缺的弥合，故家、故国阽危的烟消云散。与此同时，断裂、破碎的心灵世界也复归完美、和谐。如果我们把《王风·君子于役》和《王风·君子阳阳》放在一起阅读，就能清晰地感觉到这种复归家园的心理律动。应该说，这两首诗向我们展示了一种农业人生的根源之美，暮色苍茫，禽畜归巢回圈，“鸡栖于埘，日之夕矣，羊牛下来。君子于役，如之何勿思”（《王风·君子于役》）。人的生理、情感和心理与大自然的生命节奏同趋于平和安宁，家的意识在农耕文明的底色上弥漫、渗透出来。“蓺禾稼”“养父母”“曷其有所”“曷其有极”“曷其有常”，以“有所”“有极”“有常”作为自己的人生诉求，亲亲，孝悌，仁爱，安宁，“安土敦乎仁，故能爱”（《易·系辞上》），“人人亲其亲，长其长，而天下平”（《孟子·离娄上》）。一个人的背井离乡和重返家园牵动一家的忧乐，“民惟邦本，本固邦宁”（《尚书·五子之歌》），《诗经》在中国文学史上第一次集中书写了农耕文明背景上的“家园之思”。

如果我们不拘于文本，转而去考察《诗经》生成的文学语境，殷商至周的民间心理土壤孕育出了《诗经》的乡土家园意识，因此，可以这样说，《诗经》中“乡土家园”的不断书写，其实是一种文化心理结构的不断展开与强调。至于这种文化心理结构和更为远古的人类社会生活的关系，也就是这些在《诗经》中不断重复的意象和更为古老的原型、原始意象的关系，我们将在下文中探讨。现在，我们至少可以做出这样的判断：《诗经》中的乡土家园意识，是中华民族由渔猎、游牧发展到迁移农耕、定居农耕时代的文学景观。在这样的时代，我们首先感到的是乡土家园意识在民间的萌芽。中国的乡土家园意识是对节令的敏感和对生长出万物的大地的依恋，是对脱胎于血缘的家族、宗国的人伦亲情的依偎。古老的农业生活培养了他们遵守农时和热爱田园的心理，而“冬窟夏庐”的生活方式更容易在“寒气总至，民力不堪，其皆入室”的“季秋之月”（《礼记·月令》）使漂泊的游子心生家园之思。

因此，对《诗经》时代的中国人而言，在离家的路上不断瞻望、回眸的不仅是世代耕居的田园，而且有在血缘生命链上对自己生命的体认与肯定，对生命来源的感恩和回馈，“天之所生，地之所养，无人为大。父母全而生之，子全而归之，可谓孝矣”（《礼记·祭义》）。由此我们体味到：“一个传统的中国人看见自己的祖先、自己、自己的子孙在流动，就有生命之流永恒不息之感，他一想到自己就是这生命之流的一环，他就不再是孤独的，而是有家……”① 家族是一个人的根，由祖先一代代传承而成的文化与情感，构成了一个人的精神家园。《诗经》中乡土家园意识显然有这种家族意识参与其间，而成为极厚重的内容。这样，如果我们顺着《诗经·大雅》中的《緜》《文王》《大明》《皇矣》《公刘》《生民》的祖先谱系回溯，无疑也是踏上了一条报本追源的寻根之路，它和行走在大地上的游子对现实、有形的家园的记忆和回返，互为表里，丰富着《诗经》乡土家园的内涵。

我们不妨回到《诗经》时代去考察《诗经》的成书过程。自战国以降，“重农抑商”便被当权者奉为基本的经济政策。“在古代中国，农业经济与家族制度具有相互扶持的关系，‘农本’观念使家族

① 葛兆光：《中国思想史》第1卷，复旦大学出版社2002年版，第24页。

成员热恋故土，稳居家园，因而最有利于稳定传统的家族结构，巩固传统的伦理秩序；而稳定和谐的家族结构和伦理道德又可以增强巩固农本观念。”[①]男耕女织的小农经济强化了人们安土重迁的观念，正如《汉书·元帝纪》所述：“安土重迁，黎民之性，骨肉相附，人情所愿也。”古代劳动人民在家园耕耘劳作、安居乐业、繁衍生息，已形成了极强的依赖心理。“羁鸟恋旧林，池鱼思故渊”，这是每一个游子的心理写照。

另外，正如许多研究指出的，《诗经》的成形有一个从民间到庙堂的过程，不仅如此，《诗经》从成形到经典化、权威化，与春秋时代出现的前诸子时代的智者在礼仪活动中的频繁征引密切相关。这些智者思考和探究的重点不是自然宇宙，而是人类社会，是如何协调社会秩序、如何累积个人德性。《诗经》时代的礼乐文化本质上已不是神的他律，六礼都是围绕人的生命过程而展开的。由于周代文化不是从自然宗教走向一神教，而周礼是从氏族习俗演化出来的，原生的氏族文化传统经过去神秘化后转变为再生的家族文化，发展为具有伦理宗教意义与功能的礼仪文化体系。在其内部，人文性发展得到了很大的空间，而《诗经》则是这种礼仪文化体系的一个重要组成部分。因此陈来认为：“从春秋思想文化的发展来看，有如下渐进的发展：承继着西周文化（溯源于周公在政治文化上表现为‘崇德贵民’，在宗教文化上归结为‘天民合一’——引者注）的发展趋向，充满实证精神的、理性的、世俗的对世界的解释越来越重要，而逐渐忽视宗教的信仰、各种神力及传统的神圣叙事。宗教性和非宗教性的仪典形式逐步让位于德性精神的强调，礼仪文化渐渐转化，形式化的仪典文明渐渐转变为理性的政治思考和道德思考。”[②]在这种背景下，智者们关注的焦点自然不再是华丽典雅的仪典文化，而是现实生活世界的混乱

---

① 杨知勇：《家族主义与中国文化》，云南大学出版社2000年版，第11页。

② 陈来：《古代思想文化的世界》，三联书店2002年版，第10—11页。

与安宁。

因此，从《诗经》成形的角度来看，由于其生成于这样一个文化转型时代，加之文人和智者参与到《诗经》的塑形中，在我们现在读到的《诗经》里必然包含民间的声音以及文人、智者的声音。从《诗经》的原始文化遗存来看，这种民间的声音应该接近于列维—施特劳斯所说的："所谓原始种族已经知道制定一些合理的方法，以便把具有逻辑偶然性和情绪波动双重性的非理性嵌入合理性之中。"[①]而文人、智者所做的工作则将民间的这些不自觉的前卫文化因素，特别是现实人生密切相关的世俗性、情感性因素加以选择、揭示与提升。

这样看来，《楚辞》于巫风盛行的楚地保存了其神秘意识和宗教情怀，而《诗经》则把它的视野投射到了世俗人生上去。从"家族"母题原型的角度上看，《诗经》的"家族"主题虽然植根于古老的原型本原，但却淡化了其神秘性因素，而发展出世俗性的主题内容。因此，从中国文学的发展状况来说，"家族"既有其神秘原型，同时于后世母题传衍中也萌生出世俗性原型。

除了乡土家园意识的萌芽，《诗经》时代的人之所以如此执着走上回家的路，与士阶层的个体生命意识觉醒不无关系。只要仔细分析一下《诗经》中"家族"主题的作品，我们就会发现这一主题的书写其实与中国社会士阶层的崛起密切相关。他们"王事鞅掌"（《小雅·北山》），行役于外，且由于职业的需要，掌握了一定的文化知识，这个阶层的思想比较现实，不像上层贵族有那么多的忌讳，所以能够尽情抒发对生命的理解。像《唐风·蟋蟀》，基于对时节流逝、时不我待的生命痛感体验，唤起了人们对世俗生活的欲求，而居家的人伦之乐无疑是他们世俗生活乐趣最核心的内容。

---

① 列维—施特劳斯著，李幼蒸译：《野性的思维》，商务印书馆1987年版，第277页。

第四节　《论语》“家族”母题研究——家族道德伦理的建立与政治伦理演变

儒家文化深刻影响着“家族”母题的书写。春秋时期礼崩乐坏，儒家主张“仁”与“礼”。“礼”用来维护着家族中尊卑与长幼的等级关系，而“仁”则包含更多基于血缘和人伦的道德情感。在儒家经典《论语》中有诸多关于家族道德伦理的论述。

> 孝弟也者，其为仁之本与。
>
> ——《论语·学而》

> 今之孝者，是谓能养。至于犬马，皆能有养。不敬，何以别乎？
>
> ——《论语·为政》

> 生，事之以礼；死，葬之以礼，祭之以礼。
>
> ——《论语·为政》

> 事父母几谏，见志不从，又敬不违，劳而不怨。
>
> ——《论语·里仁》

家族道德伦理的核心是尽孝悌之义，体现了“仁者爱人”的思想，这不仅在《论语》等儒家典籍中得以彰显，在历代的童蒙教育和家训世范中也极力宣扬，成为一种普世教育。

> 孝于亲，所当执。
>
> ——《三字经》

> 首孝悌，次见闻。
>
> ——《三字经》

亲爱我，孝何难。亲憎我，孝方贤。

——《弟子规》

父母呼，应勿缓。父母命，行勿懒。父母教，须敬听。父母责，须顺承。

——《弟子规》

万恶淫为首，百行孝当先。妻贤夫祸少，子孝父心宽。

——《增广贤文》

夫风化者，自上而行于下者也，自先而施于后者也。是以父不慈则子不孝，兄不友则弟不恭，夫不义则妇不顺矣。

——《颜氏家训·治家》

夫有人民而后有夫妇，有夫妇而后有父子，有父子而后有兄弟：一家之亲，此三而已矣！自兹以往，至于九族，皆本于三亲焉，故于人伦为重者也，不可不笃。

——《颜氏家训·兄弟》

及其壮也，各妻其妻，各子其子，虽有笃厚之人，不能不少衰也。娣姒之比兄弟，则疏薄矣。今使疏薄之人，而节量亲厚之恩，犹方底而圆盖，必不合矣。惟友悌深至，不为旁人之所移者，免夫。

——《颜氏家训·兄弟》

另外，孔子还将这种“爱人”的思想由近亲推广至远亲，由亲情推广至乡情，倡导家族和睦、乡情和谐，丰富了家族道德伦理的内涵。

有子曰：信近于义，言可复也；恭近于礼，远耻辱也；因不失其亲，亦可宗也。

——《论语·学而》

曾子曰：慎终追远，民德归厚矣。

——《论语·学而》

孔子曰：吾有所耻，有所鄙，有所殆。夫幼而不能强学，老而无以教，吾耻之；去其乡，事君而达，卒遇故人，曾无旧言，吾鄙之；与小人处而不能近贤，吾殆之。

——《孔子家语·三恕》

子曰：睦于父母之党，可谓孝矣，故君子因睦以合族。诗云：此令兄弟，绰绰有裕；不令兄弟，交相为愈。

——《礼记·坊记》

在《论语·为政》中有这样一句话，“惟孝友于兄弟，施于有政，是亦为政。奚其为政”，强调了伦理与政治的统一。及至西汉，为了维护封建统治，董仲舒提出“罢黜百家，独尊儒术”的主张，对儒家文化进行了重新诠释和改造，以更适应当权者的封建统治。而家族道德伦理的合法性与稳定性直接影响了封建宗法政治伦理的合法性与稳定性，于是家与国、忠与孝呈现出异形同构的关系。

始于事亲，中于事君，终于立身。

——《孝经·开宗明义章》

君子之事亲孝，故忠可移于君；事兄悌，故顺可移于长；居家理，故治可移于官。是以行成于内，而名立于后世矣。

——《孝经·广扬名章》

资于事父以事母，而爱同；资于事父以事君，而敬同。故母取其爱，而君取其敬，兼之者父也。故以孝事君则忠，以敬事长则顺。

——《孝经·士章》

与此同时，政治伦理中的集权制思想逐渐向家族蔓延和渗透，家族封建大家长制色彩越发浓厚，提倡“君为臣纲，父为子纲，夫为妻纲”，人与人之间的血缘亲情被淡化，尤其是女性要遵循“三从四德”，在家庭中受到的压迫和迫害更大。而后伴随着两千余年的封建统治，家族文化中“仁”的理念成为任人打扮的小姑娘，而“礼”则逐渐得到强化，越发教条、严酷而缺少人情味，最终演变为鲁迅笔下的“吃人的礼教”，在现代中国受到了尤为激烈的抨击。

再到宋代，张载、程颐、朱熹等理学家对家族制度做了更为具体的设计，进一步丰富了家族制度的形态，如建祠堂、立宗庙、修族谱、立家法等。“族皆有祠”的繁荣局面使宗法制度与祖先崇拜得到了形式和内容的统一，维护了族长的权威和家族的凝聚性，同时也有利于民德归厚和封建教化，起到了“管摄天下人心”的作用。

第五节　《楚辞》“家族”母题研究——家国天下的理想与精神家园的重建

《诗经》中的“家族”主题内容也流贯于屈原从《离骚》到《九章》的创作，像《离骚》中的“陟升皇之赫戏兮，忽临睨夫旧乡。仆夫悲余马怀兮，蜷局顾而不行”；《九章·哀郢》中的“去故乡而就远兮，遵江夏以流亡。出国门而轸怀兮，甲之鼂吾以行”“羌灵魂之欲归兮，何须臾而忘反，背夏浦而西思兮，哀故都之日远”；《九章·抽思》中的“惟郢路之辽远兮，魂一夕而九逝。曾不知路之曲直兮，南指月与列星。愿径逝而不得兮，魂识路之营营”。《诗经·鄘风·载驰》和《诗经·邶风·泉水》中还很朦胧的对家国的热爱之情在这里表现得更执着。而就屈原而言，其对家族的依恋意味着对祖灵的神圣性的虔信。“帝高阳之苗裔兮，朕皇考曰伯庸”，《离骚》从一开始对祖神的吁请，显示出较《诗经》更古朴的宗教情怀和神性力量。从这种角度来看，《离骚》虽晚出于《诗经》，但“家族”母题的原型神秘意味却更浓厚。

屈原是我国最早的爱国主义诗人，出身于名门望族，“又重之以修能”，政治抱负远大，极力推行君王的“美政理想”，最终落得个信而被谤、忠而被弃的悲惨结局。在理想破灭后，他发愤而抒情，创作了《离骚》。而屈原在《离骚》中的形象是变化的，时男时女、忽妻忽臣，相对应的楚王的形象也是忽夫忽君，这其实是体现了“家国同构”思想。

“家国同构”是宗法社会的主要特征，最早是汉代经学提出的理论，把君臣关系等同于父子关系，父亲为“家君”，君王则为“国父”。而早在春秋战国时期，儒家已经确立了家国同构的思想雏形，“修身齐家治国平天下”成为每一个中国文人的人生理想。当然，家国同构观念形成的背后也有特定的文化心理。有研究者认为，“中国不曾经历过像笼罩西欧整个中世纪那样的宗教文明，苦难的人们找寻不到聊以慰藉的精神家园，也不曾有过来自彼岸世界的诱惑。即与西方相比，宗教的救世作用是很有限的。世俗的心灵始终关注着现实人生和现实社会，于是，他们把摆脱苦难的希望寄托在‘明君’身上……”[①]百姓渴望“明君”和屈原力倡“君王美政思想”是一致的，都是把希望寄托于君王之上。

《离骚》以夫妇关系谓君臣关系，体现了君王的政治权威和臣子弱势的从属地位，这与封建社会妇女在家庭的地位是一致的。这是家国同构理念的“政治伦理层”，其实质是“忠”与“孝”的统一，孝是忠的手段，忠是孝的目的。

---

① 舒敏华：《“家国同构”观念的形成、实质及其影响》，《北华大学学报》（社会科学版）2003年第2期。

但闪现出光辉的是，屈原在《离骚》中抒发的忧愤之情虽源于个人遭遇的不幸，但他由近及远，由个人及国家，忧思国家前途命运和民生艰难，这就触及了家国同构理念的“价值理想层”。在屈原所处的时代，忠君与爱国是一致的，要实现自己的政治人生理想，追随君王是唯一的途径。在《离骚》中，屈原虽然反复强调“忠”，但“忠”不再是目的，而成为个人价值实现的手段，同时也是个人价值无法实现的直接阻碍。这也形成了《离骚》“愤”的情感性美学特质，而这正是《离骚》的复杂性和永恒性所在。

《离骚》中的“上下求索”，除了行走大地对祖灵的吁请、皈依，还有通过“人神交接”神游天界。这提醒我们：在一个“失乐园”神话缺失的国度，除了此岸的大地、母亲、家园、家国的皈依，有没有近乎于“回归失乐园”的彼岸回归？像《离骚》的这种天地之间的神游究竟来源于作者的想象，还是另有源头？应该说，“神游”的基础或背景是原始性幻想的“灵魂出窍”，《离骚》《涉江》《招魂》和楚帛画一样，根植于这样的观点：战国时代的楚人仍然有魂魄离散、形质相分的信仰，不但死者有“阴魂”或“亡魂”，生者也有“阳魂”或“生魂”。灵魂可能离开躯壳做随意或不随意的飞行，前者称为“魂游”，后者称为“神游”。萧兵认为，“‘神游’是屈赋里相当强大的‘动机’或‘母题’。《招魂》的‘魂游’是‘神游’的低级形式，而《国殇》人称‘小招魂’；《离骚》是‘神游’的大展开，而《涉江》号为‘小离骚’”[①]。研究中，我们发现屈原生于南国，几遭放逐，其故土家园意识既有放逐中“受命不迁，生南国兮。生固难徙，更壹志兮”（《橘颂》）以及“鸟飞返故乡兮，狐死必首丘”的对本土文化的神圣信仰，又有对南国楚地山山水水的诗意痴迷和眷恋。在诗歌意境里，诗人处在漂泊无依的孤独之中，体验到生命的虚空和无助，同时，又在孤独的体验里感受到生命的充实和救赎，那就是他对道德理念的信仰或对先贤的追慕，这构成了他的“灵

① 萧兵：《楚辞的文化破译》，湖北人民出版社1991年版，第1133页。

魂之家”。除此之外，引起我们关注的则是屈原在诗歌中通过招魂这样的巫术仪式和幻觉性的游历，沟通人间和幽冥的世界，达到与鬼魂、神灵的对话、交接，并将自我的灵魂引渡到幸福自由、温暖宁静的故土家园，在幻想中重构精神家园。因此，“家园”在屈原的诗歌中是现实的也是精神的，是世俗的同时也是神性的。在这里，有着中国式的文化家园和“存在之家”丧失与回归的胚芽。

屈原的诗歌孳遗着许多原始时代的意识和信仰，像《离骚》中诗人的祖先崇拜、太阳崇拜、鸟图腾既是诗人对世界和自我的诗意理解，同时也不乏神话思维的背景。关于它和原始宗教的关系，过常宝对《楚辞》与原始宗教关系的梳理为我们的研究提供了依据。以《离骚》为例，过常宝从“祭歌结构”“人神恋爱”“巫祭意象和习语”以及“抒情方式”分析了其祭歌模式，他认为：“《离骚》中的所谓飞升，正是当时一般祭祀或楚地祭祀所共有的程序，《离骚》中的飞升神游……反映了祭祀过程的既定程序性，而不是个人的主观创造性。”[①]博德在探讨中国古代神话时，引述了埃利亚德对促使萨满进入癫狂状态的问题的思考，使我们对《离骚》中的“飞升”意象有了一个更为明晰的认识。埃利亚德认为：“促使萨满进入癫狂状态者，无非是他们内心的一种希冀，即可升举于天界，从而顿时以自身重现人类‘堕落’前那种司空见惯的、天地间的交往。”[②]《国语·楚语下》有段这样的描述：

> 及少皞之衰也，九黎乱德，民神杂糅，不可方物。夫人作享，家为巫史，无有要质。民匮于祀，而不知其福。蒸享无度，民神同位。民渎齐盟，无有严威。神狎民则，不蠲其为。嘉生不降，无物以享。祸灾荐臻，莫尽其气。颛顼受之，乃命南正重司

① 过常宝：《楚辞与原始宗教》，东方出版社1997年版，第132页。

② 转引自D. 博德著，魏庆征译：《中国古代神话》，克雷默等《世界古代神话》，华夏出版社1989年版，第366页。

天以属神，命火正黎司地以属民，使复旧常，无相侵渎，是谓绝地天通。

类似的描述在《尚书·吕刑》也有记述。此外，从《山海经》中的两段记载，我们也可以认清《离骚》中飞升神游的巫祭特色。《山海经·大荒西经》中说：“有灵山，巫咸、巫即、巫朌、巫彭、巫姑、巫真、巫礼、巫抵、巫谢、巫罗十巫，从此升降，百药爰在。”《山海经·海外西经》则云：“巫咸国在女丑北，右手操青蛇，左手操赤蛇，在登葆山，群巫所以上下也。”在“绝地天通”之前，显然先民认为天地曾相通，可以作为佐证的是张光直先生对良渚文化遗址出土的琮的研究，他认为“琮是天地贯通的象征，也便是贯通天地的一项手段或法器”[①]。“绝地天通”之后，天地、人神之间的沟通成为知识和权力阶层的特权，巫觋因为“其智能上下比义，其互能光远宣朗，其能光照之，其聪能听彻之”，神下降到他们之中。

这样，屈原在《离骚》中的飞升神游天界也自然能找到合理的解释。作品通过复苏巫觋的古老功能，在想象和追忆中重现昔日天地相通的景象。张光直先生指出：“东周（公元前450—前200年）《楚辞》萨满诗歌及其萨满和他们升降的描述，和其中对走失的灵魂的召唤。这一类的证据指向在重视天地贯通的中国古老的信仰与仪式体系的核心的中国时代的萨满教。”而“在（中国）分层的宇宙之内，祖先和神居住在上面的层次。生人经由萨满或萨满一类的人物，借动物伴侣和法器——包括装饰着有关动物形象的礼器——的帮助与他们沟通”。值得指出的是，屈原借助幻想回归灵魂的家园乃是巫术变形的结果，而不是像在犹太基督教传统中虚无而生的“创造”。

不仅如此，在《有关复归于永恒的神话》这部著作中，埃利亚德对宇宙的轴心观念进行了探讨。这一宇宙象征，屡见于亚洲诸民族，可以山峦、圣庙、宫殿或城市、树木或葡萄藤为形，居于宇宙的

① 张光直：《中国青铜时代二集》，三联书店1990年版，第71页。

中心并成为天与地之间的纽带。在中国，除了上文我们引述的《山海经》，类似的记载很多。[①]对于此种观念，埃利亚德认为："……许多民族的神话，把我们带到邈远的时代；那时，人们不知有死亡、劳顿和忧虑，食物丰盈，举手可得。那时，众神下降世间，与人混杂，人也可以随意去往天界。由于种种违忤典制的行为，天地之间的交往禁绝，众神退隐至天宇的最高处。从此以后，人们必须劳作糊口，而且不再永生。"[②]这样看来，《离骚》中天地相通的景象抒写，应该和"初始之完美"的神话信仰相关，自然呈现出其"开端的完美"。《楚辞》启示我们，在中国"家族"母题中虽然没有发育充分的"失乐园"原型，但这种对"开端的完美"的想象性追忆和回归同样可以筑就精神的原乡，尤其是在屈原所处的文化断裂、转型的时代，孤独无依的灵魂需要这样的追忆和想象。

张光直先生认为："历殷周两代，历史文献中都有关于一个神仙世界的神话；与这种神仙一起的还有关于生人或先祖之访问这个世界的信仰。但是，在早期这个访问或人神之交往，是个轻而易举的举动，时代越往后，神性世界越不易前往，甚至成为完全不可能之事。"进而，张光直指出，这种人神交往的神仙界和多见于东周子书的远古世界在精神渊源上的一致，"代表一个东周人设想中的乐园"。从重黎神话中，我们发现这样的神仙世界和远古世界在东周时代的思想意识中已"变成"一个不论生人还是先祖都难以达到的世界。东周时代的思想趋势，"使这个世界成为一个美化的乐园，代表生人的理想"[③]。在这个意义上说，以《离骚》为代表的《楚辞》承袭并创化了回归乐园的母题原型，"从纵向看，屈原永远渴望古代的

---

① 参见袁珂、周明编：《中国神话资料萃编》，四川社会科学院出版社1985年版，第20—22页。

② 转引自D. 博德著，魏庆征译：《中国古代神话》，克雷默等《世界古代神话》，华夏出版社1989年版，第365—366页。

③ 张光直：《美术、神话与祭祀》，辽宁教育出版社2002年版，第113页。

‘黄金时代’，它出现在虞舜理政以及帝喾与简狄结合之时。从横向看，这一主题觉得他在巡游中几次接近天国仙乡的女子，并且他的求婚之行以返顾故乡作为终结”[①]。通过梦幻之旅，屈原复活了圣贤和美人，同时，以美人香草为核心构建以“美”作为生命终极关怀的心灵故土和家园，从这里衍生出还归精神家园的超逸、高蹈的“家族”主题。

应该说，屈原这样回归乐园的“家族”母题原型在中国文化传统中并不孤立，较之屈原，老子则是从对世界进行哲学理解的角度作出思考。萧兵、叶舒宪对《道德经》第三十八章的“四失”（“故失道而后德，失德而后仁，失仁而后义，失义而后礼”）的阐发很有启发意义，他们认为：“从神话原型看去，这几句话的背后似乎潜存着自黄金时代至黑铁时代的依次更迭的模式。由于老子将道等同于创造之前的混沌状态，所以，自开辟之后，依次有‘德’的时代、‘仁’的时代、‘义’的时代和‘礼’的时代。……老子自他所处的当代就是四时代中最后一个‘礼’的时代，这同神话思维的惯常定式又不谋而合。由于最后一个时代总被视为堕落的极致，黑暗的极点，因此，也是回归运动开始的前奏。老子对现实社会的不满和批判同黄金时代神话的作者们一样表现为对第四时代的痛恨与回归本原的强烈的希望。”[②]这样看来，老子关于归根、归朴、归于无极和归于婴儿的种种换喻描述都传达出对“开端的完美”的眷恋，从“使万物各复归其根”中派生出强烈的回归意识。由此向下追溯，我们总能在社会动荡转型时代感觉到回归意识，这左右着“家园”的想象和追忆，同时，在现实之外，筑就自己的精神家园和灵魂栖居地。值得一提的是，从原型的角度来看，道家理想中的黄金时代也不是“造”以后的伊甸园，而是“生”之前的孕育状态。而且，老子的精神漫游和回归比屈

---

① 王靖献著，周发祥译：《衣饰与追求——〈离骚〉、〈仙后〉比较研究》，《楚辞资料海外编》，湖北人民出版社1986年版，第272页。

② 萧兵、叶舒宪：《老子的文化解读》，湖北人民出版社1994年版，第123—124页。

原更为邈远。

行文至此，应该指出，《离骚》飞升神游中蕴含了回归的精神倾向，这样的飞升神游和同样本原于道的庄子的“游无何有之乡”，在精神旨归上迥异。屈原的飞升神游时刻保持着对现实的热烈参与，对比之下，陶东风将庄子的精神历程概括为“从超迈到随俗”[①]，可谓确论。正是从这里，我们看出屈原和庄子的合流和分野。不仅如此，如同我们在《诗经》中感受到原始文化的遗存，在《离骚》为代表的《楚辞》中，我们同样感受到中原理性文化的参与。不过，无论是屈原的文学想象还是老子、庄子的哲学思考，其引人注目的应该是堕落时代心灵的孤立无援和自我拯救的渴望之间所呈现的放逐中的漂泊和“寻根”。也正因为此，《诗经》的世俗性“追源”之外，“家族”的古老本原衍生出又一基型，这就是文学想象和哲学思考中的精神“寻根”。

通过以上的清理，中国文学中“家族”母题的一些基本问题得以澄清。作为一个古老的原型，“家族”渊源于原始的蒙昧时代，《诗经》《楚辞》中的“家族”主题正是从这些原始意象中获得一种持续书写和想象的灵感源泉，并结合自己的时代，生发出新型的家族文化母题，而这又是其后“家族”书写和想象的源泉所在。不仅如此，我们还发现中国文学中的“家族”母题在传衍的过程中分化出世俗、伦理、精神等不同的“家族”书写基型，这同时又成为中国现当代知识分子思想与道德的源头。

---

① 参见陶东风：《从超迈到随俗》，首都师范大学出版社1995年版。

第二章

现代知识分子和家族文化的衍变

研究现代家族文化的衍变，现代知识分子是一个绕不开的群体。诚如有的研究者指出的："在推动中国近代历史发展中，知识界能发挥了主导和主体作用的，只能是二十世纪初头的三十年间，这期间也正是由传统士大夫向近代型知识分子转化成功的第一代的形成和成长的时期。"[①]现代知识分子提倡新主张，往往捆绑着对以家族文化为代表的旧制度、旧道德的否定和批判，而家族文化又同时在反作用着现代知识分子。拨开历史的云雾，对于传统家族文化，现代知识分子既是摇旗呐喊、旗帜鲜明的叛道者，也是彷徨无依的漂泊者、孤独者，同时也是乡土大地的固守者。正是这种反传统与传统认同的冲突，导致关于家族文化的讨论呈现出一定的对话性、辩难性与复杂性。家族文化成为了被知识分子不断回望和体认的"精神原乡"以及不断阐释和想象的"话语空间"，它见证了现代知识分子对自我身份的追问、对中国前途命运的求索之路。

第一节　家族文化衍变过程中现代知识分子的精神困境

一、表明身份的困难与焦虑

近现代以来，在西方文明的冲击下，王纲解纽，整个封建制度

① 陈万雄：《序言》，《五四新文化的源流》，三联书店1997年版，第2页。

崩溃，中国人赖以生存的家庭和田园迅速式微、没落乃至解体，中国传统知识分子科举进身的通途也宣告中断。在残酷的现实面前，他们不得不“走异路，逃异地，去寻求别样的人们”。于是，中国现代文学中一个最为鲜明的主题——“除根”开始出现。从封建大家庭，从小农户，从中国的各个偏僻角落，各个阶层纷纷趋向都市，但很快都市、异国他乡让他们体验到一种深刻的陌生感与疏离感。现代文明对人的异化和人欲横流的种种丑恶，使知识分子陷于一种身份认同的危机。

“每个人一出生就天然地属于某个家族共同体，这个共同体不仅是血缘共同体，还是利益共同体，作为家族共同体中的一分子，享有被家族抚育、庇护的权利，同时也享有由家族关系带来的社会利益资源的权利。所以如果当个体从家族共同体中分离出来时，就相当于放弃和失去了这些权利，问题的严重性不仅在于游离的个体自主切断了由家族共同体延伸出来的各种横向和纵向的社会关系，更为严重的是个体的出逃，背叛了自己家族共同体和以此为基础组成的社会共同体，这意味着个体的绝对孤立，悬浮于社会关系真空中的个体，其身份认同就成为一个需要不断确认的问题。”①当人不再仅仅是臣属于某个家族、家庭血缘链上的一环，当人的意义溢出对家族、家庭的臣属，具有了更加丰富的现代意义时，人与家族之间的关系维度也趋向多元，同一个人也衍生出许多身份来。尤其进入现代，“家族体制被有计划地打破，阶级意识不断上升。阶级意识从观念形态上超越了血缘关系，它不再依据人们在血缘关系中的地位划分每个人的身份，而是依据人们在社会经济政治关系中的地位划分每个人的身份”②。质言之，现代中国的身份之所以成为问题，关键是因为传统“个人同一

---

① 晏洁、宋剑华：《边缘化的孤独者——鲁迅小说中的新派知识者新论》，《鲁迅研究月刊》2018年第2期。

② 王沪宁：《当代中国村落家族文化》，上海人民出版社1991年版，第52页。

性和历史连续性之感”[①]的丧失。

现代知识分子的身份问题，更多地表现为文化身份的认同问题。我们可以把现代知识分子的成长史描述为“扎根—除根—失根—寻根”的出发和回归的过程，这样的过程意味着文化的越界（cross border）。“在20世纪特有的文化语境中，越界既是一种现实行为，也是一种象征表演（symbolic performance）。”[②]对于走向城市和异国接受现代教育的现代知识分子而言，从家族出发意味着“越界”，回归到家族同样也意味着“越界”。在不断越过边界的现实行为和象征表演中隐藏的是“个人同一性和历史连续性之感”的失去与重建。

研究身份问题有一个形象的表述——“在夹缝中表明身份”[③]。传统向现代转型的过程也是文化夹缝形成的过程。在这样的过程中，现代知识分子兼具不同文化、性别、民族、阶级等的双重身份。现代知识分子依然逃脱不了作为“过渡一代”和“中间物”的自身规定性。陈万雄曾对他们的教育资源与他们的思想成型作了细致的梳理：“深重的民族危机的历史环境与适逢其会的历史仅见的教育背景……从这些历史性格去分析，可以折射出五四新文化运动的丰富的内容。……这代人的教育背景应是中国历史上仅见的——传统与近代新式教育参半，新旧学问兼备，中外思想的影响集于一身。前此的阶段，当然有这样的人物如严复等，但限于个别人物，不如这是一代人的现象。新文化运动的倡导者无疑是这一代知识分子的表表者。他们虽年龄有差，家庭背景有异，总的来说，他们大都有‘书香门第’的家庭背景，受到严格和良好的教育。粗略地说，他们在约20岁前，大都受过典型和严格的传统教育，蔡元培、陈独秀等人更拥传统科举功名。他们邃于国学，有所专精，甚至不乏是某方面国学上的著名学

---

① 埃里克·H. 埃里克森著，孙名之译：《同一性：青少年与危机》，浙江教育出版社1998年版，第3页。

② 张德明：《流浪的缪斯》，《外国文学评论》2002年第2期。

③ 参见拉里·A. 萨默瓦、理查德·E. 波特主编，麻争旗等译：《文化模式与传播方式》，北京广播学院出版社2003年版，第249—250页。

者。另一方面，他们也适逢其会，处于1900年前后，沿袭下来六百年的科举和传统教育日渐废弃，新式学堂和近代教育日益勃兴的时期。他们也是率先进读新式学堂的一代，在接受传统学问同时，也比较系统地学习外语和西学。近代中国留学潮也开始于1900年以后，他们也是其中的先行者，有亲履目睹异国的机会，不少受过完整的近代大学或更高学位的教育。由于这样的历史条件和机会，他们是历史上罕有的新旧学问、中外知识相对均衡于一身的一代知识分子。这是他们能倡导一个历史上未曾有过的以启蒙为目的的文化革命运动的有利条件。他们对中西文化比较更易产生敏感和造成文化心理的冲突。……这一群知识分子基本是强烈的道德主义者，不管回顾他们个人的行止，或翻开《新青年》杂志，从文字到生活行为都清楚可见。这种关注伦理道德、忧国忧民的思想和情绪与历史上所表彰的士大夫并无不同，只是道德内容有了改变。'五四'新文化运动的重要内容其实是一个'伦理道德'的重整运动。这种种取向皆反映了第一代近代主义者的传统与近代、中国传统思想与西方价值观念纠缠于一身的特性。"①

二、传统文化资源安置、转换与现代性阐释

进入现代，该如何评价、阐释以家族文化为代表的中国传统文化，是现代知识分子必须面对和处理的一个问题。

从表面上看，近现代中国似乎是激进主义思潮占据着主导地位，但仔细研究，我们就会发现保守主义的潜流一直似断若续地绵延着。从《东方杂志》到《学衡》再到新儒家，不管他们的文化面目上有多大的差异，但其对现代性的态度——那种重建民族文化传统和国家认同的努力，一直是和激进主义思潮相对存在的。因西方的价值观之于中国传统文化，譬如个人主义之于群体观念，在中国是缺乏适宜的文化土壤的，势必导致中国现代作家的文化心理结构呈现出分裂状态，所以即使是激进主义者的文化态度，在近现代中国史上也是不断分化

---

① 陈万雄：《五四新文化的源流》，三联书店1997年版，第182—184页。

和演变的。以对文化传统的态度为例，它经历了从摒弃式的批判和清算到建设式的清理和重建的转变。像许地山1935年在北京大学讲演时对理想中的中国文化“自觉、自给、自卫”的期待，就反映了五四后许多知识分子的文化理想。在这种普遍的文化“清理”思潮中，传统文化也相应地由一个整合体，被离析成许许多多的侧面。

在这里，我们借鉴台湾学者叶启政在解析知识分子的社会意义所使用的“转换”和“安置”的概念来具体考察故事中知识分子所做的文化资源的“转换”和“安置”的努力。①从上面对知识分子的功能和角色的考察，我们发现知识分子的社会角色被认为是从事文化的建构、修饰、诠释和批判，从而使某种文化资源成为文化传统典范。对于我们上面所描述的知识分子的社会角色和功能，叶启政称之为“文化象征的理论创释性”。但人类不可能只停留在这种“文化象征的理论创释性”的阶段，而要更进一步地尝试以观念来指导行为，并以具体外显的行为，经由社会各种渠道来实现其思想。基于对知识分子理论和实践双重性的理解，叶启政进一步追问二者之间如何挂钩及其对社会的意义。由此，叶启政提出“转换”和“安置”的现象。所谓的转换过程就是一群人先把一些原在某一阶层或群体存在的文化资源，再度提到意识层面加以检讨、反省和批判；然后，全盘更动或加入一些新的成分（也就是再诠释），使之进入另一种状态的社会过程。转换过程的核心问题是有关知识的诠释或典范的更变。而安置过程最主要的问题则是正当化，即如何使一套经过修饰、诠释过的文化资源，具有正当性的权威含义，而成为具有典范意义的规范行为或制度。

例如，周作人谈鲁迅和“故家”：“园属于一个人家，家里有人，在时代与社会中间，有些行动，这些都是好资料……说得小一点，那么一个园，一个家族，那么些小事情，都是鸡零狗碎的，但在这空气中那时鲁迅就生活着，当作远的背景看，也可以算作一种间

---

① 参见叶启政：《中国知识分子的理想和社会现实》，张文达、高质慧编《台湾学者论中国文化》，黑龙江教育出版社1989版，第164—208页。

接的材料吧。”[①]周作人意识到传统的文化资源是鲁迅文学创作的重要源头，而对于现代中国知识分子而言，需要进行转换的文化资源是双重的：一方面是中国传统文化的结构崩溃之后，遗存下来的文化与思想资源；另一方面是西学东渐之后大量输入的西学资源。值得探讨的是面对这双重的文化资源，现代知识分子进行了种种肆意的添加、简化和曲解。王晓明曾经举过一个将其实是祖传的重群体的意识，掺杂到外来的个人主义思想中去的例子，以此说明添加式的曲解。[②]应该说，中国传统文化和集权制度的整体淡化为现代知识分子进行的诸种转换实验提供了各擅其长的话语空间。回到我们讨论的“家族”故事，由于故事本身吸附的文化内容，由于乡村世界的文化隐喻性，现代知识分子作家只要将写作视野向乡村挪移，就可能使两种文化资源碰撞、叠合在一起。我们在研究中发现，所谓的“家族”故事的书写除了提供对现代中国人现实处境和精神状况的记录，同时也包含借“家族”故事进行文化资源转换和安置的内容。因为对我们这样一个传统的农耕国家来说，任何文化思考都离不开广大的乡村世界。某种程度上，对于故乡的思考，其实正体现了作家对现代中国的思考。从这种意义来说，每一个“家族”故事的讲述和处理都反映了作家对某种文化资源转换和安置的企图，从这些“家族”母题构成模式中我们不难发现作家文化构想的野心。从研究的角度上讲，廓清了母题构成模式，同时也廓清了作家以个人的话语方式进行的文化资源的转换和安置。如果我们仔细研究一下就会发现现代作家不仅有文化转换的企图，不仅仅满足在想象中对传统文化资源进行创造性转换和中国经验阐释，而且，乐于将转换完成的文化资源并入“安置”的过程。

另外，在发现现代知识分子对东西方文化资源进行“转换”和“安置”的同时，我们也悲观地发现现代作家在作品中构建的这种

① 周遐寿：《鲁迅的故家》，《鲁迅回忆录》，北京出版社1999年版，第898—899页。

② 参见王晓明：《潜流与漩涡》，中国社会科学出版社1991年版，第242—305页。

"转换"和"安置"最终难以在现实中兑现，因其始终都无法脱离现代中国的现实语境，在实际写作中也表现出相当的趋同性。除此以外，不可否认的还有时代和意识形态对现代知识分子"转换"和"安置"实现的规避。

第二节　家族文化的弛缓崩溃与现代知识分子的"除根"

家族文化具有传统农耕社会的规定性。在这些规定性中，因历朝统治者的鼓励和控制而得以强化的"乡土本位""安土重迁""家国同构""家国天下"意识，使置身其间的人对土地的崇敬和对家族的依恋逐渐成为一种心理顺应。伴随着这种心理顺应的是，以血缘和地缘为基本纽带的传统社会结构，使每一个社会个体对一己的家族怀着虔敬心和责任感，从而有效地限制了社会个体的远游和迁移。①

"由于原始农业的日益发达，原始人开始了较长期的定居生活，逐渐形成以农业经济为基础的聚落，血缘家庭和氏族社会的出现，使人类的祖先产生了对于家庭的依恋。"②但近代以来，情况发生了变化，自然经济趋于解体，动摇了家族制度的根据。中国近代社会的发展显示，社会的蜕变往往是与群体性的政治、经济、文化、人口的迁移紧密联系、互为因果的，而其中大量农村人口的离村尤其引人注目。鸦片战争之后，在资本主义列强的步步入侵之下，中国社会逐步沦为半殖民地半封建社会。在这一过程中，商品经济迅速发展，自

① 有关论述参见林语堂的《吾国与吾民》以及《生活的艺术》。林语堂在《吾国与吾民》第六章《社会生活和政治生活》中谈到"家族制度"时指出："家族主义伦理哲学甚至限制吾人之远游与运动……"在《生活的艺术》第八章《家庭之乐》的第四节《中国式的家庭理想》中认为："这种对于一己的家庭的虔敬，和神秘义务的感觉，有时确也能变成一种很深的宗教态度……"见林语堂：《吾国与吾民》，华龄出版社1995年版，第179页；林语堂：《生活的艺术》，中国戏剧出版社1995年版，第177页。

② 杨剑龙：《论鲁迅的乡土情结与乡土小说》，《鲁迅研究月刊》1993年第6期。

然经济趋于解体，城市数量和规模增大，工人阶级队伍也从产生到壮大，农民离村现象在动荡的社会环境中呈增多的趋势。[①]从一定意义上说，它标志传统的乡土性面临瓦解的危险。对以乡土为根基的中国人来说，乡里社会的人群和土地是融为一体的。面向土地的人生态度被提炼为牢不可破的价值观念，对人们的社会态度起着指向性、命令性的作用。只有在自然或社会暴力的强大威胁下，他们才会放弃固有的经验，为"活"而被迫挪动，投入迷惘的未知。[②]研究表明，近代农民的离家现象某种程度上虽然反映了这种传统的规定性，但不同的是，这一次的威胁不再是文化系统内部的调整和重组，而是自然经济体系的彻底瓦解。它意味着即使有一天离家者还可以重回家园，一切如同破碎的瓶中之水再也无法复原。相关的近代中国社会的历史史料和研究成果为我们的文学观察提供了有力佐证。在这些史料和研究成果中，有这样两点值得我们注意：其一，近代中国乡村经济废弛、田园荒芜以及人与人之间的关系趋于隔膜、紧张甚至敌对。"田园荒芜，庐舍为墟"[③]；"移回的人口大致于家乡不利，因他们虽能输入新思想，但同时增加人口密度，因此增加生存竞争的剧烈性"[④]；"中国古来是宗法制度的社会，一族同居，视为美风……尚有阻止村民离村的微效。近来因为各种生活上的压迫，强大的宗法制度的威力，已被蔑视，家族散居四方，农业劳力组织的基础的大家族制度，

---

① 有关论述参见王先明：《中国近代绅士阶层的社会流动》，《历史研究》1993年第2期；王文昌：《20世纪30年代前期农民离村问题》，《历史研究》1993年第2期；池子华：《中国近代流民》，浙江人民出版社1996年版；黄宗智：《华北的小农经济与社会变迁》，中华书局2000年版。

② 参见程歗：《晚清乡土意识》，中国人民大学出版社1998年版，第44—48页；费孝通：《乡土中国》，三联书店1985年版，第1—2页。

③ 转引自池子华：《中国流民史·近代卷》，安徽人民出版社2001年版，第15页。

④ 陈达：《人口问题》，《民国丛书》第1编，上海书店出版社1989年版，第263、264页。

已渐渐地弛缓崩溃了……”[①]其二，家园的凋敝、废弛迫使农民另谋出路，并且改变着传统的家族观念。“家庭手工业破产及农业之机器化，使农村中产生大量之过剩劳动力，兼以主要副业蚕桑之衰落及连年灾荒，使农民不得不打破其墨守乡土之故习，群集都市，成为产业工人、商铺店员或劳动后备军。”[②]从芦焚的小说《果园城记》中，我们也可以观照到殷实小康之家的破落。事实上，回顾中国历史，有太多盛极而后衰的家族。上至庙堂的王朝递嬗，下及民间大户小家的兴衰，一幕幕人间悲喜剧不断重演，盛衰之变成为一种历史的宿命，果园城自然也难逃这惘惘的宿命。《刘爷列传》的老刘爷一生的梦想是“战败那位昧心的大刘爷了”，为此，他们竞相买田置地，“最后直到他快要累死，他负了一身债，他大哥还在继续不断的购买”。于是，老刘爷不得不把种种幻想寄托在精心受孕的孩子身上，“希望有一天他能战胜最大的那位刘爷”。但事与愿违，在“嫉妒，羡叹和娇宠中长大起来”的小刘爷却一天天显露坏的倾向。“老刘爷死后，小刘爷承继了全部遗产：一座乡下的住宅，一座城里的住宅，一处较小一点靠车站的，一处临河人家称做‘米粮仓’的，一处顶小的近山的，共总有三百亩地。”这样的家底在果园城应该也算殷实了，但他却到了省城，而且沾染上城市的“坏，丑，废物和罪恶”，买窑姐、抽大烟，最后荡尽家产，“在老刘爷死后的八年中，小刘爷竟过了五年比乞丐还贫困的生活，即使在顶冷的冬天，你仍看见他仅仅围一条麻袋”。《三个小人物》写“果园城至今还流传一个口号：‘马家的墙，左家的房，胡家的银子用斗量。’”这口号里第一个人家就是胡凤梧少爷的母亲马夫人的娘家。她的祖父是全果园城的首富，为保护万贯家产，她的父亲曾在光绪初年与小刘爷的祖父同时捐过知州。口号里的胡家就是胡凤梧家，他的高祖曾担任过布政使，在任上捞到论

---

① 转引自池子华：《中国流民史·近代卷》，安徽人民出版社2001年版，第277页。

② 薛暮桥：《薛暮桥学术论著自选集》，北京师范学院出版社1992年版，第13页。

升论斗计算的银子。然而话虽如此，时间却不饶人，马家的高墙早已夷为平地了，至于用斗量的胡家的银子，也早被布政使游手好闲的子孙们用光。“胡凤梧的父亲在烟榻上躺了一辈子，幸喜去世得早，没有来得及把家产荡完。”而没有荡完的家产，“胡凤梧少爷掌握家政的第四年，在被迫之下，不得不宣告破产”。胡凤梧少爷最后落得身首异处，胡凤英小姐则堕落风尘。值得注意的，《果园城记》不仅讲述了一个个由盛而衰的家族故事，而且反思了其历史根源和现实原因。从现实的角度看，就像《刘爷列传》和《三个小人物》中作家揭示果园城衰败和现代都市的兴起之间的隐秘关系，现代都市的物质繁荣和精神奢靡为世家子弟对享乐和奢华病态的沉溺提供了实现的可能。乡土中国世家子弟的劣根性在现代都市“坏，丑，废物和罪恶”的温床中迅速地合流、膨胀。而乡土中国的内部矛盾也恰逢其时地被农民暴动所激化，从而加剧了乡村殷实小康之家的破毁。但不管怎么说，乡村和都市之罪恶的合流、乡村内部矛盾的激化应该都导源于乡土中国小康之家生成过程中自身所带有的罪恶，就像《刘爷列传》最后所写的：“你也许以为这是一种不可避免的命运。但是为什么大部分有钱人的少爷，他们自己曾经被娇宠过，羡慕过，赞叹过，为什么他们全是没有希望，没有出息的呢？假使他们的父亲根本没有田产，甚至没有一间属于自己的小屋，他们的景况决不会比现在更坏。他们的尊贵的祖先们，并且连他们自己大半都欺凌过农民，蹂躏过穷人的妻女，人家说‘以暴易暴’，不到几年工夫他们就荡尽了家产，比一个真正的要饭的还穷……”时代发展到近现代，乡土中国自身已经匮乏一种转化危机的力量，同时外部压力的渗透、导入则从整个结构上改变，甚至颠覆了乡土中国的力量构成。《三个小人物》中胡家兄妹的沉落和小张的崛起，无疑是大变动中乡土中国力量消长的一个缩影。

李大钊在《由经济上解释中国近代思想变动的原因》一文中说道：

中国以农业立国，在东洋诸农业本位国中，占很重要的位置，所以大家族制度在中国特别发达。原来家族团体，一面是血统的结合，一面又是经济的结合。在古代原人社会，经济上男女分业互助的要求，恐怕比性欲要求强些，所以家族团体所含经济的结合之性质，恐怕比血统的结合之性质多些。中国的大家族制度，就是中国的农业经济组织，就是中国二千年来社会的基础构造。一切政治、法度、伦理、道德、学术、思想、风俗、习惯，都建筑在大家族制度上作他的表层构造。看那二千余年来支配中国人精神的孔门伦理，所谓纲常，所谓名教，所谓道德，所谓礼义，那一样不是损卑下以奉尊长？那一样不是牺牲被治者的个性以事治者？那一样不是本着大家族制下子弟对于亲长的精神？所以孔子的政治哲学，修身齐家治国平天下，“一以贯之”，全是“以修身为本”；又是孔子所谓修身，不是使人完成他的个性，乃是使人牺牲他的个性。牺牲个性的第一步就是尽“孝”。君臣关系的“忠”，完全是父子关系的“孝”的放大体，因为君主专制制度完全是父权中心的大家族制度的发达体。至于夫妇关系，更把女性完全浸却：女子要守贞操，而男子可以多妻蓄妾；女子要从一而终，而男子可以细故出妻；女子要为已死的丈夫守节，而男子可以再娶。就是亲子关系的“孝”，母的一方还不能完全享受，因为伊是隶属于父权之下的；所以女德重“三从”，“在家从父，出嫁从夫，夫死从子”。总观孔门的伦理道德，于君臣关系，只用一个“忠”字，使臣的一方完全牺牲于君；于父子关系，只用一个“孝”字，使子的一方完全牺牲于父；于夫妇关系，只用几个“顺”“从”“贞节”的名辞，使妻的一方完全牺牲于夫，女子的一方完全牺牲于男子。孔门的伦理，是使子弟完全牺牲他自己以奉其尊上的伦理；孔门的道德，是与治者以绝对的权力责被治者以片面的义务的道德。孔子的学说所以能支配中国人心有二千余年的原故，不是他的学说本身具有绝大的权威，永久不变的真理，配作中国人的“万世师表”，因他是适应中国二千余年来未曾变动的农业经济组织反映出来的产物，因他是中国大家族制度上的表层构造，因为经济上有他的基础。这样相沿下来，中国的学术思想都与那静沉沉的农村生活相照映，停滞在静止的状态中，呈出一种死寂的现象。不但中国，就是日本、高丽、越南等国，因为他们的农业经济组织和中国大体相似，也受了孔门伦理的影响不少。

时代变了！西洋动的文明打进来了！西洋的工业经济来压迫东洋的农业经济了！孔门伦理的基础就根本动摇了！①

李大钊追溯了支撑大家族制度的经济基础与社会根源，揭发了两个真相：其一，大家族制度核心是以父权为中心，是为维护君主专制制度服务的；其二，大家族制度是特定历史时期的产物，并不是永久不变之遵循。李大钊的论述揭示了在工业文明背景下，大家族制度崩塌的必然性以及改造的紧迫性，这是现代知识分子与大家族制度决裂的一份“除根宣言”，同时在狂飙突进的热潮下也彰显着现代知识分子理性思考的光芒。

西方工业文明的入侵，冲击了农村小农业和家庭小手工业相结合的自给自足的经济，分解了家族制度赖以生存的物质基础，而不断爆发的政治革命、文化革命、社会革命，也从不同角度对家族制度进行了全盘否定和无情批判。1911年辛亥革命，大力宣扬天赋人权、自由平等等资产阶级民主思想，提出“家族制度是万恶之首”，是导致“自由死”“国权死”“国民死”的祸端，力图通过开展一系列的“家族革命”“家庭革命”“祖先革命”，彻底铲除家族制度。1919年爆发的五四运动，更是对代表着旧道德、旧礼教的家族制度进行了更为深刻的批判。陈独秀指出：“吾国之家族制，实亦有大害，以其养成一种依赖性也。吾人果欲于政治上采用共和立宪制，复欲于伦理上保守纲常阶级制，以收新旧调和之效，自家冲撞，此绝对不可

① 见《新青年》第7卷第2号，1920年1月。

能之事。盖共和立宪制，以独立、平等、自由为原则，与纲常阶级制为绝对不可相容之物，存其一必废其一。倘于政治否认专制，于家族社会仍保守旧有之特权，则法律上权利平等、经济上独立生产之原则，破坏无余，焉有并行之余地？”[①]吴虞也同样认识到家族制度与专制主义异形同构的关系：“君主既握政教之权，复兼家长之责，作之君，作之师，且作民父母，于是家族制度与君主政体遂相依附而不可离。”[②]现代知识分子认为家族制度是专制主义存在的依据，同时又限制了“人的解放”，破坏了人的独立人格。胡适指出：“吾国之家族制，实亦有大害，以其养成一种依赖性也。吾国家庭，父母视子妇如一种养老存款，以为子妇必须养亲，此一种依赖性也。子妇视父母遗产为固有，此又一依赖性也。甚至兄弟相倚依，以为兄弟有相助之责，再甚至一族一党，三亲六戚，无不相倚依。一人成佛，一族飞升，一子成名，六亲聚啖之，如蚁之附骨，不以为耻而以为当然，此何等奴性！真亡国之根也！”[③]陈独秀指出，“一曰损坏个人独立自尊之人格；一曰窒碍个人意志之自由；一曰剥夺个人法律上平等之权利（如尊长卑幼同罪异罚之类）；一曰养成依赖性戕贼个人之生产力。东洋民族社会中种种卑劣不法惨酷衰微之象，皆以此四者为之因。欲转善因，是在以个人本位主义，易家族本位主义”[④]，并进一步指出，“儒者三纲学说，为一切道德政治之大原：君为臣纲，则民于君为附属品，而无独立自主之人格矣；父为子纲，则子于父为附属品，而无独立自主之人格矣；夫为妻纲，则妻于夫为附属品，而无独立自主之人格矣”[⑤]。鲁迅同样指出家长制的畸形：“长者本位与利己思想，

---

① 陈独秀：《吾人最后之觉悟》，《青年杂志》第1卷第6号，1916年2月15日。

② 吴虞：《读〈荀子〉书后》，《新青年》第3卷第1号，1917年3月1日。

③ 曹伯言整理：《胡适留学日记（卷四）》，《胡适日记全编》第1册，安徽教育出版社2001年版，第292页。

④ 陈独秀：《东西民族根本思想之差异》，《青年杂志》第1卷第4号，1915年12月15日。

⑤ 陈独秀：《一九一六年》，《青年杂志》第1卷第5号，1916年1月15日。

权利思想很重，义务思想与责任心却很轻。以为父子关系，只须‘父兮生我’一件事。幼者的全部，便应为长者所有。尤其堕落的，是因此责望报偿，以为幼者的全部，理该做长者的牺牲。”（《坟·我们现在怎样做父亲》）“我有父母，教我育我，待我很好；我待他们，也还不差……但是没有人曾经‘爱’过我，我也不曾‘爱’过他。我年十九，父母给我讨老婆。于今数年，我们两个，也还和睦。可是这婚姻，是全凭别人主张，别人撮合：把他们一日戏言，当我们百年的盟约。仿佛两个牲口听着主人的命令：‘咄，你们好好的住在一块儿罢！’”（《热风·随感录四十》）甚至直言“后起的生命，总比以前的更有意义，更近完全，因此也更有价值，更可宝贵；前者的生命，应该牺牲于他”（《坟·我们现在怎样做父亲》）。

女性是传统家族文化的直接受害者。清代江苏《吴氏宗谱宗规》族约有言：“女子之行不出闺门，惟以孝敬贞洁为上。若有夫亡守节与例相合者，本家具禀请旌；如贫乏不能，宗族共出力旌之。岁时祭祀另致之胙，死则以礼葬之。其夫亡改适，或夫在不谨妇行者，众共弃之。”以上文字反映了传统家族文化对女性地位的压制，妻子依附于丈夫，必须遵守“三从四德”。而现代知识分子则提出了新的“贞操观”，以此来论证封建女性贞操观念的荒谬：“（一）男子对于女子，丈夫对于妻子，也应有贞操的态度；（二）男子做不贞操的行为，如嫖妓娶妾之类，社会上应该用对待不贞妇女的态度来对待他；（三）妇女对于无贞操的丈夫，没有守贞操的责任；（四）社会法律既不认嫖妓纳妾为不道德，便不该褒扬女子的‘节烈贞操’。”[①]除了家庭地位与男性平等，现代知识分子认为女性也应获得同样的社会地位：“第一，在家应该获得男女平均的分配；第二，在社会应获得男女相等的势力。”（鲁迅《坟·娜拉走后怎样》）

传统家族文化崇尚祖先崇拜，而祖先崇拜实则是一种老人崇拜：“‘惟祖训是从，惟祖训是遵’，‘率由旧章，陈陈相因’，就是老

① 胡适：《贞操问题》，《胡适文存》，黄山书社1996年版，第487页。

人崇拜的具体表现。中国家族文化强调推崇祖先功德，以‘祖有德，宗有功’为荣，以‘家传祖先’为对象而向之看齐，从而形成尊崇祖先、效法祖先的心理定势。中国家族文化强调家长的权威，强调老年人在生产劳动和家庭生活中的指导作用，强调长辈的道德教化，强调子女对父母的孝行，而孝的最高标准是继承父母的事业和德行，从而形成崇拜家长、崇拜在世长者的心理定势。”而现代知识分子则提出废去“祖宗崇拜”，而改为“子孙崇拜”“幼者本位”，强调父母对子女应履行爱的责任和教育的义务，“在自然律上面，的确是祖先为子孙而生存，而非子孙为祖先而生存的。所以父母生了子女，便是他们（父母）的义务开始的日子，直到子女成人为止”。[①]

经济结构、政治体制、文化观念的巨大变革，合力摇晃着大家族这座有着两千多年根基的大厦，使家族制度陷入“四面楚歌”的境地，而家族内部其实也在产生巨大的裂变。我们发现，在现代的离村人流中，不仅有农民离乡背井的身影，一些在乡村接受了启蒙教育的乡绅子弟也开始了他们“走异路，逃异地，去寻求别样的人们”的人生跋涉，现代意义上的知识分子由此诞生。

现代知识分子在成长道路上都近乎宿命地经历家道中落的人生变故。“老家是怎样个情形我不大明白。据说是所谓世家，有点田，在长江中游的湘乡。以后渐渐穷下去。穷呀穷的成了穷光蛋。”[②]“听人说，在我幼小时候，家里还有四五十亩水田，并不很愁生计。但到我十三岁时，我家忽而遭了一场很大的变故，几乎什么也没有了……”[③]“儿时的回忆，谁也在说，是最完美的一章，但我的回忆，却尽是些空洞。第一，我所经验到的最初的感觉，便是饥饿；对于饥饿的恐怖，到现在还在紧逼着我。……而一个小县城里的书香世

---

① 仲密：《祖先崇拜》，《每周评论》第10期，1919年2月23日。

② 张天翼：《我的幼年生活》，《文学杂志》第1卷第2号，1933年5月15日。

③ 鲁迅：《鲁迅自传》，《集外集拾遗补编》，《鲁迅全集》第8卷，人民文学出版社1981年版，第304页。

家，在洪杨之后，不曾发迹过的一家破落乡绅的家里，雇乳母可真不是一件细事。……到了我出生后第三年的春夏之交，父亲也因此以病以死；在这里总算是悲剧的序幕结束了，此后便只是孤儿寡母的正剧的上场。”[①]“1902年冬天，我生在湖北省东部一个穷苦的滨湖的乡村。听说原来是一个富有的‘世家’，但到了早死的祖父的前一代就已经衰落了。”[②]国运、家世与自身的命运纠结、缠绕在一起，让他们对世态炎凉、人间冷暖有了一种刻骨铭心的感觉，就像鲁迅所体认到的：“有谁从小康人家而坠入困顿的么，我以为在这途路中，大概可以看见世人的真面目。”对他们来说，从家族开始的生命出发是和刻骨铭心的人生创痛和心灵创伤紧密联系在一起的。

除了家道中落，旧家庭与专制的家长还给现代知识分子带来了极为阴暗的家庭创伤体验：“这创伤却是沉重的，多少年来致人民于死命的，这精神奴役，是比外表上的奴役还要厉害的，因为它是控制了人民底精神，它是杀人不见血的；它是使被杀者自己都不知道是怎么被杀的。它是用着吃人的礼教，忠臣孝子的感情，三从四德的规范，仁义道德的温情来进行着看不见的屠杀的。它，这种精神奴役，是使得人民在被屠杀之后还要感激它的。它蒙蔽了人民底精神，歪曲了人民的感情，使得人们看不见世界的真实。……而且这创伤并不就纯粹在人民身上，它也在我们底作家、知识分子的身上。”[③]这促使他们在质疑家族制度合理性的同时，也走向了行动上的反抗，逃离“铁屋子”，打破“铁笼子”，去探求新世界，寻找“新人类”。巴金在回忆自己旧家庭的生活时说：“那十几年的生活是一个多么可怕的梦魇！我读着线装书，坐在礼教的监牢里，眼看着许多人在那里面挣扎，受苦，没有青春，没有幸福，永远做不必要的牺牲品，最后终于

① 郁达夫：《悲剧的出生》，《人间世》，1934年12月5日。

② 胡风：《为一个外国刊物写的自传》，《胡风杂文集》，三联书店1987年版，第111页。

③ 路翎：《论文艺创作底几个基本问题》，张业松编《路翎批评文集》，珠海出版社1998年版，第98—99页。

得着灭亡的命运。还不说，我自己所身受到的痛苦……那十几年里我已经用眼泪埋葬了不少的尸体，那些都是不必要的牺牲者，完全是被陈腐的封建道德、传统观念和两三人的一时任性杀死的。我离开旧家庭就像甩掉一个可怕的阴影，我没有一丝留恋……”[①]路翎在《财主底儿女们》中写道：“在这个笼罩于权势底暗影和现实的财富的家庭里，老人底强力的性格无处不在，使得走进去的人要感到某种寒冷；好像他们遇见了某种东西，这种东西他们认为已经成了做噩梦的资料的。”周建人曾这样描述家族生活：“在我的青少年时代，就目睹了愁云惨雾遍被整个家族。”[②]就像有研究者指出的那样，胡适在绩溪的童年不是在贫困中，而是在长期紧张的家庭关系和经济焦虑的气氛中度过的。[③]

如果说家族的颓败以及家庭内部的沉闷压抑气氛，让原本牢不可破的“家族之墙”产生了一丝裂缝，那么乡绅子弟所受到的新式教育，势必影响着他们挥起重锤砸向危墙。从书塾到新式学堂，许多现代作家的童年记忆都涉及这样的人生转折。“1905年科举废止了。嘉定府的首县乐山县开办高等小学。……科举初停，一切都是旧时的习惯……考试的规矩差不多完全和旧时的科举一样。”[④]“当时的学堂，是一般人的崇拜和惊异的目标。将书院的旧考棚撤去了几排，一间像鸟笼似的中国式洋房造成功的时候，甚至离城有五六十里路远的乡下人，都成群结队，带了饭包雨伞，走进城来挤看新鲜。在校舍改造成功的半年里，‘洋学堂’的三个字，成了茶店酒馆，乡村城市里的谈话的中心；而穿着奇形怪状的黑斜纹布制服的学堂

---

① 巴金：《巴金论创作》，上海文艺出版社1983年版，第104页。

② 周建人口述，周晔编写：《鲁迅故家的败落》，湖南人民出版社1984年版，第13页。

③ 参见格里德著，鲁奇译：《胡适与中国的文艺复兴：中国革命中的自由主义（1917—1937）》，江苏人民出版社1996年版，第10页。

④ 郭沫若：《我的童年》，《郭沫若选集》第1卷上册，四川人民出版社1979年版，第53页。

生，似乎都是万能的张天师，人家也在侧目而视，自家也在自鸣得意。”“实际上我的那一班学堂里的同学，确有几位是进过学的秀才，年龄都在三十左右；他们穿起制服来，因为背形微驼，样子有点不大雅观，但穿了袍子马褂，摇摇摆摆走回乡下去，却另有着一种堂皇严肃的威仪。”[①]“庚子年后废止八股，改用策论，不过那也是换汤不换药的办法，假如前者是土八股，那么这后者也无非是洋八股罢了。”[②]“……它（县考）的意义却很是重大。这是知识阶级，那时候称作士人或读书人的，出身唯一的正路，很容易而又极其艰难的道路。”[③]“……考试既然是士人出身的正路，那么我们那时没有不是从这条路走的，等得有点走不下去了，这才去找另外的道路。”[④]“我要到N进K学堂去了，仿佛是想走异路，逃异地，去寻求别样的人们。我的母亲没有法，办了八元的川资，说是由我的自便；然而伊哭了，这正是情理中的事，因为那时读书应试是正路，所谓学洋务，社会上便以为是一种走投无路的人，只得将灵魂卖给洋鬼子，更加倍的奚落而且排斥，而况伊又看不见自己的儿子了。然而我也顾不得这些事，终于到N去进了K学堂了，在这学堂里，我才知道世上还有所谓格致，算学，地理，历史，绘图和体操。我的梦很美满。”（鲁迅《呐喊·自序》）。王鲁彦以下这段描写所反映的其实是对“活”的幸福前景的共同期待：“就在这热闹中，我跟在父亲的后面走上了山坡，第一次远离故乡跋涉山水，去探问另一个憧憬着的世界，勇往地肩起了‘人’所应负的担子。我的血在沸腾着，我的心是平静的，平静中满含着欢乐。我坚定地相信我将有一个光明的伟大的

---

① 郁达夫：《书塾与学堂》，《人间世》，1935年1月5日。

② 周作人：《再是县考》，《知堂回想录》，河北教育出版社2002年版，第62页。

③ 周作人：《县考》，《知堂回想录》，河北教育出版社2002年版，第57页。

④ 周作人：《再是县考》，《知堂回想录》，河北教育出版社2002年版，第60页。

未来。”[①]

对于现代知识分子来说，近代以来中国沿海发展起来的这些都市并不是他们最终的目的地，更多人从这些都市再次出发远涉重洋，在遥远的异国他乡开始了他们新的人生道路。陈万雄在探讨清末传统思想与五四的渊源时，曾经梳理过几个代表人物的思想谱系，谈到吴虞时指出：“1905年赴日本法政大学就读，习宪法、刑法等各种法学、经济学、财政学、行政学等。相当全面地接触了西方近代思想文化。也由那时开始攻击传统思想文化。”而蔡元培“由1908年到1911年，蔡元培留学德国的三年间所修习的课程，尽是些西方哲学、文明史、文学、心理学、美学、民族学等近代学问，亦可反映出蔡氏要全盘地了解西方先进文明和文化的殷切愿望，及有要在文化层面上改造中国的意识。……正如论者说：‘他出身于传统旧学，却热衷于新的知识学问，成为近代中国史上新旧过渡时期中一个成功的典型的代表。’”至于鲁迅，则“至少在1906年，鲁迅已明确地有了从事文化革新、彻底改造国民思想精神的意向”。[②]而这正是鲁迅弃医从文奔赴东京的时候。

现代知识分子是“除根”的一代，他们中有相当一部分人出身于封建大家庭，“除根”除了行动上的逃离家族，其实更主要的是对家族传统文化价值观念的背离。“西方人更侧重皈依宗教，特别强调个人在精神上与上帝同在的全体的‘我们’之间的联系，在宗教教义和宗教社团中找到自己的寄托和位置。中国人更侧重依恋家族，把自我视为连续不断的家族世系中的一个发展部分，力求争取来自家庭和亲属等社会关系的支持，使自我从这些关系中获得力量与安全感。”[③]现代知识分子敢于逃离家庭，追求个性解放，甚至抨击家族

---

① 鲁彦：《旅人的心》，《鲁彦散文选集》，百花文艺出版社1982年版，第182页。

② 陈万雄：《五四新文化的源流》，三联书店1997年版，第124—126页。

③ 罗成琰：《现代中国的浪漫文学思潮》，湖南教育出版社1992年版，第52页。

给个人造成的依赖性，这与西方文明的影响是密不可分的。我们不妨研究一下徐志摩1919年7、8月在美国记下的几段日记。在7月20日的日记中，徐志摩记述道："想起社会卫生问题，将来实施起来，着实有些棘手。水是第一难题，就家乡说，常年的疾病疫疠，太（大）半是水的缘故。市河里的水，虽然流通，真不知龌龊到什么田地：这一家正在淘米，上流那一家在那里净桶；不要说别人家，我就是这样子吃大来的。其实难堪！还有许多袜厂，不顾公德，在上流把颜料都洗在水里，换一句说，就是轻轻的下了些毒。全镇人民都服了毒！谁禁止他去？到了夏天，更不得了。一个月不下雨，河底就向天。全镇的人都免不了挑臭水吃，凭你怎样的下矾，也干净不到那里去。每立方水里面，更是用显微镜一查考，不知容纳了沙数的微菌，微菌都变了资（滋）养料！这叫做甘心服毒。夏天一过毛病发作了。秋瘟！伤寒！瘪螺！吊（大）脚！以及希奇百怪的传染病。郎中药铺，做得好生意。人口短了一大段。但是那疾病究竟是怎样来的呢？不用说是人心太坏，上天示罚，瘟病下降。没有别的，赶紧迎会罢；赶紧打醮罢；拜平安忏罢；开梅坛拜斗忏罢。可怜连我们老太爷，也免不得要上山去住几天。斋戒礼拜，替全镇拔除不祥。唉！就是这样的社会情形！恐怕从开辟以来，没有换一些样儿！"这其中显然包含格里德评述胡适所说的："上海六年（1904—1909年）的动荡生活，去掉了他那乡下人的笨拙，并给了他坚持己见的信心。这六年的生活也给了他能旅居西方的训练。在西方，随着他对西方思想观念的认识逐步成熟为真正的理解，他也就渐渐把许多西方的社会价值观当成自己的价值观。"[1]这无疑是一种触及心灵深处的"离开""除根"和"失根"。胡适有，闻一多、徐志摩有，每一个留学海外的现代知识分子都有。西蒙娜·薇依曾提醒我们："在现今各种拔根疾病的形式中，

① 格里德著，鲁奇译：《胡适与中国的文艺复兴：中国革命中的自由主义（1917—1937）》，江苏人民出版社1996年版，第40页。

文化的拔根并不是最可忽视的。”[①]所谓的“除根”和“失根”，背后隐藏的其实是被动的“拔根”，对于现代中国而言则意味东西方文化比较中的揖别、推拒或抉择。

第三节　家族文化的自足生长与现代知识分子的“扎根”

近代以来，辛亥革命和五四运动对家族制度进行了无情的抨击，但是家族制度依然存活着，尤其在广大的农村依然有着无比顽强的生命力。甚至到了1952年土地改革完成，家族制度依然在中国大地自给自足地生长。究其原因，我们也许可以从冯天瑜等所著的《中华文化史》中的一段话找到答案：“宋代以后的宗族组织既不同于殷周时期以政治与血缘关系高度统一的宗法组织，也不同于东汉以后讲究出身、门第的门阀士族以及割据一方的精英组织，它是民间自发组成的以男系血统为中心的基层组织。”[②]以宗法思想为核心的封建主义的最大特色就是把政治伦理化，实现了伦理和政治的统一，而抛开这一层“温情的掩饰”，露出的是“俗世伦理”，这才是家族主义的深层结构。

作为新文化运动的主要成果之一，对传统家庭文化的批判成了现代知识分子的叙述重点。但我们发现，在现代文学作品中，既有对家族落后与腐朽的无情揭露，也有对故乡和家族的温情返照。如果说前者叙述的是个人本位主义与家庭本位主义的斗争关系，那么后者强调的则是一种文化个体回归文化母体的内在联系。老舍在《小人物自述》中说道，“我不能把这些搁在一旁而还找到一个完整的自己；那是我的家，我生在那里，长在那里，那里的一草一砖都是我的生活标记”，甚至坦言即便被称为“私产与家庭制度的拥护者，我也不想多

---

① 西蒙娜·薇依著，徐卫翔译：《扎根：人类责任宣言绪论》，三联书店2003年版，第54页。

② 冯天瑜、何晓明、周积明：《中华文化史》，上海人民出版社1990年版，第207页。

去分辩，因为一想起幼年的生活，我的感情便掐住了我的理智，越说便越不近情理”。[①]对于旧家庭，现代知识分子的态度是矛盾的，他们举起了锐利的长矛刺向那坟墓一般的家族，却也刺到了心里最柔软的部分。

俄国思想家弗兰克在其《社会的精神基础》中指出：“在任何一个时间段，在任何一个‘现在’中，可见的社会有它自己不可见的、内在的超时会同性。……莱布尼茨所阐述的普遍的宇宙生活说也适用于社会生活：在任何一个瞬间，生活都‘充满过去并孕育未来’。那个过去与未来存在于现在的神妙莫测的统一体，那个构成生命机体神秘本质的统一体，就是社会中那个它所从中汲取生命力的不可见的核心。”而这种“会同统一体”赖以存在的生活形式是家庭、宗教生活以及“任何一群联合在一起的人之共同命运及生活”。“建立在共同命运之上的会同性不单纯是主观的心理事实，不单纯是统一意识；它是一种精神生活，吸取同一种材料的养分，用相同的内容来充实，并且，从生命本体论角度看，实际上融合为一个真正的内在统一体；共同的生活编织成一条条线穿过每个人的心灵并从内部把他们连成一个真实存在的即会同的统一体。这就是过去以及文化历史传统在社会生活中巨大的创造性、巩固性意义之所在。”[②]西蒙娜·薇依认为：“扎根（enracinement）也许是人类灵魂最重要也是最为人所忽视的一项需求。这是最难定义的事物之一。一个人通过真实、活跃且自然地参与某一集体的生存而拥有一个根，这集体活生生地保守着一些过去的宝藏和对未来的预感（pressentiment d'avenir）。所谓自然的参与，指的就是由地点、出生、职业、周遭环境所自动带来的参与。每个人都需要拥有多重的根。每个人都需要，以他作为自然成员的环境

---

① 老舍：《小人物自述》，《老舍全集》第8卷，人民文学出版社1999年版，第290页。

② C. 谢·弗兰克著，王永译：《社会的精神基础》，三联书店2003年版，第73—74、69页。

为中介，接受其道德、理智、灵性生命的几乎全部内容。”[①]回过头来看看中国现代知识分子，我们就能够发现太多作家的生命之“根”的孕育和生长，都是在辽阔无边的乡土中国。因而，讨论现代作家生命之“根”在乡土中国的孕育、生长，讨论现代作家的生命历程和乡土中国的复杂、隐秘的关系，对于我们理解现代作家在生命前行的道路上频频回首他们生命开始的家族的原因，对于我们理解灾难深重的故乡大地一次又一次成为现代作家精神危机的心灵栖息之所的原因不能说没有关系。因此，在进一步讨论“除根”和“失根”时，我们应先去研究现代中国知识分子如何在辽阔的乡土中国以及家族文化的熏染中扎下他们的生命之“根”。

现代知识分子虽然接受了现代教育，但是我们把时间轴拨回到童年时期，他们正是在乡土中国家庭的日常生活方式和世代因袭的仪式中，感受到“人之共同命运及生活”，而这其实就是家族文化所折射出的“俗世伦理”。费孝通在《乡土中国》中提到，伦理“以‘己’为中心，像石子一般投入水中，和别人所联系成的社会关系，不像团体中的分子一般大家立在一个平面上的，而是像水的波纹一般，一圈圈推出去，愈推愈远，也愈推愈薄。在这里，我们遇到了中国社会结构的基本特性了。我们儒家最考究的是人伦，伦是什么呢？我的解释就是从自己推出去的和自己发生社会关系的那一群人里所发生的一轮轮波纹的差序”[②]。

何为人伦？其实是一种道义。“中国人从他来到人间那天开始，就进入这样一种循环之中：成人之前，他受着父母兄长的养育帮助；成人之后，他得报答父母兄长的养育之恩；他有了子女之后，除了继续报答父兄恩德之外，还同时承担教育子女的义务；而当他进入晚年，他便又享受子女对他的报答。这是纵向关系。在横向关系中，

---

① 西蒙娜·薇依著，徐卫翔译：《扎根：人类责任宣言绪论》，三联书店2003年版，第33页。

② 费孝通：《乡土中国》，三联书店1985年版，第25页。

他也沐浴在‘血浓于水’‘割不断的亲’‘同宗共叶莫生疏，万叶千枝总一株’等观念和行为之中。”[①]鲁迅曾说：“魏晋时代，崇奉礼教的看来似乎很不错，而实在是毁坏礼教，不信礼教的。表面上毁坏礼教者，实则倒是承认礼教，太相信礼教。”（《魏晋风度及文章与药及酒之关系》）作为新文化运动的旗手，鲁迅骨子里却依然是一个传统的道德主义者。早年家族生活的创伤体验让他认清了家族制度的弊端，但是并没有改变他作为长子嫡孙的家族身份，他背负着家族的重担，躬行旧的家庭伦理，这与新文化运动提倡的“我就是我”是背道而驰的。这是现代知识分子在理智上想挣脱家族文化的樊笼，在道德与情感上又难以挣脱的循环。“中国的家族制度，真是麻烦，就是一个人关系太多，许多时间都不是自己的。”（鲁迅《致萧军》）鲁迅对家族制度的无奈其实也反面体现了他对家族道义的自觉承担。

人伦同时也是一种人情。巴金曾说：“是什么东西把我养育大的？我常常拿这个问题问我自己，当我这样问的时候，最先在我的脑子里浮动的就是一个‘爱’字。父母的爱，骨肉的爱，人间的爱，家庭生活的温暖，我的确是一个被人爱着的孩子。在那时候，一所公馆便是我的世界，我的天堂。我爱一切的生物，我讨好所有的人。我愿意揩干每张脸上的眼泪，我希望看见幸福的微笑挂在每个人的嘴边。”[②]张爱玲在自传体图文集《对照记》中说：“我没赶上看见他们，所以跟他们的关系仅只是属于彼此，一种沉默的无条件的支持，看似无用，无效，却是我最需要的，他们只静静地骑在我的血液里，等我死的时候再死一次。我爱他们。”她在《童言无忌》《弟弟》等作品中用难得温情的笔调回忆家庭生活：“我最初的回忆之一是我母亲立在镜子跟前，在绿短袄上别上翡翠胸针，我在旁边仰脸看着，

---

① 杨知勇：《家族主义与中国文化》，云南大学出版社2002年版，第285页。

② 巴金：《我的幼年》，《巴金选集》第10卷，四川人民出版社1982年版，第92—93页。

羡慕万分，自己简直等不及长大。”“我弟弟生得很美丽，我一点也不……一同玩的时候，总是我出主意……他是‘既不能令，又不受令’的，然而他实在是秀美可爱，有时候我也让他编个故事：一个旅行的人为老虎追赶着，赶着，赶着，泼风似的跑，后头呜呜赶着……没等他说完，我已经笑倒了，在他腮上吻一下，把他当个小玩意。”与巴金和张爱玲相反，鲁迅则是过早地体验了亲友的势利与人情的冷漠。鲁迅提到，“中国旧理想的家族关系父子关系之类，其实早已崩溃……历来都竭力表彰‘五世同堂’，便足见实际上同居的为难；拼命的劝孝，也足见事实上孝子的缺少。而其原因，便全在一意提倡虚伪道德，蔑视了真的人情”（《坟·我们现在怎样做父亲》）。鲁迅《狂人日记》《孔乙己》《祝福》《父亲的病》《白光》《故乡》等作品，充满了对封建礼教吃人本质以及世态炎凉下看客心态的深刻揭露，对人情那一层“厚障壁”的悲哀。鲁迅“以冷漠的笔调愤懑的情感描写乡镇社会下层人们受奚落被侮辱的场景，揭示批判缺少诚和爱的国民性：孔乙己在咸亨酒店里被哄笑……爱姑反抗离婚的孤立无援，连殳归乡奔丧的孤寂悲哀；单四嫂子的受侮辱被冷落，吹灯疯子的被咒骂受拘禁”[①]。但《故乡》《社戏》中却又隐藏了鲁迅对“真的人情”的呼唤。这些从记忆深处像招魂一样被召唤出来的故乡想象和形象，指向女性和童年，对应着农耕文明的人伦温情，“月光”“少年”“田园”往往使这样的想象和形象有了一种遗世的明澈和纯净。就像《故乡》所写的，这充满神异色彩的故乡形象成了20世纪中国文学的经典画面：“这时候，我的脑里忽然闪出一幅神异的图画来：深蓝的天空中挂着一轮金黄的圆月，下面是海边的沙地，都种着一望无际的碧绿的西瓜，其间有一个十一二岁的少年，项带银圈，手捏一柄钢叉，向一匹猹尽力的刺去，那猹却将身一扭，反从他的胯下逃走了。”（《故乡》）“月光”和“少

---

① 杨剑龙：《论鲁迅的乡土情结和乡土小说》，《鲁迅研究月刊》1993年第6期。

年”，迹近浪漫的桃源梦境中隐约着渺远的田园牧歌。鲁迅的故乡想象和记忆是“月光”“少年”“田园”，所有的一切都传达着文化童年时期的青春气息，毫无“荒村”“衰城”“废园”的没落、衰颓和陈腐之气。

“我这本小书中所叙述的故事，却几乎大部分取材于远离青岛数千里外我的故乡，湘西山区周围一些荒僻小山城、村落——也就是我生命生长的那些小村小店，或河边船上。我熟悉那个地方的风俗习惯，人民的哀乐样式。它们在我生命中具有无比巨大的力量，影响我，控制我。我从二十岁起，先后转入几个大都市生活。经过整整半个世纪，表面上我仿佛便完全变了，事实上却依然活在我顽童时代生活留给我的无比深刻的印象中。”[①]“我自1922年离开湘西。来到都市已六十四年，始终还是乡下人。我不习惯都市生活，苦苦怀念我的家乡。怀念我家乡芳香的土地，青翠逼人的山峦和延长千里的沅水。尤其是那些同我生活在一起二十年的人们，他们素朴、单纯、和平、正直，我对他们怀着不可言说的温爱。我的感情和他们不可分。”[②]“对于农人与兵士，怀了不可言说的温爱，这点感情在我一切作品中，随处都可以看出。我从不隐讳这点感情。”这样的温爱源于“因为他们是正直的，诚实的，生活有些方面极其伟大，有些方面又极其平凡，性情有些方面极其美丽，有些方面又极其琐碎……”[③]由此我们看出，现代知识分子在理智上是反对家族文化的，但在骨子里他们依然是道德主义者，在情感上依然摆脱不了对家族的眷恋，家族文化中蕴含的道义和人情，是他们无法摒弃和割舍的。

---

① 沈从文：《〈从文短篇小说集〉序》（德译），《沈从文全集》第16卷，北岳文艺出版社2002年版，第408页。

② 沈从文：《〈新与旧〉译序》，《沈从文全集》第16卷，北岳文艺出版社2002年版，第410—411页。

③ 沈从文：《〈边城〉题记》，《沈从文全集》第8卷，北岳文艺出版社2002年版，第57—59页。

这种对家园的眷恋，现代作家除了直抒胸臆，也经常通过其笔下的人物传递出来。芦焚的《归客》，曾经“庄稼汉的大狗是被全村喜欢的人”，“和杜家崖的年轻人一样”，有过到外面碰几年回家买地的梦想，但因为“乡土难舍”“小家难离”，“异乡梦终未得实现”。直到八年前，遭了水才抛妻别子当兵吃粮，但他依然怀揣置地买牛的梦想。即便在兵败被人缴械之后，他仍然想象遥远的家，“有老婆大狗嫂，有儿子小鳖，有二亩祖茔坟地；更大的理由是他想，八年不见，这时节地也许增至六亩了罢，也许还有几只羊，一头小牡牛。他不能再在外边有一刻停留了，他的心早飞到了杜家崖，他愿意和老婆一起种自己的庄稼地，他渴望看着小鳖砍草喂咩咩叫的羊，他必须困一个八年间没有睡过的赤条条的觉。而且发誓不再出家门一步”。可以说，是一个中国农民对故土家园的朴素梦想支撑他度过行旅生涯，又支撑他跋山涉水地走回家。“他虽然当兵，却依旧是一个安分的农民。八年来他曾受过怎样的苦楚，他是怎样被‘自己的手去弄弄泥土’这愿望煎熬着呀！”“三个礼拜来他在路上挣扎着，他渴望着家乡的泥土，渴望着用自己的手去耕耘田地，竟至忘记了自己。”在林希隽的《归家》中，因为唯一的儿子盛年亡故，迷信的婆婆“以为是媳妇命舛，带扫帚星”，“硬巴巴把她撵走”。倔强的媳妇虽然离家三四个年头，在城里给李公馆当雇佣，“身虽在外边，心却永远维系在家的回忆上，归来的憧憬上，天天的记挂着家……”愁虑、操劳和刺激让她日见衰弱，最后被李公馆歇工，然而被故乡人们认作“娼子”的她，还是一心想回家。于是她固执地踏上还家的路上，固执地要迈进她曾经出入的家门。“我是有家的，我要回到家，你们有心肝的替我说说吧！”

应该指出的是，乡土中国的世界远不仅是一个单一的人间世界，在现代知识分子的书写中，家族、故乡是一个人、鬼、神共同居住的世界，除了祭祀仪式，乡村社戏和民间节日狂欢所呈现的是最为浓烈和丰富的乡村世界。于是，我们又触及了家族文化的另一主要特征，即祖先崇拜和鬼神信仰，这是维系家族制度的精神纽带，这些鬼神形象在现代作家作品中俯拾皆是，成为现代知识分子最为熟稔，也最为亲密的文化资源：

我至今还确凿记得，在故乡时候，和“下等人”一同，常常这样高兴地正视过这鬼而人，理而情，可怖而可爱的无常；而且欣赏他脸上的哭或笑，口头的硬语与谐谈……

——鲁迅《无常》

凡做戏，总带着一点社戏性，供着神位，是看戏的主体，人们去看，不过叨光。但“大戏”或“目连戏”所邀请的看客，范围可较广了，自然请神，而又请鬼，尤其是横死的怨鬼。

——鲁迅《女吊》

在我童年的教育里，充满了神怪和恐怖。……供给我以神奇鬼怪的知识的，除掉这些“野史”以外，还有别一种更亲切的教育。我的老祖母是一个观世音菩萨的崇拜者，加上我的父亲不过是她的螟蛉子（过继子），所以她经常说自己应该而且可以修得一个好来世。……每一次“拜北斗”或是“忏血湖”，总要使我在神异的景象里浮荡一个长时间。我脑子里装的神奇古怪的东西愈来愈多，也愈来愈新鲜复杂。……乡下真是鬼怪的渊薮，鬼的故事多极了。矮脚鬼，无常鬼，强魂鬼，水鬼，吊死鬼，僵尸，女鬼……形形色色，无奇不有。……乡下人在讲鬼故事时，差不多每个人都是天才的大作家。他们把鬼的动作，神情，面貌等等，描绘得极其精细生动，无微不至；尤其是模拟鬼的声音，简直使人听了毛骨悚然。

——王西彦《神·鬼·佛》

一切事保持一种淳朴习惯，遵从古礼；春秋二季农事起始与结束时，照例有年老人向各处人家敛钱，给社稷神唱木傀儡戏。

旱暵祈雨，便有小孩子共同抬了活狗，带上柳条，或扎成草龙，各处走去。春天常有春官，穿黄衣各处念农事歌词。岁暮年末，居民便装饰红衣傩神于家中正屋，捶大鼓如雷鸣，苗巫穿鲜红如血衣服，吹镂银牛角，拿铜刀，踊跃歌舞娱神。

——沈从文《我所生长的地方》

在我们那南海之滨的故乡，自然社会上的风俗、习惯，不少还是属于中古时代的。其实，在我们这古老的国度里，除了少数的地域，受了欧化的洗礼，略有些变动外，大部分不仍是如此吗？那一年一度的演唱社戏，便是古代风尚的遗留了。

每年到了凉秋九月，各乡村、各市镇的善男信女，便欢天喜地，提议唱戏，以酬神愿——其实，不少的民众，已没有什么娱神的观念，不过藉此种玩乐，以洗涤他们一年劳苦困倦的精神罢了。……他们一逢到唱戏，就禁不住手舞足蹈，好像得了什么珍宝似的……忆幼年时，每届乡中做社戏之际，便同家人回去观看。……夜里和白昼，我们成群结队的，穿街过巷，落乡下村，玩的确也很有味儿。

——钟敬文《忆社戏》

我顶喜欢过年的头几天，由村里抬出关帝爷的神像来，全村人都“闹火”，抢着抬，看谁先把神像抬到舜帝庙。那个快，那个跑！赶到舜帝庙，往什么神座上一搁，就开戏了。于是我就高高地坐在叔叔的肩膀上看戏，戏名字一个我也不觉得了，也不记得是哪个叔叔扛我了。反正是人山人海！

——李健吾《梦里家乡》

拜天地：元旦的早晨，祠堂前铁炮轰震了，接着爆竹砰砰响震全村。全村的长老都礼服礼帽仿佛上朝的群臣，雍容雅步走进祠堂，在轰轰的炮声中，全都跪在香纸烟雾隆重烛光明晃的祠堂中，先拜了祖先，再退出祠堂拜天地，祭祀上仍是烛光晃晃，香烟弥漫，爆竹声铁炮声中，严肃地拜了又拜。全村的妇女小孩，都新衣整齐，围聚着看。拜过天地后，全村的人聚在祠堂里用早餐，俗名“把宗”。全要吃素，吃的是糍粑、糖果、热酒，由各家自动地携带丰富的食品去，每桌十几个糖果点心盘子，许多瓶酒，大家交换着吃喝，交杂着坐位，畅谈笑乐。

故事（龙灯故事）中给解情的男女最开脾胃的，要算串春牛戏。是用土语编成歌词，用土词演唱，以胡琴取唱拍，略配以锣鼓。戏情一个农夫牵着水牛在耕田，且耕且唱，好一会，一个妖俗透骨的农妇，涂抹着浓厚的脂粉，摇着白纸扇，提了饭篮，往田间送饭，歌唱而前，她一望见农夫，弄眉丢眼，欲前佯退，一曲情歌，勾引得农夫心魂瘙痒。于是农夫弃了犁牛，狂热地去追她，高歌热唱，把她扭回田里，一唱一和，轻薄地卖弄风情，尽量地打情骂俏，却又装出羞怯，且演且唱，句句合着胡琴，弄得情浓如烈火，热唱像疯狂，妖荡彻骨，情不能自已时，来了第三者……戏是怎样结局，我已忘记。因为它是用农民的日常作戏情，又用土语演唱，所以博得乡下人热烈的欢迎，妇女和小孩，也异常爱看。但读书人摆起道学先生的架子，说它俗不可耐，远远避开。

唱大戏：戏台建在旷野，是有浮雕有悬空的塑画的建筑物，塑画施以素雅的色彩，每幅一个富有诗意的故事，如李白醉酒，太公钓鱼……自唱戏的第四天下午，从祠堂前搬出一个竹骨纸糊的“将军”，身高好几丈，拿着二丈长的关刀，凶神恶煞，据说是鬼王，把它摆在距戏台七八丈远的对面，说是可以镇压群鬼作恶。……每晚还有夜戏，小孩少年不准看夜戏。因为都是调情的戏，主妇们许多只有晚上才有工夫看戏，所以夜戏为一般上了年纪的人及忙人所酷爱。

——白薇《我的家乡》

敬神是岁暮大事，老百姓从不娱乐，偶一娱乐，总借敬神名义，尤其是年终，他们决不计较自己的劳力，把一切收获，归之于神；于是飨宴之前，就先得敬神，叫“谢天地”，寓感恩的意义。

——楼适夷《岁暮杂景》

乡村里的戏我确极爱看，那醇真的趣味，我全嚼得透，它使人感兴味的不在戏的本身，而是那一种整个的空气。

——臧克家《社戏》

放猖、迎佛、祈禳、敬神，中国乡村社会往往通过“做戏”将人与神鬼世界的沟通、交往艺术化和审美化，因而，仅仅将“做戏”作为乡村人生的反映和道德教化的工具是不够的。李亦园在《人类的视野》中提到庄生《仪式剧与戏剧仪式》一书的导言，在这本研究目连戏的论文集的导言中，庄生认为：“仪式与戏剧在中国文化中都占有重要的地位，这不仅是两者有其不可分的渊源关系以及两者都是借行动来表达、表演以达到目标的共同本质，而更重要的是他认为中国文化传统中基本精神之一就是行动，中国人的道德是借行动来表达的，道德伦理不是理论的存在而是实践的行动。所以仪式与戏剧都是中国文化的重要部分，因为他们传达了中国文化的实践精神，而把中国人的生活经验与人生理想借行动表达出来了。”在此基础上李亦园进一步引申道：“中国人的生活中不论是宗教的或是非宗教的，神圣的或世俗的，随时随地都要举行仪式，借仪式行为以表达其对人际关系的肯定，所以仪式的正确性与否甚至比实际行为还要讲究。而在传统仪式之中，经常伴随着戏剧的表演，从而加强其借表演以表达意愿的效果，因此在传统社会中，民间戏曲不但非常蓬勃，而且种类极为繁多，不但有‘大戏’（人戏）与‘偶戏’之分，而大戏与偶戏各自的种类与派别更是繁复难以计算。但是不论其种类与派别如何繁复，其内在的意义则大致相同，借表演行为以譬喻人生，借行动来表达其文化理想以及内心的意愿。这应该是庄生教授用‘仪式剧与戏剧仪式’作为书名的本意，也就是说明了仪式与戏曲的神圣性抑或世俗性之难于分辨之处，也是戏曲表演者，特别是传统民间戏曲表演者之所以能那样出神入化之处，因为他几乎要把几千年的文化情感在一时间表达出来了。……然而在仪式与戏剧之间其密切的关联性尚不止于此，很多研究戏曲的人都知道，著名的象征人类学大师维多·邓纳教授在研究仪式时，曾提出所谓‘阈门’（liminal）的理论，他认为在宗教的领域中，要跨进一个新境界或走进一个新里程，一定要经过一项仪式，这个仪式有如一道阈门，通过后即能达到新境界。……照邓纳教授的意见，戏剧也与仪式之间有同样含有阈门的意义，他称之为‘类阈门’（liminoid）。戏剧以其类似仪式的表演性，给予参与者一个中介历程的阶段，借表演譬喻人生，使参与者以及表演者因之投入新境界，其引导与转移力量，经常是超出想象之外的，邓纳教授所说在阈门仪式中所产生的‘神汇’其实也就是这个意思。”①

应该说，我们现在研究的问题属于个体成长及其背依的文化之间的关系，在这方面人类学研究做了许多工作。露丝·本尼迪克特在《文化模式》中指出：“谁也不会以一种质朴原始的眼光来看世界。他看世界时，总会受到特定的习俗、风俗和思想方式的剪裁编排。……个体生活的历史中，首要的就是对他所属的那个社群传统上手把手传下来的那些模式和准则的适应。落地伊始，社群的习俗便开始塑造他的经验和行为。到咿呀学语时，他已是所属文化的造物，而到他长大成人并能参加该文化的活动时，社群的习惯便已是他的习惯，社群的信仰便已是他的信仰，社群的戒律亦已是他的戒律。”②日常生活中的仪式会让每一个厕身其间的人产生自己和周围世界水乳相融、不离不弃的依存感和归属感，可以这样说，正是世代因袭和流

---

① 李亦园：《人类的视野》，上海文艺出版社1996年版，第180—182页。

② 露丝·本尼迪克特著，王炜等译：《文化模式》，三联书店1988年版，第5页。

传的仪式让人直觉并不断强化自己对自己生命来源和周围世界的感受。每一个家族都会以它的方式来让家族中的个体和家族之间建立起这种认同，从而保证家族得以稳定和凝聚。周作人曾经在《祭祖的商榷》中写道："我以为祭祖不是宗教仪式，不是迷信，这只是对于父母的敬意的延长，所用的方式虽与祀神相似而意义实不一样。"[①]他的几部日记记录了许多岁时节日和仪礼。以《庚子日记》为例，仅正月就有："上午拜像，又向诸尊长叩岁。同大哥至老屋拜岁。又至，寿镜吾太夫子处贺年，及归已傍午矣。"（正月鸡日）"郦拜青姨夫来，少坐即去。上午吴融大姑母来。又安桥鲁宅亦遣仆妇来。少顷柯亭蒋伯厚叔至，并款午餐，请三十叔陪客。下午赵僧摩兄来，少顷俱去。"（正月豕日）"晨大哥坐轿至各亲戚处贺年。下午……遣（章青）至附近分名片。"（正月羊日）"晨往乌石头拜坟岁。"（正月初十日）"晨大哥往木栅拜坟。"（正月十一日）"椒生叔祖补办，仲翔叔采芹，喜宴邀余，往饮。"（正月十三日）"晨往老屋早餐。开舟至调马场（土名雁鹅头）拜坟。"（正月十四日）"晨同祖母下舟往柯桥拜像……"（正月十六日）"下午小皋步鲍家分来讣文哀启各一纸。"（正月廿五日）"午回家，又拜曾祖母忌辰。章介千姑丈不来。银锭亦不带来，未知何故。"（正月廿六日）"接道圩信并锭球，云本欲来城，因杏生病，故不得来城云云。"（正月廿七日）[②]仔细研究，我们发现这些仪礼对生者亦对逝人，正是通过这些无所不在的仪礼，每一个中国人体验到自己的生命之"根"。

因而，对于中国人而言，他们和家族之间不仅有一种俗世的生命血缘的维系和共同命运的担当，而且家族和乡土中国还是超逸的民间想象的渊薮。民间节日的狂欢，人、鬼、神的祭祀仪式，泯灭了俗世与神圣界限的乡村社戏，底层"下等人"心灵世界隐蔽其间。

---

① 见《亦报》，1950年3月3日。

② 见北京鲁迅博物馆鲁迅研究室编：《鲁迅研究资料》第11辑，天津人民出版社1983年版。

现代作家正是通过参与、记忆和想象，在这些人、鬼、神出入无间的节日狂欢、祭祀仪式和乡村社戏中，获得了与民间想象融合无间的生命体验，从而艺术化、审美化地建立自己和家族的精神联系，并且扎下他们生命之根、文学之根。就像巴金在小说《还乡》中写到的：“这家乡似乎具有着一种可以制服他的魔力，把他牵引着向它走去。过去二十多年的生活就像生根在土地里一般，而且长出了株藤系住他的心，虽然他飘过海，翻过山，虽然他在另一种环境里度过了六年的光阴，但是他的心却还被系在他的乡村里，那一株藤还紧紧地缠绕着他。”

另外，现代知识分子的“扎根”与对自己“地之子”身份的认同、确认密切相关，典型的有像鲁迅“仁厚黑暗的地母呵，愿在你怀里永安她的魂灵”的对大地、故乡、母亲的皈依。李广田的《地之子》写道：“我是生自土中，／来自田间的，／这大地，我的母亲，／我对她有着作为人子的深情。／我爱着这地面上的沙壤，湿软软的，／我的襁褓；／更爱着绿绒绒的田禾，野草，／保姆的怀抱。／我愿安息在这土地上，／在这人类的田野里生长，／生长又死亡。／／我在地上，／昂了首，望着天上。／望着白的云，／彩色的虹，／也望着碧蓝的晴空。／但我的脚都永踏着土地，／我永嗅着人间的土的气息。／我无心于住在天国里，／因为住在天国时／便失去了天国，／且失掉了我的母亲，这土地。”洪灵菲在《流亡》中写道：“他觉得他的家庭一步步的近，他去坟墓一步步的不远。他恐怕这坟墓，他爱这坟墓。他想起他父母的思想和时代隔绝，却有点像墓中的枯骨。他怕这枯骨，他爱这枯骨，他是这枯骨里孵生的一部分。”路翎《财主底儿女们》记载了蒋蔚祖的“归家之旅”：“发觉路途遥远无穷，他并不失望，那种强大的内心渴望引导着他向前。没有一个好心肠的人能想象他是怎样走下来的：严冬、生病、无钱。人们设想他在钱用尽了以后是饿了几天的，有些人设想他曾经讨过饭，住在破庙和花子窝里……他的确在过镇江时便讨饭，但还有另外的遭遇。某一夜一个老年的车站旗手收留了他，给了他炉火和食物。另一夜他躺在一个农家底屋檐下，结果被农家收留。刚刚过年，而在这些较为平安的岁月，施舍是容易得到的。但是他是异常怕羞，每次总要给钱，或者临走时向别人啼哭——并且他不肯说出他底姓名，来处和去处，他怕羞辱他底父亲。”他含着泪水向着自己说：“这世界多么和平！我要回苏州啊！我要回去，在祖宗底坟墓旁生，又在那里死啊！”从现代知识分子的话语中，我们感受到乡土中国原始宗教的力量，图腾崇拜“归宁”与“追源”意识以及父系权威依然强悍地存在。

诚如E. 希尔斯指出的：“人的每一行为和信仰的背后都有一段发展史，它们是一系列的延传和修改以及对当时环境的适应的暂时最终状态。虽然每个人的信仰和行为都承载着过去的成果，但是，许多人对此却视而不见。”[①]“……个人随着生理和神经系统的成熟，在他们所处的环境的压力下和传统的塑造中成长变化。”[②]“重建过去的生活方式，并且‘生活于其中’，将这一生活方式作为模型去重新构造人们现在在其中活动的直接环境，这种努力几乎没有成功的可能。”[③]“‘生活在过去’至多不过是一种高度选择性的和非常有限的生存。无论是好是坏，延续的传统和当代危急事件留给每个人的是永远无法摆脱的沉积。然而，毋庸置疑，过去的情境可以被重新用作评判现实的标准。但同样不可否认的是，人们关于过去的形象能够超越时间，从遥远的过去的各个生活领域中获取模型……”[④]因此，作者招魂般召唤童年记忆中的家国形象，其意义本质上还在于使“我”这样的现代知识分子能够“有意识地参与到未来的创造之中”。

① E. 希尔斯著，傅铿、吕乐译：《论传统》，上海人民出版社1991年版，第57—58页。

② E. 希尔斯著，傅铿、吕乐译：《论传统》，上海人民出版社1991年版，第65页。

③ E. 希尔斯著，傅铿、吕乐译：《论传统》，上海人民出版社1991年版，第72页。

④ E. 希尔斯著，傅铿、吕乐译：《论传统》，上海人民出版社1991年版，第73页。

第四节　家族文化的重审再思与现代知识分子的“寻根”

我们能够发现几乎每一个现代知识分子都曾经有过类似的“离开”和“除根”的人生经历。美国评论家佩里·米勒在20世纪50年代谈到马克科姆·考利的《流放者的归来》时曾经说过：“这一出除根的戏剧——这种复杂事物对单纯事物的冲击，文明对自然状态的冲击；这种（多少注定要失败的）美国对欧洲的抗拒，西方对东方的抗拒，乡村对城市的抗拒——是美国文学的持续不断的主题。”[①]我们发现在20世纪的中国文学书写中似乎也贯穿着类似的文学主题，只要把上述这段话稍作改写，将“美国”置换成“中国”，将“西方”和“东方”位置对调即可。关于“除根”，考利在《流放者的归来》这一部研究美国“迷惘的一代”作家、艺术家的著作中作了形象的描述。考利写道：“我们这些格林威治村的新居民也在打算离开村子，如果我们有办法离开的话。漫长的除根过程达到了顶点。中学和大学使我们在精神上失去了根；战争使我们在物质上失去了根，把我们送到异国，最后把我们留在无根之人的大都会里……”[②]

中国现代知识分子同样也面临着类似的心理境遇：“过渡时代的新派知识者正是用脱离家族共同体的反传统举动来表达与践行他们所理解的‘启蒙’思想，但因其血缘以及传统思想底色的不可更改，使他们的情感与理性来回博弈，虽然他们处在启蒙思潮与话语的中心，然而却又是游移于家族、社会和文化共同体之外无所依傍的孤独者。”[③]“除根”带来的“失根”，使现代知识分子陷入一种漂浮的状态：“潜在地回荡着一种久久不息的发自灵魂深处的追问：我是

---

① 转引自马克科姆·考利著，张承谟译：《流放者的归来》，上海外语教育出版社1986年版，第13页。

② 马克科姆·考利著，张承谟译：《流放者的归来》，上海外语教育出版社1986年版，第70页。

③ 晏洁、宋剑华：《边缘化的孤独者——鲁迅小说中的新派知识者新论》，《鲁迅研究月刊》2018年第2期。

谁？从哪里来？到哪儿去？这种无家可归的惶惑体现的正是现代知识者在中国现实中找不到自己的位置的感觉，他们疏离了自己的故乡，却又对自身的归宿感到忧虑。”[①]这迫使他们在现实或者灵魂的回返中再次重审故乡的大地和家族的人事。

所谓的“寻根”所建立起来的，还不仅仅是和家族的关系，在人和故乡之间还有人与土地、生命的出发和归宿这些更为深层和亘远的东西，因此，在现代知识分子精神远征的长路上，“除根”“失根”只能是暂时的和表面的。作为乡土中国的大地之子，他们终会有一天回头寻找生命和文学的根源，寻找安身立命的依据。在这样的精神往复中，寻根书写必然会从现实、文化层面深入到对生命和存在本质的思考层面。而寻根的意义正在于重建现代知识分子和乡土家园的关系，在回眸、眺望，甚至重新走进乡土家园的过程中，思考乡土中国的过去、现在和未来，同时在乡土家园这一面镜子中重新审视自身。于是现代文学中又一个重要而显眼的母题——“寻根”和“除根”对举，这种现象甚至发生在同一个作家身上。

一、乡土家园的失落与“归宁追源”观念的变调

前文我们已论述过，“归宁追源”是家族文化的重要内涵之一，它产生于远古的图腾崇拜和祖先崇拜，同时在《诗经》所描绘的古老乡土中国中，集中体现了中国人这一普遍的文化性格。“昔我往矣，杨柳依依，今我来思，雨雪霏霏”，契合了中国人“归宁追源”的文化心理，所谓“梁园虽好，不是久恋之家”，中国人对家园的牵挂和留恋，巩固了家族结构的稳定。但到了现代，当知识分子回到家园，境遇却发生了翻天覆地的变化，无论是族人的认同还是自身的归属感都迥异于从前。

让我们首先观察在寻根中对乡土中国历史重建的家园想象和形象。无一例外，这些模式中的家园想象和形象都是凋败、荒芜的。萧

① 汪晖：《反抗绝望——鲁迅及其文学世界》，河北教育出版社2000年版，第198页。

红在《呼兰河传》中反复写道，“我家是荒凉的”，“我家的院里是很荒凉的”，更在“尾声”一节为家园唱挽歌——

呼兰河这小城里边，以前住着我的祖父，现在埋着我的祖父。

……

从前那后花园的主人，而今不见了。老主人死了，小主人逃荒去了。

那园里的蝴蝶，蚂蚱，蜻蜓，也许还是年年仍旧，也许现在完全荒凉了。

小黄瓜，大倭瓜，也许还是年年地种着，也许现在根本没有了。

那早晨的露珠是不是还落在花盆架上，那午间的太阳是不是还照着那大向日葵，那黄昏时候的红霞是不是还会一会工夫会变出来一匹马来，一会工夫会变出来一只狗来，那么变着。

这一些不能想象了。

听说有二伯死了。

老厨子就是活着年纪也不小了。

东邻西舍也都不知怎样了。

至于那磨房里的磨倌，至今究竟如何，则完全不晓得了。

然而，院子并不是一直凋败的，萧红回忆小时候的生活经历：“祖父一天都在后园里边，我也跟着祖父在后园里边。祖父戴一个大草帽，我戴一个小草帽，祖父栽花，我就栽花；祖父拔草，我就拔草。当祖父下种，种小白菜的时候，我就跟在后边，把那下了种的土窝，用脚一个一个地溜平，哪里会溜得准，东一脚的，西一脚的瞎闹。有的把菜种不单没被土盖上，反而把菜子踢飞了……我玩累了，就在房子底下找个阴凉的地方睡着了。不用枕头，不用席子，就把草帽遮在脸上就睡了。”从前的热闹景象反衬如今的衰败景况，更显凄凉。再以鲁迅为例："时候既然是深冬，渐近故乡时，天气又阴晦了，冷风吹进船舱中，呜呜的响，从篷隙向外一望，苍黄的天底下，远近横着几个萧索的乡村，没有一些活气。"（《故乡》）"楼上'空空如也'，任我拣得最好的座位。可以眺望楼下的废园。"（《在酒楼上》）虽然《故乡》等乡土小说中的家园形象是不确定的，鲁迅等在建构家园想象和形象的同时，又亲手把自己所建构的拆解，但无论怎样，"荒村""废园"仍然是《故乡》等小说首先呈现给我们的家园想象和形象。在这儿，我们不禁要追问是什么原因让鲁迅将家园推到如此"荒远"的境地。不能否认，鲁迅描写的家园与19世纪末、20世纪初乡土中国凋败的现实图景有同构关系，这也是《故乡》的阅读和阐释中被普遍关注的地方。但除此之外，我们倒更愿意把这种"荒村""废园"形象理解成鲁迅在特定时间哲学左右下的文化想象，它是鲁迅文化思维和文化心理结构的具体化和形象化。在中国文化传统中，"荒"与"远"有其文化的原型，就像叶舒宪在《"大荒"意象的文化分析》中揭示的："无论时间上的荒古还是空间上的荒远，都难免在世俗理性的观照下呈现为荒怪或荒唐的一面。……荒远与中央的空间对立还具有另外一层文化蕴含，那就是以怪异荒诞来打破人们习以为常的世俗秩序的合法性，为超越和创新的思想提供契机。……'荒'不仅同象征社会秩序的'中央'相对立，而且还同文明社会所崇尚的若干正面价值相对立，成为某种负面价值的编码符号。"①

而不同于直接描写荒村、废园，有些作品是将乡村如画的美景与家乡残忍的人事予以并置，突出了"人之颓"。吴组缃的《箓竹山房》，首先写了梦境般的家乡："每常想起家乡，就如记忆一个年远的传说一样。我脑中的二姑姑家到现在更是模糊得如云如烟，那座阴森敞大的三进大屋，那间摊乱着雨蚀虫蛀的晦色古书的学房，

---

① 叶舒宪：《"大荒"意象的文化分析》，《原型与跨文化阐释》，暨南大学出版社2002年版，第267页。

以及后园中的池塘竹木，想起来都如依稀的梦境。”不仅是梦境，以自然风景观之，在多年以后还乡者的眼里，家乡并无多少改变。作品写道：“我说金燕村，就是二姑姑的村，箓竹山房就是二姑姑的家宅。沿着荆溪的石堤走，走的七八里地，回环合抱的山峦渐渐拥挤，两岸葱翠古老的槐柳渐密，溪中黯赭色的大石渐多，哗哗的水激石块声越听越近。这段溪，渐不叫荆溪，而是叫响潭。响潭的两岸，槐树柳树榆树更多更老更葱茏，两面缝合，荫罩着乱喷白色水沫的河面，一缕太阳光也洒不下来。沿着响潭两岸的树林中，疏疏落落点缀着二十多座白垩瓦屋。西岸上，紧临着响潭，那座白屋分外大；梅花窗的围墙上面露探着一丛竹子；竹子一半是绿色的，一半已开了花，变成了槁色。——这座村子便是金燕村，这座大屋便是二姑姑的家宅箓竹山房。……我一时回想起平日见惯的西式房子，柏油马路，烟囱，工厂等等，也觉得是重入梦境，作了许多缥缈之想。”但这样的梦境终于被“门上那个册叶露着一个鬼脸”戳破，而就是这个“鬼脸”泄露出二姑姑内心难以压抑的欲望。“二姑姑的故事似一个旧传奇的仿本”，但结局却不是“旧传奇”大团圆的结局，一个才子佳人的故事以悲剧收场，隐喻着旧家族衰颓的人事。绣蝴蝶的二姑姑和叔祖学塾聪明年少的门生由爱慕，而于三春天气的午间偷情贪欢，被赏牡丹的祖母撞见。少年应考船翻身亡，绣蝴蝶的小姐自缢未果，却迎了少年的灵柩，做了新娘，这是另一个悲剧的开始。“二姑姑多年不见，显见得老迈了。……那张苍老皱褶的脸没多少表情。说话的语气，走路的步法，和她老人家的脸庞同一调子：阴暗，凄淡，迟钝。……屋子高大，阴森，也是和姑姑的人相谐调的……偌大的屋子如一大座古墓，没一丝人声；只有堂厅里的燕子啾啾地叫。”人与人的残忍泯灭了二姑姑的幸福，二姑姑只在人与虫、人与鬼的两忘和幻想中获得生趣。在蹇先艾的《老实人》中，寻根者“住在一间屋脊上长满青草的，古老的房子里面……从前窗望出去，是一片一点秀气都没有的荒山，从山脚到山顶，攒聚累累的坟墓，悲凉得很，我的书桌设在后窗之前，推开窗子，便有一带幽深的竹林映入眼中……清晨，一个人坐在窗前读线装书，一面听着鸟的音乐，这是还乡以后，我的最高享受”。而“在乡者”冯志鹄是一个热心、倔强的人，爱憎分明，有过“做事非常清白”的一个小地方的厘金局局长的“光荣的历史”，“最近这些年都是在商场上混生活”，却不是“一个庸俗的商人”，但是在残酷的世俗面前，到“我”还乡时，“大概是为了吃饭的问题”，“听说，他的性情已经大大地改变，也开始‘随俗浮沉’了”。“俨然成了一个说客”的他劝“我”“顺应潮流”，“去揽个把官做”。冯志鹄并不是糊涂的人，他对古风街人情世态有着深刻的洞察力。这可以从他对“我”还乡的慨叹看出来：“沅生，你为什么不衣锦还乡，偏偏要逃难才回来呢？人情冷暖，世态炎凉！”“我们的家乡，竟会一天天地在这种不幸的情形中沉落下去。”“我”也止不住悲叹：“这里不是也算本省的文化城吗？前清还出过郑子尹，莫友芝，黎庶昌这些学者吗？怎么现在风气变得如此之坏呢？居然这样出人意料之外的市侩同腐化！”作品的沉痛之处在于揭示出“老实人”不和乡村世界合流就不能善终的社会现实。

另外，离家多年后再次返回，使知识分子客观上已成为家的“异已”“另类”和“新党”。在中国传统家族文化中，一个家族的迁徙传播过程被生动地形容为“开枝散叶”，而游子在外闯荡，无论相距多远、时隔多久，总要“落叶归根”。但现代知识分子却陷入了一种生命困境，“我”从家出发再回到家，家却已不是“我”的归宿，“我”只是身份暧昧的过客。《憩园》中，“虽说这是我生长的地方，可是这里的一切都带着不欢迎我的样子。……我好像一个异乡人……”而《果园城记》中，“我只是从这里经过，只是借了偶然的机缘，带着对于童年的留恋之情来的”。至于在《故乡》中，“我”回到家，却没有风景依旧、人事俨然的温暖，渐近家乡的满目萧瑟，并未因为“我”对家乡的进入而冲淡。相反，“第二日清早我到了我家的门口了。瓦楞上许多枯草的断茎当风抖着，正在说明难免易主的原因。几房的本家大约已经搬走了，所以很寂静”。“我”的归家不是“归根”，而是为了“永别”和“远离”：“多年聚族而居的老屋，已经共同卖给别姓了，交屋的期限，只在本年。”于是对“我”而言，生活着的都市是“谋食的异地”，“我”只是这异地的“异乡人”。《故乡》中，“我”在割断自己和家乡风物的纠结的同时，通过书写内心世界的荒凉以及人与人的隔膜，让“我”彻底割断和家的精神联系。另外，家族传统势力也带着警惕和异样的眼光打量“我”的归来，“我”成为家族的对立面。《孤独者》中，魏连殳回家奔丧，“族长，近房……他们的第一大问题是在怎样对付这‘承重孙’。……他们既经议妥，便约定在连殳到家的那一天，一同聚在厅前，排成阵势，互相策应，并力作一回极严厉的谈判。村人们都咽着唾沫，新奇地听候消息；他们知道连殳是‘吃洋教’的‘新党’，向来就不讲什么道理，两面的争斗，大约总要开始的，或者还会酿成一种出人意外的奇观。……传说连殳的到家是下午，一进门，向他祖母的灵前只是弯了一弯腰。族长们便立刻照豫定计画进行，将他叫到大厅上，先说过一大篇冒头，然后引入本题，而且大家此唱彼和，七嘴八舌，使他得不到辩驳的机会。但终于话都说完了，沉默充满了全厅，人们全数悚然地紧看着他的嘴。只见连殳神色也不动，简单地回答道：‘都可以的。’”《祝福》中的新派知识分子“我”回乡后，乡绅阶级代表同时也是“我”的家族长辈的鲁四爷说“我”胖了，与“我”形成一种家族身份的亲近，却也同时当着“我”的面大骂“新党”，与“我”构成了一种文化身份上的疏远。“我给那些因为在近旁而极响的爆竹声惊醒，看见豆一般大的黄色的灯火光，接着又听得毕毕剥剥的鞭炮，是四叔家正在‘祝福’了；知道已是五更将近时候。我在蒙胧中，又隐约听到远处的爆竹声联绵不断，似乎合成一天音响的浓云，夹着团团飞舞的雪花，拥抱了全市镇。我在这繁响的拥抱中，也懒散而且舒适，从白天以至初夜的疑虑，全给祝福的空气一扫而空了，只觉得天地圣众歆享了牲醴和香烟，都醉醺醺的在空中蹒跚，豫备给鲁镇的人们以无限的幸福。”其实在这“祝福的空气”里，不合时宜的不仅有“祥林嫂之死”，还有“我的归来”，所以“无论如何，我明天决计要走了”。“我”的寻根之旅，这在记忆、想象和现实的错杂中完成的旅程，成为对“我”心目中死亡的乡土家园的凭吊。记忆、想象中的亮色无法照亮现实家的幽暗，相反，家的幽暗现实却模糊、异化甚至吞没了“我”的乡民与族人身份。“我”寻根本来是为了寻找文化和心灵的归宿，不意却成为家的“旁观者”和“陌路人”。

应该说，传统的“归宁追源”观念在现代中国发生了变调，究其原因，主要因为现代文学中的寻根是在封建性与资本主义性文化双重夹击的悲剧性氛围中展开的。置身其中的离家者和还乡者的灵魂永远处在两者撕裂的痛苦和漂泊的疲乏中，安逸而温暖的家园只能在想象中、追忆中。而且，现代知识分子的“家园之思”，已经超越了血缘和情感的单一维度，更多地带有理性批判视角。应该说，处身于一个文化转型的时代，作为时代的觉醒者的鲁迅这一代知识分子都有着思想的超越和创新的企图，这样看来，鲁迅式的荒村、废园既是现实的审视，同时也是一种文化策略的选择。在《故乡》这些作品中，荒村、衰城和废园已经超出古典写作对乱世中的荒村的观照，而成为文化转型、抉择中时代思考的象征和隐喻。在现代知识分子启蒙视野下，在20世纪现代性背景下，正在走向凋败的家园适逢其时地负载了落后、背时这些沉重的文化内容。

从一定意义上说，与西方世界对中国形象的想象不同，鲁迅的家园想象本该是一种自我想象，但由于接受了西方文明洗礼，这些现代知识分子在返身观照自己生命出发的家园时，自觉不自觉中却选择把家园作为想象中的异邦和他者。因为从时间矢量上认同西方“光明”“进步”和“希望”的文化想象，且将这样的想象放置在我们民族和文化未来的位置上，所以现代作家最为熟悉的家园作为乡土中国的象征自然负载了“黑暗”“落后”“绝望”的文化想象。应该说，如此想象的建立是和中国近代以来被侵略、殖民的屈辱命运密切相关的。不断挨打的创伤经历使整个民族的文化自信心彻底受挫，于是西方文艺复兴以后的现代文明成为现代中国建立现代民族国家和完成文化更新想象的异邦。两种在不同条件下孕育、发展的文化范型被共时性地纳入“进步”和“落后”的坐标衡长论短。作为文学中的表现，现代知识分子的寻根恰当地承担了这样的时代内容，在寻根中比较、判断，最后还必须在比较与判断中，作出选择，所以从《故乡》开始，荒村、衰城、废园成为20世纪中国作家书写故乡和家园的经典形象。“城之衰”“园之废”和“村之荒”烘托出乡土家园的荒原景象。这些背景固然能够唤起人们对生命、存在的思考，但从现代中国的写作语境观察，荒村、衰城和废园可能更多具有现实文化意味，“家”在现代作家的想象中正是和“进步”“光明”相对的“落后”与“黑暗”。“灾变”的乡土家园孕育着“未来的创造”，而作为启蒙知识分子的“我”参与到这样的“未来的创造”中，因而，凋败、荒芜的家园想象一方面确立了“光明”“进步”，用鲁迅《故乡》里说的就是“希望”必至无疑；另一方面，“我”作为未来世界的先知、启蒙者和引领者当然也相应地获得了合法性。

在对乡土家园的批判性审视中，荒村、衰城、废园想象和形象隐含着现代知识分子对现代文明前景的期许以及重建文化的自我想象。关于这个问题，巴柔的研究对我们很有启发价值：“形象是对一种文化现实的描述，通过这一描述，制作了（或赞成，宣传了）它的个人和群体揭示出和说明了他们置身于其间的文化的和意识形态的空间。”[①]因而，荒村、衰城、废园的家园想象和形象也必然是一种“文化现实的描述”，必然与鲁迅这些现代作家置身的“文化和意识形态的空间”紧密相连。对现实、眼前家园的拒绝牵引着作家逃向记忆的深处，在想象中，在荒村、废园想象和形象之外重建乡土家园形象。于是，寻根之旅的家园想象变得复杂，某种程度上，“我”的家园记忆在这些作品中差不多就是童年经验，这样的处理隐含着人类普遍的心理惯性。从结构上说，人的意识具有特定的内在辩证法。哪些经验构成最重要的最初印象（即童年经验），哪些经验继而构成第

① 达尼埃尔—亨利·巴柔：《从文化形象到集体想象物》，孟华主编《比较文学形象学》，北京大学出版社2001年版，第121页。

二、第三及其他层次，这对意识的形成相当重要。早期的各个印象往往综合成为一种自然的世界观，所有以后的经验则往往在这一原始的自然的世界观之上产生其本身的意义，这些经验或证实、应验了自然的世界观，或者否定、反对自然的世界观。这样看来，这些作家其实进行着两次寻根：一次是现实的，一次是向记忆的回溯。它们之间的证实和应验、否定和反对形成了现代知识分子寻根过程中的批评立场和情感张力。从“证实和应验”的角度获得的是“我”和乡土家园之间的精神联系和情感依恋依据；而从“否定和反对”的角度则获得一种现代意识和批判力量，并从中启悟出乡土中国的“常”与“变”。启悟的过程中，《故乡》的写作者不断呈现他自己理解的现代乡土中国，一方面参照着童年经验，以见出现实的凋败、衰颓；另一方面，他对过去的理解受到当前情境的必然制约，对过去的理解也随之变化。如果在这种现在和过去、梦幻和现实的对话中，“现在采取并保持着主动”，那么，写作者所能做的就是戳破童年的梦幻，转而去肯定和认同现实。由此，这些小说把还乡者处理成出身于乡村，却生活在都市的现代知识者，在古典向现代转型的20世纪中国，他们才具有戳破梦幻的知识结构、思维能力和直面惨淡现实的勇气，才具有一种对记忆中的乡土家园进行破坏和重组的力量。

支撑如此乡土家园想象和形象的无疑是写作者在19、20世纪之交建立起来的迥异于从前的世界观。时间成为寻根过程中的一个突出因素，无论取怎样的世界观，时间和空间总是构成世界理解图式的重要前提。现代作家在接受西方文艺复兴以来的世界观同时自然也吸纳了其对时间的理解。关于这样的现代时间，马泰·卡林内斯库在其代表作《现代性的五副面孔》中指出：“对于彼特拉克以及随后的一代人文主义者，历史不再是一个连续体，而是一些迥异的时代前后相继，有黑的时代与白的时代，黑暗的时代与光明的时代。历史似乎通过急剧的断裂前进，开明伟大的时代与腐朽混乱的黑暗时代相交替。在此我们面临一个明显的悖论，亦即，人们经常谈到文艺复兴的行动主义乐观主义和活力崇拜，它们却源自一种本质上是灾变式的世界观。”“把最近的过去说成是‘黑暗的’（这个过去必然结构着现在），同时设想着‘光明’的未来必至无疑（即使这个未来是先前某个黄金时代的复活），这涉及一种革命的思想方式，在文艺复兴之前去寻找这种思想方式的明确前驱是徒劳的。……革命不同于任何自发的或有意识的造反，因为除了否定或拒绝之类的本质要素，它还隐含着对时间的一种特定意识以及与时间的结盟。词源学在此又一次能说明问题。‘革命’的最初意义及其仍然拥有的基本意义，是围绕一个轨道所做的进步运动，以及完成这样一个运动所需要的时间。……它（文艺复兴）的整个时间哲学是基于下述信念：历史有一个特定的方向，它所表现的不是一个超验的、先定的模式，而是内在的各种力之间必然的相互作用。人因而是有意识地参与到未来的创造之中：与时代一致（而不是对抗它），在一个无限动态的世界中充当变化的动因，得到很高的报酬。”[①]中国现代启蒙和革命的理想与实践合法性的确立之所以跟传统的王朝更替和变革造反迥异，不能不说是得益于这种文艺复兴所奠定的现代时间哲学。换句话说，很多时候现代知识分子也是凭借这样的时间哲学来确立他们所从事的启蒙与革命的合法性。我们同样发现这样的时间哲学渗透到了母题构成和基本主题的选择上。

可以这样说，现代作家寻根所遭遇到的其实是一种选择性的危机。从历史理性的角度讲，这是每一个从传统向现代转换的民族所必然遭逢的。但具体到每一个厕身其间的生命个体，这种转换给他们所带来的必然复杂得多，现代中国文化思想的复杂性或多或少地溯源于此。而离家和还乡、除根和寻根则相对集中地负载了这种选择性的危机和困境。脱胎于士大夫阶层的中国近现代知识分子，带着沉重的传统包袱进入了现代，既秉承着传统文化，又要接受现代观念。这种历史背景使得他们往往徘徊于传统与现代之间。质言之，现代知识分子

---

① 马泰·卡林内斯库著，顾爱彬、李瑞华译：《现代性的五副面孔》，商务印书馆2002年版，第26—28页。

的“现代性寓意”，激进的“现代化”立场，保守的“反现代化”立场，都在寻根书写中找到了各自的书写空间。关于这个话题可谈论的内容很多，和“寻根”的基本主题密切相关的一个问题就是如何塑造乡土家园形象。在这里，家园是一个人生命出发的地方，当我们谈论家园的时候常常包含了许多情感性的内容，联系着丰富的私人经验，但一个人如果一辈子不走出家园，这些内容和经验往往处于沉睡状态。而一个人一旦走出家园，家园的土地、田园、屋舍以及人事就会成为一种想象中的存在被重构。这样，当人有一天重回家园时，记忆和现实的叠加与错位会使乡土家园的形象变得复杂起来。研究中，我们可以把现代乡土家园形象的形塑追溯到19世纪末、20世纪初王纲解纽、文化转型的过渡时代。在这样的时代，“当所有产生意义的范畴可以自由地重新界定时，就产生了一个重述故事的机遇——重塑自我、共同体和社会”[①]。于是，传统中那个“归宁安居”和“报本追源”的乡土家园被重新审视、选择、保留或改写。

从20世纪20年代到40年代，在现代寻根故事的反复书写中，乡土家园的荒村、废园形象不断凸显。严格地考辨下去，我们会发现这样的形象既来源于现代作家对乡土中国的观察，同时也来源于知识分子文化想象中对乡土家园形象的整合和拟构。从这种意义上说，乡土家园形象的描绘和书写确实具有一种杰姆逊指称的“寓言性”。因此，观察和想象、吸纳和排拒、省略和放大，东西方文化冲撞中的现实选择成为现代寻根故事里乡土家园形象描写的发生学动力。从而，我们可以说，这样的乡土家园形象其实是对故乡过去的想象性重建，“被重建的是处于我们自己的世界表面之下的一个恐怖黑暗的客观现实世界：揭开或揭露了梦魇般的现实，戳穿了我们对日常生活和生存的一般幻想或理想化”[②]。而现代寻根者接受了现代文明的洗礼，无法像

---

① 麦克尔·查普曼：《身份问题：南非、讲述故事与文学史》，王宁编《新文学史》第1辑，清华大学出版社2001年版，第87页。

② 杰姆逊：《处于跨国资本主义时代中的第三世界文学》，《当代电影》1989年第6期。

封建社会的退职官僚和暂居乡里的官僚那样参与到乡村的文化和制度建设中，从而与乡村社会最终合流。“叶落归根”“告老还乡”的故乡已经彻底蜕变为“梦魇般的现实”的故乡。其原因就在于我们前面研究指出的，这些寻根者的救世、启蒙实践必然最终动摇传统乡村社会的政治、经济、文化和制度。如此，乡村社会自然而然要排斥、隔绝，甚至扼杀这些启蒙者。

在《故乡》这些早期的寻根作品中，现代中国作家沉入中国民间社会的最底层，作品日常生活场景的描述打破了现代知识者精神优越所营造出来的幻象，在对故乡幻象的瓦解过程中直抵乡土中国的本相，于此也对现代知识者的精英面目进行了祛魅。当然，现代作家对乡土中国的审视和观照是多向度的。《故乡》里的闰土那麻木的容颜下深藏着乡土中国底层朴素的生命的庄严和美丽，而《憩园》里的杨梦痴生活困顿中依然不失自己的尊严。我们可以追问一下，作家在书写“我”和闰土、杨梦痴这些在乡者的隔膜时，有没有“我”对闰土、杨梦痴他们的生命与生存的理解和宽宥呢？《故乡》这样写道：“我想到希望，忽然害怕起来了。闰土要香炉和烛台的时候，我还暗笑他，以为他总是崇拜偶像，什么时候都不忘却。现在我所谓希望，不也是我自己手制的偶像么？只是他的愿望切近，我的愿望茫远罢了。”应该引起注意的是这种理解和宽宥出现在鲁迅这样的启蒙知识分子身上，他们曾经是那样峻急犀利地批判乡土中国。在这种理解和宽宥之后，现代知识分子开始反观自身，“我”从现实的审察走向内心的诘问，从绝望走向对绝望的反抗，从对故乡的归栖走向对故乡的逃离，“我”远离了故乡却进入了一个更为阔大的精神空间。也因为这，故乡不再是纯粹感情意义上的故乡，而负载着现代知识者的理性思考。在“我”对故乡的进入和远离中，我们能够理解萨义德所说的：“一个人离自己的文化家园越远，越容易对其作出判断，整个世界同样如此，要想对世界获得真正了解，从精神上对其加以疏远以及宽容之心坦然接受一切是必要的条件。同样，一个人只有在疏远与亲近二者之间达到同样的均衡时，才能对自己以及异质文化做出合理的判断。”[①]这种判断通常来自一个试图与其叙述的道德含义拉开距离的知识分子，但是，这种自我安慰和驱除邪恶的姿态常常是虚弱无力的。

还以《故乡》为例，思考“我”与乡民的关系。以往的研究比较多关注闰土的木讷无言和杨二嫂的言语矜夸，而忽视了“我”与闰土、杨二嫂对话的障碍。如果说“我”与闰土对话中的障碍更多来源于记忆和现实的断裂、错位，那么“我”与杨二嫂对话中的障碍则要复杂得多。当杨二嫂说着“阿呀呀，你放了道台了，还说不阔？吓，什么都瞒不过我”时，我们能隐约感觉到杨二嫂的思维、判断及言语中所依凭的是乡土中国的民间背景和资源。从某种意义上讲，在《故乡》中，如果说“我”是以现代知识者的身份出场，那么杨二嫂则是传统乡土中国的代言人。细读他们之间的对话，可以让我们重新审视过去研究中被忽视和遮蔽的东西。在许多研究中，我们往往预设了五四文化启蒙运动中知识分子的文化和话语优势，这样的判断如果放置在现代都市空间自有其合理性，但当他们回到乡村情况却不是这样的了。在“我”与杨二嫂的对话中，一面是杨二嫂的咄咄逼人、冷嘲热讽，另一面则是“我”的步步后撤，从“愕然”“愈加愕然”到“惶恐”，再到“我知道无话可说，便闭了口，默默的站着”。现在我们发现了《故乡》的写作者通过“我”与杨二嫂的对话，将现代知识者的文化、话语空间和乡土中国民间的文化、话语空间有意并置，重构了“我”与故乡的关系。在这里，像闰土、杨二嫂这些在乡者的生存和精神空间与“我”这样的离乡者的生存和精神空间的断裂再也难以弥合，“我”与故乡的关系已经超出古典的游子归乡的意义图式，而隐藏着现代知识者对乡土中国阐释、启蒙的文化企图与困境。可以这样说，《故乡》在挪用古典的游子归乡的日常生活场景时所展示的却是20世纪不同文化之间碰撞与遭遇的现代命题。小说中，杨二

---

① 萨义德著，王宇根译：《东方学》，三联书店1999年版，第331—332页。

嫂掌控着乡土中国民间话语的运作，面对文化异数，本能地激发出想象、阐释的力量，显示出自身的自足性和自为性。在这里，现代知识分子的启蒙话语沦为弱势话语，乡土中国的民间社会以其自身的观世立场、姿态以及精神传统抗拒闯入乡村的异类。而“我”看到的，自然是“我”与故乡的疏离和隔膜，是置身荒原的现代知识者的失语症候以及失语之后的悲凉心境。因而，隔膜中的失语有着远较现实沉重的文化内容。《故乡》的写作者隐隐触及的是启蒙的限度，思考的是现代楔入传统的可能性。

二、“救世”理想的破灭与家园重建的努力

现代中国处在一个救亡图存的时代。民族对比中的落伍和屈辱感，使现代知识分子始终脱不去特定时代的文化思考。从这种角度上去看，作家思考的是现代进程中民族的存亡与断续，寻找的是民族生存和延续的理由。其实这是每一个后发型现代国家现代化进程中独特的意识形态。正如西方学者麦凯南所说：“现代性对其它社会文化安排最终胜利的最好表征不是非现代性世界的消失，而是它在现代社会中人为的保存与重建。”因此，我们可以说，现代知识分子寻根的努力其实某种程度上正是这种意识形态的体现。对文化家园的寻找和重建，隐含的是现代知识分子对现代性的一种反弹和自卫。因此，正如有人指出的那样，“他们刻意渲染的有意的乡愁，与其说是对本原的怀念，不如说是对前路的惶惑”，其所关心的是“诸如国家认同和民族整合之类的问题”。①

“修身齐家治国平天下”是家族制度的核心价值，在中国知识分子传统中源远流长，在漫长的封建时代这种志向往往通过科举走向仕途来实现。而随着科举制度在20世纪的终结，这条道路也相应失去了制度上的现实支撑，但这并不意味着“家国天下”传统的断绝和根除。相反，孳遗、沉淀于知识分子深层心理的“家国天下”一旦和西方人道主义的启蒙精神接通了关系，就被赋予了新的时代意义。

---

① 张汝伦：《乡愁》，《天涯》1997年第1期。

在观察、思考、批判之后，现代知识分子还试图将自己的肉体和灵魂安放在他们生命出发的乡土家园，同时在此处践行人生理想，实现人生价值。但这些还乡的救世启蒙者纷纷在他们所生活的世界陷身于一种有形无形的阴影和陷阱，我们真切地感受到这些启蒙者的救世理想和个人无力完成它的痛苦意识之间的难以逃遁的困境。而使他们陷身困境正是传统的陷阱，这种来自传统的阴影和压力有形无形地在现代广阔的乡里社会中滋生。值得研究的是，在践行理想的过程中，作家为我们展开了来自传统的诸方面力量对启蒙先驱的压力。这其中，有鲁迅先生反复昭示的民众的愚昧和文化的惰力，有《逝影》中源自地方的顽固势力的秩序、惯例，还有《科尔沁旗草原》中那样一个看不见的用时间的笔蘸着受害者的血写下的无字天书——制度。其中有一种压力尤为可怕，就是现代知识者和传统势力合谋的力量。正是这种合谋的力量使油三妹“这个曾经有过过多的笑的，我们曾经看见她天天挟着书包到学校去的少女继续睡着，她的手早已冷了”。正如黄维宗在研究鲁迅时指出的：“托马斯·麦兹杰（Thomas Metzger）发展了由唐君毅（Tang Junyi）提出的论点，他认为中国知识分子一直具有一种强烈的‘困境感’（sense of predicament）：一方面，他遵奉‘儒家的信条，认为个体能够并且应该，在精神深处聚焦上帝似的道德伟大’，达到圣贤境界，从而在社会上促进普遍的道德秩序；而另一方面，这一信条‘又与他们无法达到该境界的恐惧矛盾地结合在一起’。中国知识分子倾向于用‘普遍的道德衰微’来形容周围的环境世界，他们生活在永不停歇的焦虑与疑惧中，‘既不能中止，又不能取得成效地’尝试用道德的努力来改变现存的状况。”[①]有研究表明，中国传统的乡村社会并非对所有的现代知识分子都加以排拒，“乡里社会如同大海可以包纳百川，它不仅是中国农民世世代代休养生息的地方，是离职退职官僚发挥余热和安享晚年的地方，同时也是

---

① 黄维宗：《难以逃遁的困境——〈阿Q正传〉的叙述者及其话语》，《上海文论》1991年第6期。

许多官僚喘息、避风和等待时机的地方”[①]。正因为如此，“叶落归根”才会成为古典“家族”母题中的经典母题构成模式。但像《逝影》所揭示的那样，焦老师还乡兴办新式学校显然无法与乡村传统私塾并列，最终只得合流。因此，作为孤身还乡的启蒙者是无法与整个乡村传统的力量抗衡的，这是这些“救世”主题的作品最后不得不正视的现实。艾芜20世纪40年代发表的一篇小说的题目——“奈何天”，准确地道出了这些启蒙救世者的辛酸和无奈。无论是鲁迅笔下的“孤独者”，还是端木蕻良笔下最终被草原抛弃的“寂寞者，独语者，畸零者”都是这种现实的外在表现。从“孤独者”到“多余人”，我们不难感到现代中国知识分子“救世”理想的步履维艰和精神衰退。但对于现代知识者而言，这样的寻根与其说是现实的回归，不如说是精神成长中必然经历的仪式。这些接受了西方文明洗礼的现代知识者需要这样的一次寻根来清除对乡土家园的想象，从而在东西文化的坐标中对其进行定位。在这里，所谓乡土家园一定程度上是乡土中国的缩影，对乡土家园的观照与对乡土中国的观照有其内在的一致性。极端地说，这样的寻根作为仪式使现代知识者的文化结构得以真正意义上地完形，在“进化”的意义上肯定自己先锋性的同时，完成传统知识分子向现代知识分子的转换。

即使处境艰难，现代知识分子依然没有放弃重建家园的努力，以文学氛围为例，从新文学发端的平民文学、国民文学的诉求，到20世纪三四十年代“文章下乡，文章入伍”的提倡，现代中国文学和乡土中国之间一直存在割不断的联系。其实，当我们的作家在不断的提醒中把视线投注到乡村大地时，本质上就经历了一次次的现实和心灵的寻根。从更大范围来看，如果不考虑20世纪上半叶席卷整个中国乡村的武装革命，现代知识分子回归乡村的理想和实践活动也一直没有停止过，除了20世纪30年代梁漱溟在山东邹平的山东乡村建设研究院的

---

① 赵秀玲：《中国乡里制度》，社会科学文献出版社1998年版，第242页。

“乡建”实验，河北定县平民教育促进会、南京晓庄师范学校、无锡教育学院、中华职业教育社、中国华洋义赈会及其相关的实验区都曾经进行过扫盲、乡村民众教育、农业改良、经济合作、职业技能培训等乡村改造活动，这其实也是传统的家族乡愿意识在现代文明背景下持续闪烁的光亮。

另外值得注意的是，现代知识分子的“救世”理想在一些作品中处理成了还乡者对中国乡村革命的参与。像蒋光慈《咆哮了的土地》中的张进德和李杰这些寻根者强调的是他们的革命者身份，由于他们的“救世”理想和在乡的被压迫者的想象及期待达成一致，因而他们不但没有被故乡所吞噬，相反反客为主颠覆了故乡的权力构成，成为乡村新的主人。陈秋坤对20世纪上半叶的中国现代知识分子曾经做过深入的研究，认为：“就知识分子来说，传统士人的身份是双重的，一种是学而优则仕，另一种是仕而不得志，挂冠求去成为地方的领导分子。我们检讨1842—1949年的新知识分子主要系留学生，在政治上所扮演的角色，所得到的印象是：一、在地方政治上：（1）乡村领导人才的流失。留学生倾向都市化，不愿再回原来生长的地方。因之：（2）造成地方事务的枯衰，缺乏领导。普遍的农民是无助的，有限的知识。并不足以防范和补偿战乱或天灾后的修补工作。（3）人际的隔离和敌意。留学生即使回到农村之后，一方面缺乏实际的农作经验，另一方面也不肯安下心来，只是徒然把西方不健全的个人主义带到一向相依为命的农村社会里，失却士人和百姓之间的休戚相关感情。相对地，农民和地方士绅反而由羡慕转而轻视这些喝洋水的‘洋包子’。二、在国家政治上：（1）知识分子不再能够像在传统政治结构中那样发挥功能和扮演角色。注重专业化和个人性的后果之一，便是普遍地纳入官僚机构里，并不能发挥知识的制衡和引导的力量。（2）知识分子脱离农民，造成政治权力中空状态，并且这种脱离，冷淡了对农民的深切了解，使得他们的专业化显得虚浮，得不到应有的成果。（3）知识分子成为政治权力的统御工具，失却传统政治运作上的抗衡功能……”[①]因此，当还乡者把他们的“救世”理想定位在引导乡村革命和乡村解放上时，无疑消弭了他们和老百姓之间的敌意和隔阂，填补了乡村的权力中空。

除了对家园的现实改造，现代寻根故事也在讲述着精神家园的重建，在“荒村”“废园”以及“梦魇般的现实”之外，常常对举出一个“幻想或理想化”的家园想象。这就不仅仅是回忆中的家园想象，而可能是特定心理状态下对家园的心理曲解。就像端木蕻良的《科尔沁旗草原》，归乡游子丁宁眼里的家园，一方面是“月光水样抹在树叶子上。夜来香的气氲，款款飘来。微雨过后的草场上，夏意就更浓了。从扫帚草上浮出一层水气，用着怕人看见的体积，偷偷地凝成了娇嫩的水珠，从地面上向上浮出一二尺来，和青磷混在一起，在树叶下浮动着。几棵独标的小叶松伸直了腰板，在园心里耸立着。树叶在顶尖，散放着神秘的气息，整个的南园子就更笼罩在墓场的岑寂里”这样“堇色的罗曼斯”，另一方面则是“憎恨的情绪突地扩大了”的家园：“不仅是苍蝇，臭虫，蚊子，那生长苍蝇，蚊子的水坑、粪堆，才是足以憎恨的根源哪。不仅是那可憎的眸子，会说话的嘴唇，就是那装着茯苓霜的精致的小粉盒、绣着太蜿蜒了的龙和太大的尾巴的凤凰的枕头、太软的褥，也都是发霉的因子呀！”在这样两重乡土家园形象的徘徊中，作品带出的是寻根者的身份认同话题，从而规避了现代寻根故事的讲述。严格地说，上述的乡土家园形象常常在乡土中国的文化版图上展开，在文化想象、文化诉求以及文化承诺中重塑负载着作家文化思考的乡土家园形象，这样的乡土家园形象背后是文化家园的毁弃和重建。除此以外，对乡土家园形象的形塑常常伴随着现代知识者的精神成长和心灵历程，乡土家园成为漂泊游子的灵魂归宿。或者在记忆的追挽中回归月光、少年的家园，“深蓝的天空中挂着一轮金黄的圆月，下面是海边的沙地，都种着一望无际的碧绿的西

① 姜义华等编：《港台及海外学者论近代中国文化》，重庆出版社1987年版，第49—50页。

瓜，其间有一个十一二岁的少年，项带银圈，手捏一柄钢叉，向一匹猹尽力的刺去……”（鲁迅《故乡》）或者带着一颗伤痕累累的心灵逃回家园，“早晨落雪。车到苏州时，看见积雪的河岸和城郭，蒋少祖感动了。他想到，去年虽然经过两次，他却有整整四年未踏上这片土地了。一切都很不同了，没有想到地，一切都很不同了：现在，这片土地上，是静静地落着雪……”（路翎《财主底儿女们》）无论是记忆中的回溯，还是现实中的皈依，现代寻根故事的这种家园形象都迹近于一种精神的幻象，一种幻梦。

在第一章我们提到《楚辞》中的精神寻根，这个母题原型在现代作家这里依然得到延续。《桥》和《边城》这两部作品都存在一种寻找乌托邦的寄托，我们甚至可以断言无论是《桥》，还是《边城》，其实某种程度上都是对中国古典乌有之乡、世外桃源的仿写。据刘明华的研究，中国的桃花源包含着这样一些因素：“首先，作者给我们展示的是一个小国寡民的世界”“桃花源又是一个人人自食其力，没有剥削压迫的社会”“桃花源民风淳朴，质朴无伪”“桃花源是与人类社会隔绝的乐土，又是大自然的一个神秘天地”。[①]按照这些指标，对照《桥》和《边城》的世界，废名和沈从文为读者提供一个桃源梦境的企图自不待言了。只不过从写作策略上看，《桥》更多是在时间上回归到文化的原乡，似乎当我们从生活的现在返回原初，走过这座“桥”，抵达的就是我们文化的根源；而《边城》则侧重从空间上把文化和灵魂的故乡推向“湘西边境”，这世界的边境和我们生活的都市世界神奇地并置，它有着自己的时间与应对世界的方式，有着自己的意义世界。“边城所在一年中最热闹的日子，是端午、中秋与过年。三个节日过去三五十年前，如何兴奋了这地方人，直到现在，还毫无什么变化，仍是那些地方居民最有意义的几个日子。”“一切总永远那么静寂，所有人民每个日子皆在这种不可形容的单纯寂寞里过去。一分安静增加了人对于‘人事’的思索力，增加了梦。在这个

① 刘明华：《大同梦》，上海文艺出版社1999年版，第110—111页。

小城中生存的，各人自然也一定皆各在分定一份日子里，怀了对于人事爱憎必然的期待。”“由于边地的风俗淳朴，便是作妓女，也永远那么浑厚……他们生活虽那么同一般社会疏远，但是眼泪与欢乐，在一种爱憎得失间，揉进了这些人生活里时，也便同另外一片土地一些人相似，全个身心为那点爱憎所浸透，见寒作热，忘了一切。若有多少不同处，不过是这些人更真切一点，也更于糊涂一点罢了。……这些人既重义轻利，又能守信自约，即便是娼妓，也常常较之知羞耻的城市中人还更可信任。”

比较而言，废名还乡从事的工作类似于一种“文化考古”，在细致的钩沉后进行文化的甄别，省略了一些，同时也放大了一些；遮蔽了一些，同时也彰显了一些。就像朱光潜说的：“废名的人物却都沉没在作者的自我里面，处处都是过作者的生活，小林、琴子、细竹三个主要人物都没有明显的个性，他们都是参禅悟道的废名先生。”[①]因此，废名的世界虽然不刻意去强调和自己故乡的联系，但一切皆著上“我”的色彩。所谓的文化不是一成不变的，文化有衍生和异变的状态。与沈从文空间移置中的回归寻找不同，对照着文化的原初状态，废名的选择和省略，本质上是一种还原和净化，去掉文化衍生过程的遮蔽和附着，让我们回到那“不应当忘却而已经忘去的中国典型生活”中去。虽然这样的生活随着“时代的演变，国内混战的继续，维持在旧有生产关系下面存在的使人憧憬的世界，皆在为新的日子所消灭。农村所保持的和平静穆，在天灾人祸贫穷变乱中，慢慢的也全毁去了”[②]，但仍然可以像废名这样借助书写在纸上溯回我们文化的原乡。极端地说，在废名的文化意识中一直有一种“今不如昔”的文化发展观，他曾经说过：“延陵季子挂剑空垅的故事，我以为不如伯牙钟子期的故事美。嵇康就命顾日影弹琴，同李斯临刑叹不得复牵黄

① 朱光潜：《桥》，《文学杂志》第1卷第3期，1937年7月1日。

② 沈从文：《论冯文炳》，《沈从文文集》第11卷，花城出版社1992年版，第100—102页。

犬出上蔡东门，未免都哀而伤。朝云暮雨尚不失为一篇故事，若后世才子动不动‘楚襄王，赴高唐’，毋乃太鄙乎。李商隐诗，‘微生尽恋人间乐，只有襄王忆梦中’，这个意思很难得。中国人的思想大约都是‘此间乐，不思蜀’，或者就因为这个原故在文章里乃失却一份美丽了。我尝想，中国后来如果不是受了一点儿佛教影响，文艺里的空气恐怕更陈腐，文章里恐怕更要损失好些好看的字面。”[①]这种俱往溯古的文化发展史观显然和五四后的文化未来主义和进化史观构成一种奇特的反差。从这种意义上说，废名的写作其实隐含了反文明、反现代化的因子。相比较而言，当沈从文呈现湘西的“过去伟大处”和“目前堕落处”时，隐含的也是类似于废名的文化发展观，但不同的是在沈从文的视野里还有一个遥远的未来被想象着、期待着，成为其艺术世界的又一时间维度。

但是正如有研究者所指出的，现代的桃源梦境书写“难逃政治、文化乃至经济的意识形态兴味。与其说原乡作品是要重视另一地理环境下的种种风貌，不如说它展现了‘时空交错’的复杂人文关系。意即‘故乡’乃是折射某一历史情境中人事杂错的又一焦点符号”[②]。因此，对废名和沈从文来说，既要致力一个文化的原型——桃花源的复制，同时又必须提供外在文化压力的理由。所以《桥》的下篇展示时，小林已经不是在私塾中提笔写“程小林之水壶”那个小林了，是走了几千里路还乡，可以出口成诵莎士比亚名句的少年公子了。而《边城》的最后则提醒读者：“可是到了冬天，那个圮坍了的白塔，又重新修好了。那个在月下唱歌，使翠翠在睡梦里为歌声把灵魂轻轻浮起的年青人还不曾回到茶峒来。……这个人也许永远不回来了，也许‘明天’回来！”相比较而言，废名的《桥》贯穿着有变迁流逝而没有进化意义的时间维度，通过闯入桃花源的现代知识者对桃花源的皈依，书写了一个现代的文化神话。而沈从文对桃花源的仿写和复制

① 废名：《中国文章》，《世界日报》，1936年1月6日。
② 王德威：《想像中国的方法》，三联书店1998年版，第227页。

似乎更多了几分现实的期许。《边城》由于空间的错置，使人几乎相信了这个现代桃花源真实存在。毕竟，中国是一个幅员辽阔的国家，这样的文化“边境”可能会遗存下来。但是仔细阅读沈从文的《边城》，会发现作家的思考似乎还不只是对都市和边城进行简单的肯定或否定。事实上，在作家的写作视野中，边城世界自身也存在文化的并置、参照和权衡，这无疑使作家的文化选择变得复杂起来。文化的衍生和异变状态跟文化的原初状态在《边城》中纠缠在一起，小说中翠翠的出场显示边城世界里生命的原始和本真的素朴：“翠翠在风日里长养着，故把皮肤变得黑黑的，触目为青山绿水，故眸子清明如水晶。自然既长养她且教育她，为人天真活泼，处处俨然如一只小兽物。”“但一切皆得在一份时间中变化。这一家安静生活，也因了一堆接连而来的日子，在人事上把安静空气完全打破了。”表面上看，在小说中打破他们安静生活的是大佬溺亡的隐痛、渡船和磨坊比较中潜藏的担忧，但和这种影响生命个体前途的偶然事件相比，左右边城未来的则是一个更具有破坏力的大时代正渗透于他们的日常生活中，在《边城》中，这种渗透和破坏也许还很难察觉，但“大都市随了商务发达而产生的某种寄食者，因为商人的需要。水手的需要。这小小边城的河街，也居然有那么一群人，聚集在一些有吊脚楼的人家”。因此，《边城》的“边境世界”内部也时刻处于一种矛盾和紧张之中，这个曾经用来质疑和瓦解现代都市的“边境世界”，自身也时刻面临质疑和瓦解。“黄昏照样的温柔，美丽和平静。但一个人若体念或追究到这个当前一切时，也照样的在这黄昏中会有点儿薄薄的凄凉。于是，这日子成为痛苦的东西了。翠翠觉得好像缺少了什么。好像眼见到这个日子过去了，想要在一件新的人事上攀住它，但不成。好像生活太平凡了，忍受不住了。”作家诉说着小儿女的乐与哀，弦外之音却是一个精神还乡者心灵深处难以言说的乐与哀。在其后《长河》的写作中，沈从文则进一步将《边城》的桃源梦境向时间的长河挪移，以至于作者最后禁不住叹惋：“《边城》中人物的正直和热情，已经成为过去，表面上看来，事事物物自然都有了极大进步，试仔细注意注意，便见出在变化中堕落趋势。最明显的事，农村社会所保有那点正直素朴人情美几乎快要消失无余，代替而来的却是近二十年实际社会培养成功的一种唯实利庸俗人生观。……‘现代’二字已到了湘西……”[①]显然，从《边城》到《长河》，沈从文经历了文化原乡和精神故乡的“幻”得与“幻”失。

如果说沈从文边城式的乡土家园形象还能够在乡土中国的地域版图上厘定出它的隐约边界，那么废名的还乡故事中人物眼里的乡土家园形象则是“有多少地方，多少人物，与我同存在，而首先消灭于我？不，在我他们根本上可没存在过。然而，倘若是我的相识，那怕画图上的相识，我的梦灵也会牵进他来组成一个世界。这个世界——梦——可以只是一棵树”。废名的世界，有属于他自己的时间哲学和历史观。他在许多文字中陈述过对历史的认识和理解，在《桥》出版的同年发表的《〈周作人散文钞〉序》中，他借评价周作人的历史观表述了他的看法，他说：“岂明先生一向对于历史的态度，我在最近的三数年来每一想起不觉恻然有动乎。他曾经有过这样的话，‘昔巴枯宁有言，“历史的唯一的用处是警戒人不要再那么样了”，我则反其言曰，“历史的唯一的用处是告诉人又要这么样！”’他仿佛总是就过去的情形推测将来的趋向，历史上有过的事情将来也还会有，人的老脾气总是没有法子改过来。这个对于中国的年轻人好像是一个打击。在‘五四’以后中国的社会运动发轫的时候，我正是一个青年，时常有许多近乎激烈的思想，仿佛新时代就在我们的眼前……事实终于是事实，我随着中国的革命而长了若干年岁，这里头给了我不少的观察与参照，有一天我忽然省悟岂明先生信任历史的态度，从此我自己关乎中国的事情好像能够有所知道。”[②]本着这样的历史观，《桥》的还乡意义是多重的，有程小林现实的还乡，有写作者文化和

---

① 沈从文：《〈长河〉题记》，《沈从文全集》第10卷，北岳文艺出版社2002年版。

② 止庵编：《废名文集》，东方出版社2000年版，第116页。

精神的本土回归，而随之而来的乡土家园想象和形象也脱出时代选择的现代时间哲学，书写现代时间的反题。更为重要的是，虽然有着相似的精神旨归，废名的寻根和沈从文相比，恰恰不是空间错置的异域想象，而是民族文化“黄金时代”的回归。研究废名的《桥》的批评、接受史，从20世纪30年代到现在都认为废名书写着一个乌托邦的世界。30年代的评论者指出：“作者对现实闭起眼睛，而在幻想里构造一个乌托邦……这里的田畴，山水，树林，阴，晴，朝，夕，都是一层缥缈朦胧的色彩，似梦境又似仙境。这本书引读者走入的世界是一个‘世外桃源’。”而当下的研究者阅读《桥》时认为：“《桥》的世界是一个镜花水月的世界。它的田园牧歌的幻美情调，正是通过对女儿国、儿童乐园、乡土的日常生活与民俗世界等几个层面的诗性观照具体体现的。从总体上说，它们由此都具有了一种乌托邦属性，最终使《桥》生成为一个东方理想国的象征图式。”[①]因此，从某种意义上说，同样经营着“故乡”的文化神话，废名得到的是“天上的花园”，而沈从文失去的是“地上的花园”。

在研究中我们还发现，与对文化传统清理、选择和重建相对的另一面是对现代化，尤其是对作为其重要文化表征的都市文化的批判和审视，在“荒村”“废园”的另一面矗立着另一座“荒城”。应该说，对民族文化传统由清算到清理经历了一个反复的过程，而对都市文化的态度似乎与此构成了一个逆向的反复，经历了由欣羡、赞美到诅咒的过程。需要指出的是“都市文化”在近现代中国同样是一个歧义丛生的概念，在沈从文、芦焚眼中的都市文化和刘呐鸥等眼中的都市文化无疑是迥异的。在施蛰存这些诗人的眼中，工厂的烟囱，这个工业文明的象征成了“在夕暮的残霞里，／从烟囱林中升上来的大朵的桃色的云，／美丽哪。烟煤做的，／透明的，桃色的云”。都市不仅是工业文明的象征，同时也给诗人的日常生活带来了一种近乎迷狂

---

① 吴晓东：《镜花水月的世界：废名〈桥〉的诗学解读》，广西教育出版社2003年版，第238页。

的“快速的节奏、幻变的色彩，嘈杂的音响和肉欲的气息”的沉醉和兴奋。但是诚如有人指出的那样，“都市风景的赞美只维持在一个小圈子里，而都市疾病的诅咒却逐渐蔓延开来”。像纪弦《火灾的城》这首诗写道：“从你的灵魂的窗子望了进去，／在那最深邃最黑暗的地方，／我看见了无消防队的火灾的城／和赤裸着的疯人们的潮。”病态都市的体验使得人与他的生存环境——都市脱节，从而使置身都市的人产生了一种无所归依的悬浮感、漂泊感。在现实世界里，当“他逆着凛冽的夜风，上了走向那大而黑暗的都市，即人性和他们的悲痛之所在的艰难的路”，从对现代都市的讴歌、沉醉走向对现代都市的诅咒和摈弃，现代作家便纷纷在精神上踏上一条回归古典田园的还乡之路。

沈从文在给友人的信中写道：“我这时是觉得生活在我只是一种苦事，若是事势许可，能够返到苗乡去住真是幸福，不可讳的是我真已近于落伍人，大都会生活使我感到厌倦；就是写文章，也只是回到乡下去好，因为要明白中国，也只有在老国民去一处过日子才是事。”而“我的世界总仍然是《龙朱》《夫妇》《参军》等等。我太熟习那些与都市相远的事情了，我知道另一个世界的事情太多，目下所处的世界，同我却离远了。我总觉得我是从农村培养出来的人，到这不相称的空气里不会过好日子，无一样性情适合于都市这一时代的规则，缺处总是不能满足，这不调和的冲突，使我苦恼到死为止，我这时，就仿佛看到我一部分的生命的腐烂”[①]。就在写这封信的前两天，沈从文将湘西世界称为“我的世界”，他写道：“……我的故事就是《龙朱》同《菜园》，在那上面我解释到我生活的爱憎。我的世界完全不是文学的世界；我太与那些愚暗、粗野、新犁过的土地同冰冷的枪接近、熟习，我所懂的太与都会离远了。……我爱悦的一切还是存在，它们使我灵魂安宁，我的身体，却为都市生活揪着，不能挣

① 沈从文：《沈从文全集》第18卷，北岳文艺出版社2002年版，第19、63、64页。

扎……”[①]因此，从这种意义上说，寻找心灵的憩息之地，正是那种人在现代都市体验到无边的孤独和深刻的疏离之后向传统和古典回归的反弹和自卫心理反应。在这里，家族、故乡、乡土中国适逢其时地成为“城”之外的“乡”。这种心理反应和前面讨论的对文化传统的清理、选择和重建某种程度上是互为因果的。而沈从文这个乡村少年一踏入都市就陷入生活的窘境，都市对他的敌意无疑激发了他对都市的敌意。“乡下人”立场和姿态的选择显然是反弹和自卫的强调。值得指出的是，现代中国作家在现代大都市里体验了孤独和疏离后，并没有像西方现代派那样走向抗争、堕落，或者是抗争、堕落之后的毁灭，而是义无反顾地踏上反抗与逃避的寻根之路。

现代知识分子就是在扎根、除根、失根、寻根的过程中，完成了对以家族文化为代表的中国传统文化的臧否，同时也寻找到生命存在的依据和根源。“像鲁迅等一批接受了现代意识的中国文化人，曾掀起过一场空前的传统文化反叛，而且至今还有人对他们当时采取的必要的偏激持有异议，其实，像鲁迅、老舍等人，对民族传统都不是虚无主义者。中国传统是他们的‘血脉’，也是他们的‘根’。是‘血脉’，所以还在他们周身流淌……是‘根’，所以他们脚下都踩着上自新石器以来所有的历史文化沉积物，他们还将从中吸取营养。”[②]因此，我们可以认定无论是鲁迅等作家建立在现代时间哲学意义上的乡土家园想象，还是芦焚、沈从文等对现代时间哲学吸纳和反思的乡土家园想象，抑或废名建立在回归意义上的历史观、时间观下的乌托邦乡土家园，它们都共同汲取着传统文化的营养，也同样面临着现代性的影响焦虑，共同书写着现代性的正题和反题。

---

① 沈从文：《〈生命的沫〉题记》，《沈从文全集》第16卷，北岳文艺出版社2002年版，第306页。

② 吴小美、魏韶华：《老舍的小说世界与东西方文化》，兰州大学出版社1992年版，第13页。

第三章

家族文化衍变与家族记忆书写

家族一直是传统社会的基本单位，而自我国社会主义制度确立以来，私有制被消灭，无数个小家族或个体家庭从封建家长制下被解放出来。家族内部随着社会结构的转型也在产生巨大的裂变，家族长老的权力被剥夺，家族的凝聚力被削弱，家族成员的身份也趋于模糊，家族记忆散文正是在这片土壤上埋下了种子，最终在20世纪90年代以后开出了花朵。

1949年后，部分运动和斗争触动了家庭的神经。风波过后，人们开始重新认识家庭关系和人际关系，此间产生了许多悼念亲友的散文。这条书写脉络一直延续到20世纪90年代以后的家族记忆散文，只不过叙述者不是事件的当事人，而是当事人的子女，他们以儿童视角打量，以成人眼光追忆；而从中国大陆迁往台湾的“外省人”，家族的根在大陆，他们却像离开枝头的落叶，漂洋过海，兜兜转转，家族身份逐渐枯黄直至零落成泥碾作尘，而这也成为90年代家族记忆散文作者写作的原材料，提供了在场真实和感受真实。嗣后，伴随着轰轰烈烈的城市化进程，人们对故乡与籍贯的概念日益淡化，家族文化的深层结构面临坍塌，这再度激发了作家的创作冲动。这种书写在某种意义上超出了传统怀人散文、怀乡散文的范畴，由对故乡的追忆抽象为对精神家园的追寻，由家族记忆上升为对民族记忆、文化记忆的挖掘。

第一节　模糊的身份：家族秩序的裂变和转换

一、阶级的分化与乡村的衰落

第一次身份转换表现为阶级身份取代了家族身份。“文革”期间，家族制度的深层结构（包括血缘情感以及自我对家族身份的认同等）一度被瓦解。如前文所论述的，五四时期，现代作家打着反封建的旗号对宗法制度、宗族关系、大家长制进行了猛烈抨击，揭发封建制度对人性的戕害，倡导个人理想和精神解放。而“文革”对家族关系的瓦解与五四运动相比，“叶徒相似，其实味不同”。第一，五四时期正是封建宗法制、家长制日渐腐朽没落的阶段，而来自家族内部的封建势力确实也在制约着时代的进步。而中华人民共和国成立以后，中国已经彻底消灭了封建制度，从经济基础方面也消灭了私有制，家族结构其实已经瓦解，取而代之的是无数个体家庭。第二，五四运动向家族开火，其实是在反对封建制度，倡导人性觉醒和精神解放；“文革”则已经溢出了反封建的范畴，而是在摒弃中国的文化传统，挑战传统的人伦秩序。反映到文学作品中，则是血缘、地缘关系被遮蔽，个人陷入了阶级关系的大网中。如小说《三家巷》中，阶级关系取代血缘关系，作者的这一创作理念借助主人公周榕的嘴说了出来：“无产者和无产者才是亲戚，无产者和资本家只是敌人。”如小说《艳阳天》中，地缘关系与血缘关系割裂却与阶级关系相结合，资本主义一方住在沟北，社会主义一方住在沟南等。

“文革”结束后，个人的阶级身份标签被撕下，开始出现了身份认同和信仰缺失的双重焦虑，人们从充斥着斗争话语的狂热生态中清醒过来，回归到生活日常。卢新华的小说《伤痕》是伤痕文学的发轫之作，其实也可以说是新时期第一篇影响较大的家庭伦理小说。小说主人公王晓华与“叛变自首”的母亲断绝关系，而等革命浪潮褪去，王晓华想重拾亲情的时候，母亲已经离世，上演了一出时代导演的家庭悲剧。以《伤痕》为开端，反映家庭伦理的小说相继问世，如海波的《母亲与遗像》、莫应丰的《美神》等，作品都包含了作者的负罪意识和忏悔心理，完成了个人在家庭、家族中的位置确认和身份认同。家族身份的回归，除了找回个人在家庭、家族中的位置，也重新确立了家族在中国历史文化上的位置，为家族以及蕴含在家族中的文化传统正名。“文革”期间，与家族、祖先有关的文化习俗和价值观念被视为旧文化、腐朽文化遭到打击，而新时期出现了一大批家族母题的小说，如莫言的《红高粱家族》、张炜的《家族》等，开始重新书写家族情结，通过描述家族史去寻找中国的文化源头与精神家园。

第二次身份转换表现为工作身份取代了家族身份。改革开放以后，中国经济快速发展，伴随而来的是家庭网络被挤压得越来越小，传统的血缘关系被现代性的业缘关系取代。同时，随着城市化进程的加快以及新农村建设的火热展开，农村群聚形态被瓦解：“在当今的中国社会，‘宗’可以因血缘世系存在，但‘族’就不存在了，因为家族完全聚居的形态没有了，城市的分散居住，是对宗族最致命的瓦解。”[①]加之很多年轻人到大城市闯荡，生活环境改变、故乡意识淡薄，在20世纪80年代以后成长起来的人逐渐成为无根的一代。

进入21世纪，中国出现了另一股寻根热，姑且命名为“后寻根”。寻根文学是20世纪80年代重要的文学思潮，其受拉美魔幻现实主义文学的带动和五四启蒙运动的影响，试图寻找中国的文化之根，甚至是民族劣根，主要探讨的是传统意识和民族文化心理，此期间也孕育了像莫言、韩少功这样的优秀作家。而“后寻根”阶段相比于寻根文学思潮，影响力更大、覆盖面更广、生命力更久，触角延伸到乡村城市、海峡两岸甚至不同的海内外群体，触碰到各个人群阶层，渗透到各个文化领域。至今国家层面倡导的讲家史、正家风，以及民间火热开展的修订族谱、修缮祠堂、寻根祭祖活动仍是寻根热的一个延续。“后寻根”的一个重要特点就是，它寻觅的不再是虚无的文化之根，而是以故乡、亲人为依托的家族之根，重新去确立家族身份。相

---

①　《家谱并不能重振家族》，http：//news.sina.com.cn/o/2005-01-31/11104998697s.shtml。

较于寻根文学这一舶来品，或者说是外国文学观念、文化批评与中国本土现状的混合物，“后寻根”则来得更本土化与温情化，触摸到了中国文化最柔软的神经，也满足了国人最原始的精神需求。具体到文艺领域，无论是影视、电视媒体还是书刊，都涌现了一大批以家族记忆为主题的作品，这与它的生存场域、叙述主体以及背后的文化背景和政治气候都有莫大关联。中央电视台重磅打造的纪录片《客从何处来》，自2014年首播，相继邀请了易中天、马未都、陈冲、曾宝仪、阿丘等海内外人士，揭秘家族史，重走祖先路；《花城》杂志从2010年开始，开辟专栏《家族记忆》，刊载了关于家族记忆的诸多短篇散文，算是大陆家族记忆散文的一个重要书写阵地和收获。

值得注意的是，城市文明在带来富饶物质的同时，也带来了精神的贫瘠，乡村的凋敝背后是精神家园的失落。20世纪90年代以后，伴随着如火如荼的散文热，大陆乡土散文再次勃兴，其中有回忆故乡生活、描写故乡风物的，如汪曾祺的《我的家乡》《我的祖父祖母》，贾平凹的《我是农民》等；有描写地域风貌、展现地域文化的，如鲍尔吉·原野的《银说话》、周涛的《周涛散文》；有寻找失落的家园、抒发生命之思的，如刘亮程的《一个人的村庄》、苇岸的《大地上的事情》、韩少功的《山南水北》……作家们通过对身后故乡、故人、故事的回望，从而完成对自我家族身份的重新体认，体认的不仅是地缘、血统，更是建立在地域、民族层面上的文化血亲和精神血统。

二、台湾地区个例探讨：迁台的失根和眷村的拆除

在这里，台湾地区的家族秩序变化有其特殊性，有必要进行单独考察。从1949年国民党迁台，台湾便被染上了乡愁的底色。台湾作家尤其“外省”作家都害了怀乡病，乡愁小说、乡愁诗歌不绝如缕。而观之散文领域，以怀乡为题材的散文也是自成一派，从20世纪五十六年代肇始，到七八十年代变体，怀乡散文呈现了不同的文本风貌和艺术风格。而透过台湾地区怀乡散文的发展脉络，我们发现作家的创作之旅，其实也是家族记忆、故乡情结的复活之旅，或者说是建立在确认自己家族身份的寻根之旅。

第一次身份转换表现为族群身份取代家族身份。国民党战败迁台，赴台军民约120万，这股庞大的移民潮最终形成了一个重要族群——“外省人”，它与闽南人、台湾少数民族、客家人一起组成了台湾的四大族群。透过一个“外”字，我们可以想见迁台一群当时的处境和心境，亲人的分隔、文化的差异甚至语言交流的障碍，致使他们产生了一种深入骨髓的孤独。事实上，当时的迁台一群拖家带口、举家迁台有之，但更多的是孤身一人匆忙撤离，失去了与大陆亲人的联系，失去了本来的家族身份，而拥有了一个共同的名字——“外省人”。其时，两岸处于隔绝状态，家在对岸却有家难回，又让这种孤独有了一种悲凉的味道，他们以流浪者自居，怀着深切的孤儿意识和失根焦虑。不可否认的是，迁台一群的绝大多数依然视大陆为故乡。20世纪五六十年代，台湾散文创作领域兴起了怀乡散文，与当时的主流战斗散文双峰对峙，代表作家有张秀亚、王鼎钧、尹雪曼、琦君和余光中等。他们都是“外省人”，或回忆在大陆度过的青年时代，或描摹大陆故土风物，或勾勒大陆亲人音容笑貌，氤氲着浓浓的乡关之思。他们在对大陆的重新体认、打捞中完成自己的家族身份认同。而在社会领域，“外省人”在眷村找到了自己的“第二故乡”，重新确立自己的地缘关系与亲缘关系。宕开一笔，这一时期的怀乡散文的意义不仅在文学、文化领域，它也为如何建构真实的中国历史提供了史料和途径。张清芳、陈爱强的《台湾当代散文艺术流变史》中有这样一段话：“如果说怀乡散文用符合现代散文‘真实观’的艺术特点的因素，不但在作品中达到了‘艺术真实’的审美效果，并同时给读者一种‘客观真实地反映出大陆生活’的‘现实真实’的社会效果，为建构‘真实的中国历史’奠定了基础，那么怀乡散文文本风格的‘诗歌化’，则是从中国文化传统和情感归属的角度，进一步运用了‘现实真实’和‘艺术虚构’相统一的艺术原则，从风格上强化了其内容的真实性和可信度。”[1]这对我们研究家族记忆散文的历史真实、现实真实、文学真实以及小说化倾向的问题具有重要的参考意义。

第二次身份转换是家族身份的再次失落，尤其以眷村的拆除为标志。国民党为了安置迁台一群，开始了眷村的设置。在当时的政治口号鼓动下，眷村居民并没有做好长期居住的打算。而随着所谓的“光复大陆”计划破灭，“外省人”开始意识到再也不能回到大陆故乡，于是生活心态由临时过渡转为落地生根。出于相同的文化背景和离家经历，在很长一段时间里，眷村成为“外省人”的寄托，他们在眷村寻找同乡、硬攀亲戚，在被硬生生扯断了与大陆联系的地缘脐带之后，依托眷村重新编织亲缘纽带，反认他乡作故乡，整个眷村就像一个人情味浓厚的大家庭。可以这样理解，眷村是“外省人”的替代故乡、模拟故乡，也成为几代“外省人”的精神家园和心灵寄托。而从20世纪80年代开始，台湾当局陆续对眷村进行改造和拆除，通过眷村建立起来的人际网络和聚落生态因此也土崩瓦解，“外省人”面临着二次失根。

幸运的是，“外省人”每一次经历失根痛楚过后，都能找到自己的一碗疗伤汤药。这碗汤药的疗效和味道可以从20世纪七八十年代的怀乡散文中管窥一二。不同于五六十年代的怀乡散文，七八十年代的怀乡散文有了更深层次的文化意蕴。不得不承认，怀乡情愫萌动、爆发的原因，一是故乡的远离，二是故乡的消失。“外省人”在20世纪50年代经历了大陆故乡的远离，又经历了80年代替代故乡的消失，个中况味可谓杂陈，难免有种“风尘困顿，寻得良人，又遭捐弃”的伤怀，特别是随着“外省”二代、三代开始涉足书写，故乡的地理概念也悄然发生了转移和偏离，从而引发了一种新式乡愁。

“外省”二代、三代与一代不同，他们大部分在1949年以后出生，作为土生土生的台湾人，同样继承了父辈在身份认同上的困难情

---

① 张清芳、陈爱强：《台湾当代散文艺术流变史》，人民出版社2011年版，第49页。

绪。就像张嫱所说："他们（指外省一代）的子女，也背负着这样的印刻，在现实的家台湾和抽象的故乡间游离。"[①]"外省"二代、三代的身份证上很长时间登记的都是大陆的籍贯。像王竹康，出生在台湾，父母却是地道南京人，年轻时身份证籍贯栏清楚写着"南京市"，而当身份证只登记出生地时，他也失去了最初的身份凭证。[②]台湾的大学教授周志文，身份证上登记的籍贯是浙江鄞县，但他一生绝大多数岁月都在台湾度过，对故乡身份也产生了恍惚。[③]除了身份证上故乡元素的镌刻，父辈在日常的家庭教育中，也注重这种原乡意识的灌输。祖籍广西、生长在台湾的李俊贤说："大部分眷村第二代都在台湾出生。从会说话或识字开始，大陆老家的地址就成为眷村子弟必背的功课，即使有口无心，倒也滚瓜烂熟。也许近在福建、江浙，也许远达内蒙古、东北，当时谁也不知道，背这些地址到底有没有用，亲自踏上父亲母亲故乡的那一天到底会不会来。但逢年过节时，遥祭大陆列祖列宗的固定仪式绝不能免。晚辈双手拄香在胸前，似懂非懂地听着长辈们操着家乡话喃喃自语。"[④]

可以想见，大陆的故乡在"外省"二代、三代眼里成了一种符号，就像骆以军的一位学弟，从小学到大学，各种身份资料的籍贯栏皆是填写着"察哈尔"，逢人也总说"我是察哈尔人"，及至后来才得知中国现行行政区划已没有"察哈尔"这个地方了。[⑤]这其实是一种盲目的认同，思念也成了一种仪式，对故乡的认识以及生发出来的乡愁是有口无心、似懂非懂的，只能停驻在父辈记忆洞穴光影的投射中，停驻在身份证的籍贯一栏中，停驻在想象的空中楼阁中，无法

---

① 张嫱：《后记》，张嫱主编《宝岛眷村》，中国人民大学出版社2010年版。

② 参见王竹康：《"你的国语真好听"》，张嫱主编《宝岛眷村》，中国人民大学出版社2010年版，第185—191页。

③ 参见周志文：《家族合照》，广西师范大学出版社2013年版，第3页。

④ 李俊贤：《眷村走透透》，张嫱主编《宝岛眷村》，中国人民大学出版社2010年版，第55页。

⑤ 参见骆以军：《月球姓氏》，广西师范大学出版社2016年版，第130页。

形成真正的心理认同和文化认同，甚至不如对台湾本土认同来得更实际。像叶维廉的散文《故乡事》即把台湾当成故乡，林央敏的散文《在地图上》却是把大陆和台湾都当成故乡。“外省人”在经历了与大陆母亲生离死别，经历了在台湾当地的繁衍生息后，兜兜转转几十年，终于认识到故乡的意义不仅仅是地理的亲近，更多的是文化的相融和认同，于是，台湾的怀乡散文溢出了地理意义上故乡的范畴，而寻求形而上层面的含义。像简媜跳脱探访祖居地这种行为上的寻根模式，通过想象、追问祖先，在自我与先祖之间建立亲情联系和心理契合，由此完成精神的寻根；像余光中对古老中国、文化中国、想象中的中国进行歌颂和皈依。而随着海峡两岸局势的缓和，探亲热带来了探亲散文，使对家族身份的认同升华为对民族身份的强烈认同。

第二节　遗忘的琐屑：家族历史的纪实与重组

一、庶民的絮语：个体记忆与集体记忆

林贤治说：“中国历来缺少‘私人治史’的传统，文学史也如此。思想、事实，以及信息处理，犹如古代的盐铁一样，是官营的。中国文学史著作大多作为教科书使用，因此，一般由集体编写，而且必得恪守固有的价值规范，尤其是现当代文学部分，禁忌是颇不少的……文学史家同样如此。由于其强调历史导向，不仅关注个体而且有着整体的关联，在此基础上常常牵涉到当代社会的评价，使用的也是不容掩饰的智性语言，因此在表达价值观念的时候，必然比作家艺术家受到更多的规范。”[①]事实上，中国自古就有私人修史的传统，《史记》《汉书》《后汉书》《三国志》皆为私人修纂。一直到唐代，官方修史才逐渐成为编纂正史的主流，至明清以降而到达顶峰。但私人修史一直作为一条伏脉在延续和活动着，在对官方话语形成反拨的同时，也区别为政治服务的史官文化，保留了修史的优良传统。

---

① 林贤治：《中国散文五十年》，漓江出版社2011年版，第135页。

作为社会最基本的单位，家族的历史与国史、地方志构成了中国的三级历史记录谱系，但家族史实际上很少在公共信息领域流通，也没有野心和实力参与到国史建构中来。究其原因，首先，在我国漫长的封建制度下，家族其实是官方话语、专属称谓，只有世家大族、名门望族才配称作“家族”并在历史上留其名，像六朝的王谢家族、民国“蒋孔宋陈”四大家族，家族史其实是贵族史，依附于政治，并不能代表中国的普遍真实。其次，自我国社会主义制度确立，消灭私有制后，小家族或个体家庭从封建家长制下解放出来，形成了若干较为单纯的基于血统关系结合成的家族，家族更多地由政治属性演变为社会属性，这其实是家族概念的一种泛化和淡化。再者，对家族历史的叙述，其实是一种民间自发行为，甚至在特殊历史时期，成为一种地下活动，以修族谱的形态存在着，且伴随着“家丑不可外扬”的民族心理，家族史很难流通到公共信息领域。

“当真实的私人叙述完全消失的时候，‘个人’实际便从‘叙事者’成为‘被叙事者’，由叙事的主体沦为物化的叙事对象。真实的、具体的历史将被消解，只留下一个貌似宏大，实却空洞无物、抽象而且残缺不全的‘历史’。”[①]家族记忆散文无意于历史之大，而试图去分解和寻找构成“大历史”的元素，在重塑家族性叙事、个体化叙述的合法性的同时，也弥补大历史叙述语境下家族这一块的缺位和空白，在现代史的疆域上树立家族坐标，同时也为我们研究家族史提供了鲜活而真实的样本。

（一）个体化叙述的远去与归来

1942年，毛泽东发表了《在延安文艺座谈会上的讲话》，它成为文艺领域的指导性文件。通过确立“文艺为工农兵服务”的文学方针、成立中国作家协会等诸多方式，国家建立了一套完整的官方抒情机制和宏大叙事结构，个体化叙述空间受到一定限制。尤其在散文领域，表现为叙述对象个性化的丢失，按照“文艺为工农兵服务”的方

① 雷颐：《“私人叙事”与“宏大叙事”》，《读书》1997年第6期。

针以及被赋予的文艺的轻骑兵的使命角色，散文的叙述对象变成了工农兵这个想象的群体，正如李杨在《抗争宿命之路》中所言："从此以后，出现在中国文学中的每一个人、每一个'自我'已经不再是处于自然状态中的个体，而是已经获得了共同本质之后的'国家'的象征。"①作者主体性出现缺位，作家个体退居到文本之后，作品成为主导话语的形象演绎，典型如杨朔的《荔枝蜜》、刘白羽的《长江三日》等。溪清、渝嘉在《当代散文创作纵横谈》中分别对杨朔散文和刘白羽散文作了评价，"杨朔散文致命的弱点恰在于'自我'的淡化，'主体意识'的隐蔽"，刘白羽散文"看起来，表现的是'个性'，但实际上'共性'的成分很浓；抒发的是'个人'感情，但实际上'阶级'的感情比重更大"。②这些评价还是切中要害的。当然在这一时期，也有些作家潜伏"地下"，如张中晓的《无梦楼随笔》、顾准的《从理想主义到经验主义》等，虽然力量微弱，但是足够诚实，我们也看到了他们对作家身份的坚守，林贤治称它有一种"荒海美、深渊美、漩流美"③，但这种美在当时是危险的。随着"文革"结束，在那个拨乱反正的特殊时期，国家支持并鼓励发出底层声音和进行个体化叙述。而通过个体化叙述，无论是群众还是作家，都在试图找回自己的个体身份。从群众的角度来看，以小说《伤痕》为例，它"以空前的热忱，呼吁着人性、人情和人道主义，呼唤着人的尊严和价值"④。个体从工农兵的叙述语境中逃逸，从阶级身份中萃取出来，完成了对人的重新发现，表现在散文领域既有像巴金的《怀念萧珊》、夏衍的《悼念田汉同志》这样的怀人散文，也有像杨绛的《干校六记》、丁玲的《牛棚小品》、陈白尘的《云梦断忆》

---

① 李杨：《抗争宿命之路》，时代文艺出版社1993年版，第160页。

② 溪清、渝嘉：《当代散文创作纵横谈》，《北京师范大学学报》1990年第1期。

③ 林贤治：《中国散文五十年》，漓江出版社2011年版，第20页。

④ 刘再复：《论新时期文学的主潮——在"中国新时期文学十年讨论会"上的发言（内容提要）》，《文学评论》1986年第6期。

这样的自叙传式散文。从作家的角度，以巴金的《随想录》为例，他明白了“应当像人一样用自己的脑子思考”[①]，要讲真话，从而重建作家创作的主体性和个性化，重拾作家的批判精神，这也是那一代作家的集体写照。这其实是继承了五四确立的现代散文精神，五四运动带来了中国人前所未有的人性觉醒和精神解放，表现为作家的主体意识的高度自觉，强调散文是一种自我的文学，是孤独不依、独立无惧的。特别是进入20世纪90年代，出现了摩罗、林贤治、谢泳、刘小枫这样的作家，相继发表了《个性主义与人性尊严》《鲁迅比我们多出什么》《论散文的精神》等作品，继续扛起五四时期的人文大旗。人文精神和人文理想在散文领域进一步渗透，突出了作家理想追求者、正直的知识分子身份，这也为中国大陆的家族记忆散文的写作提供了舆论声援、理论支撑和精神养料。

而反观台湾地区，1949年，国民党撤台后，在政治、文化、经济等领域，进行一系列的干预和整肃，岛内人心惶惶。为配合国民党的政治方针，台湾文艺界打出了“战斗文艺”等旗号，成立了所谓的“中华文艺奖金委员会”“中国文艺协会”“台湾妇女写作协会”等文艺协会。官方话语体制在文学这个公共空间牢牢占据了话语霸权，社会环境的泛政治化也反映到文学创作和出版中来。国民党不仅控制了话语空间，也垄断了出版渠道，并设置奖金制度，软硬并施地诱导和逼迫作家进行政策允许范畴之内的创作，作家迫于生计只好迎合附会。文学创作的自由发展遭到限制，五四以来的新文化传统也被禁绝。当时的台湾地区主要出现了两类散文写作，一类是“战斗”散文，另一类是以女性作家群体为代表的怀乡散文，后者书写乡恋人伦，成为当时散文主流。台湾地区对个体化叙述的限制是较为隐性的。以女性怀乡散文为例，它可以抒发自我之情感，流露小我之情绪，淡化政治意识形态色彩，但不可否认的是，它也是曲折地迎合了当时的政策，它的存在并没有触犯到当局的底线，呈现出一种纤弱萎

① 巴金：《没有神》，《随想录》，作家出版社2005年版。

靡的特征，散文的思想性和批判性被阉割了。当然在台湾地区“戒严”期间，也有一些秉承五四新文化传统的自由主义文人在默默地发声和反抗。1949年之后，胡适、梁实秋、林语堂等作家来到台湾地区，他们的散文主张主导了20世纪50年代散文的格局，成为一缕迥异于大陆的文脉。五四的新文学传统通过他们在台湾落地生根，胡适在“戒严”时期一再重提“人的文学”和“自由的文学”，但在政治的禁锢下，作家的创作心理依然是处于“戒严”的状态，可以说是头顶有阴云、脚下有雷区。

1987年，蒋经国宣布“解严”，政治上的松动也带来了散文创作景观的繁荣和作家创作心态的宽松，出现了饮食散文、海洋散文、旅游散文、城市散文、环保散文等多种散文类型，作家的主体意识和个人志趣得到彰显和张扬。这其实是在继承五四的散文传统，五四的“立人”和“作文”实属同源。陈独秀提出的“尊重个人独立自主之人格，勿为他人之附庸品”①，林语堂提出的“以自我为中心”②，郁达夫倡导的“现代的散文之最大特征，是每一个作家的每一篇散文里所表现的个性，比从前的任何散文都来得强”③，都成为五四遗留下来的思想武器和文学传统。在这种观念的推动下，20世纪90年代以后的台湾地区散文出现了跨文类写作的风潮，开启散文的自我变革。它不仅强调作家思想的主体性，也强调审美趣味的主体性以及写作风格的个性化，这其中既有作家身份的重新发现，也有散文身份的重塑，这个在后面章节再作具体表述。

我们发现，在特殊时期的阴云下，散文创作依然闪烁着微弱的五四之光，包括大陆地下文学的创作，包括台湾地区有胡适等重提五四，他们延续和保留了五四的文脉。而随着台湾地区“解严”和大陆“文革”结束，历史的潮水退去后，作家的主体性被再次强

---

① 陈独秀：《一九一六年》，《青年杂志》第1卷第5号，1916年1月15日。

② 林语堂：《发刊词》，《人间世》第1期，1934年4月5日。

③ 郁达夫：《〈散文二集〉导言》，刘运峰编《1917—1927中国新文学大系导言集》，天津人民出版社2009年版，第132页。

调，历史背后个人的东西凸显出来了，人们开始重新审视五四。特别是进入20世纪90年代，这个时期成长起来的作家群体普遍接受过良好的教育，较易接受五四新文化运动时期形成的人文观念和20世纪西方现代、后现代哲学以及文学理论的影响。而以家族记忆散文为代表的新时代散文，是人文主义讨论与重提的大背景下的时代产物，也可以说是对五四散文传统的遥相呼应，无论是作家的主体性意识和主观介入精神，还是叙述中对个体的关注与关怀，都闪现着五四的光芒。

（二）家族史的个性化文本：从“他们”身上看见历史

大历史的宏大叙事，决定了它不会也不可能花费太多的笔墨在个人身上，这不仅是篇幅问题，更是历史观问题。叙述个人更多是文学传统，而非史学传统，但我们也注意到一些史作是将触角伸向个人的，比如《史记》，有《刺客列传》《滑稽列传》，描写高阳酒徒、屠狗之辈。值得注意的是，大历史也是有将视角下移而聚焦到所谓个人的，但是概念被偷换了。大历史叙述的个体也许是“伪个体”“伪个人”，它背后站着的不是成千上万个相同境遇的个体，它是经过筛选和包装过的个体。

这其实也是大历史叙述，甚至就是历史叙述无法解决的一个先天问题。它无法从文学的角度，以温煦的方法去关注和考量个人，个体更多地被符号化和数据化了。家族记忆散文涉及的中国现代史，应该是中国社会变革最为深刻、政治运动最为波谲云诡、战争动乱最为频繁的时代。五四运动提出的人文主义、人本主义，实际上是继承了欧洲文艺复兴的传统，将人作为个体的价值凸显出来，然而这一传统并未延续下来。个体感受被忽略，人往往作为一种从属和代称，缺少了本身为人的意义。

贾梦玮说：“个人、家庭的心理遭际、情感煎熬无人问津，历史的情感成本成了永远无法统计的呆账。历史的情感成本不能白费了。情感记忆需要‘个人史’去打捞、保存，心狱锈死的锁链也需要‘个人史”除锈开启。”[①]孟繁华认为：“只有细部才能进入历史，也只有细部才能进入战争的本质。而人在战争中的生存状态、心理状态和精神状态的极端化体验，恰恰是我们理解、进入战争本质最有效的切入点。”[②]历史在叙述过程中，往往只聚焦于国族叙事，而忽略了个人体验层面的东西，而家族记忆散文不仅补充了家族经历、个人经历的东西，更提供了个人体验。

亮轩在《飘零一家：从大陆到台湾的父子残局》中说：“我们家大时代里小小的泡沫，却也充满了悲欢离合。”[③]张大春在《聆听父亲》中写道：“从我开始，往上倒数五代，每一代都觉着自己的处境（无论是个人的或民族的）有一种迫切感，每一代人都感受到自己即将被牵引到全然陌生的所在去。他们会在抗拒那牵引的时候留下挣扎的痕迹，每每就是这种细腻繁琐的痕迹令我着迷。”[④]家族历史的变迁其实是与大历史相捆绑的，所谓“覆巢之下复有完卵”，家族命运与国家命运息息相关，它在叙述家族自身变迁、悲欢离合的同时，也能反映、折射出波澜壮阔的大历史图景，与大历史是相互通气、相互交织、相互印证的关系。像齐邦媛在《巨流河》就通过家族流亡史来反映波澜壮阔的民国史，以及重大的历史转折和时代剧烈嬗变。南帆在《关于我父母的一切》的序言中写道：“我面对的是长辈的历史，似乎是遥远的过去。但是，我相信这一切仍然与我们息息相关。他们身上有一些我们必须分担的历史之谜。否则，我又有什么必要把父亲和母亲的形象塞给读者？他们太普通了，他们的经历丝毫算不上惊心动魄。父亲和母亲肯定是属于默默地生、默默地死的那一批草民。尽

① 贾梦玮：《历史的情感成本——《钟山》的“个人化”叙事》，《小说评论》2009年第2期。

② 孟繁华：《战争本质的国族叙事与个人体验——中国、西方战争文艺“历史记忆”的差异性》，《山东社会科学》2006年第4期。

③ 亮轩：《简体版自序》，《飘零一家：从大陆到台湾的父子残局》，广西师范大学出版社2012年版。

④ 张大春：《聆听父亲》，上海人民出版社2014年版，第188页。

管如此，我还是在他们身上发现了‘时代’这个大词。”[①]大时代、大历史的变动成为家族活动的背景和诱因，而家族也成为历史后果的实际承担者，家族记忆散文采取了一种以小见大的方式参与到大历史的建构之中。

郝誉翔在《逆旅》中提到，父亲曾是山东流亡学生，数十年之后，父亲偶然看到《山东流亡学校史》一书，翻遍全书却找不到自己的名字。“这是我的历史啊，居然如今我才知道。他不平地想，翻遍全书，找不到他的名字，未尝不是一个重大打击。他要女儿把书留下来给他仔细瞧瞧，‘这里面肯定有很大的错误’。”“直到深夜，郝福祯仍然不死心地翻着手中的史书，在字里行间的缝隙、标点符号、书页中留下的暧昧空白处寻找，寻找那任凭别人篡改、涂鸦、杜撰与填写的，有关于他的一切，以及那未曾实现、发生，却在他脑海中被虚构上演的，那被遗忘与记忆的……”[②]简媜说：“历史现场总是冷酷，它只处理群体问题，个我早已失去意义；是否心如刀割或能否存活都是无意义的提问。”[③]因战争和政治运动造成的死亡、迁徙和创伤，大历史往往只记录一个冷冰冰的数字，而数字背后的个体创伤，大历史是看不见的。我们通常在历史书中看到的描述是：某某战役大捷，歼敌若干；战败，牺牲若干……然而，数字背后是一个个生命的消失。

家族记忆散文从文学的角度，关注和记述那些最普通的人，这其实也是一段去符号化、去数字化的过程，回到每个活生生的个体，描述那些被历史遗忘了姓名的人、面目模糊的人。这些人中有躲避战火不断向西南逃亡的齐邦媛一家，从东北老家到南京，再经芜湖到汉口，由汉口前往湖南，后又前往桂林，再流亡至贵州，后回到重庆；有山东流亡学生郝福祯，从青岛老家一路经上海、杭州、湖南、广州

① 南帆：《自序》，《关于我父母的一切》，人民文学出版社2004年版。
② 郝誉翔：《逆旅》，人民教育出版社2012年版，第62、75页。
③ 简媜：《天涯海角》，文化艺术出版社2011年版，第18页。

直至澎湖……作品通过对个体遭遇的讲述，丰富了历史细节，也具象化了我们的历史观感。正如郝誉翔在《逆旅》中所说的：“直到有一天，父亲又对我们说起这段往事，说着说着，他就流下了眼泪。我屈指算算，已经事隔将近五十年了，但他心中的哀伤却如此巨大，从来没有一天停止过。在那一刻，我才忽然在他的身上看见了历史，历史的包袱，历史的伤口，历史的深度。”①

（三）家族史的多样化文本：从“他们”身上看见不同

历史像一发子弹，有人会忽略子弹本身，而着意于揭发持枪者；有人作为旁观者，描述子弹呼啸、弹壳掉落的瞬间；有人被子弹袭击，脸上留下了炙热的划痕；有人被不幸击中，甚至在体内永久留下了子弹，取不出来也消化不掉。而家族记忆散文作者的采访之旅、写作之旅即是一场“寻弹之旅”。家族记忆散文多为第一人称叙述，“我”既是作者本人，也可以理解为“我”的家族、“我”的亲人。“我”其实已经溢出了自我的范畴，在代表家族的声部说话，通过记录家族成员的讲述，穿越时间和空间的阻碍，将他们的个人经历和感受呈现在文本上。必须承认的是，历史其实是排斥情绪和情感的，如果有，那也只能是时代情绪。而实际上，对于同一起历史事件，每个人的痛点、观察角度、感受敏锐度都是不同的，不同的人有不同的看法和感受，历史的丰富性和包容性就在于此，允许不同阶层、不同身份、不同遭遇的人说出各自的个体体验。

不可否认的是，当历史的影像在时间的大屏幕上放映时，每个人的关注点是有所不同的。一方面是作为个人，他所触及的历史是有限的。即使身在历史发生现场，个体也不能完全还原整个历史的来龙去脉，他们是被动卷入者，而非主动参与者和历史同谋者，何况更多人还是生存在历史的余震里。另一方面，心理学上有一个“闪光灯效应”，对于经历过大时代的人来说，他们记忆中保存的部分肯定大有不同。徐贲在《人以什么理由来记忆》中说道：“不同身份的人对同

① 郝誉翔：《逆旅》，人民教育出版社2012年版，第155页。

一事件记忆的闪亮程度、清晰和深刻程度是不同的。”[①]时过境迁，受访者回忆起来的其实多半是与个人有关的重要事件。在张大春的《聆听父亲》中有这样一段：

> 我在那里询问晚餐桌上喝着五加皮酒的父亲：“五三惨案”是怎么一回事？我那样问着的时候，满脑子想象的答案是多少士兵杀了多少士兵的战争细节——那是简陋的历史课本所不能提供的刺激场面。我父亲问我：怎么想起来问这个？我说：历史课本上提到“济南发生‘五三惨案’”。我父亲“喔”了一声之后想了很久，终于慢条斯理地告诉我：他在地窖里出了水痘，日本鬼子到处开炮，我奶奶则亲手包了一板子蚕豆大小的饺子给他吃。“因为我那时候喉咙肿了，什么也咽不下，又想吃饺子。”我父亲说着哽了声、红了眼，随即落了泪，冲我用“国语”说了句：“我想我妈妈。”我母亲在旁边放下碗，说我父亲喝了酒净废话。我父亲接着用山东话跟我母亲说：“你知道什么？民国十七年你还早着哪！那时候儿只有俺娘疼俺疼得紧，俺爹不喜欢我。”我母亲说：“这话絮叨过几百遍了你不嫌絮么？”我冲口而出打了个抱不平：“爷爷是个老浑蛋！”紧接着我父亲的一只大巴掌就拍上了我的后脑勺：“你才是个浑蛋！这是怎么说话？一点礼貌都不懂！”这是我懂得“五三惨案”以及礼貌的开始。[②]

对于“五三”惨案，肯定会有人回忆起战争的血腥屠杀场面，回忆起城门失火殃及池鱼，寻常百姓受到无辜牵连的悲惨画面……而“我”父亲记忆最深的却是自己出水痘和母亲做的饺子，“日本鬼子到处开炮”成了被消声的背景。父亲在那间幽暗的地窖中，默默沉淀

---

① 徐贲：《人以什么理由来记忆》，中央编译出版社2016年版，第12页。

② 张大春：《聆听父亲》，上海人民出版社2014年版，第29—30页。

着若干年后他将开口叙述的身体疼痛与想念母亲的纯朴记忆。

相较于个体的私人化体验，不同的群体、阶层也会因为观察视角和叙述立场的不同，给我们提供不一样的历史真实和体验，正如简媜在《天涯海角》中所说：“以‘集体记忆’笼统地陈述或回顾某历史事件所带来的影响，是有陷阱的，一事件发生，位在不同地域、不同社会阶层、受到不同待遇的一群人对此事件之经验与记忆、爱恨与评价便截然不同，且是天壤之别。是以，‘集体’之上需冠以‘阶级的’方能辅助理解；从‘阶级的集体记忆’这扇窗口潜回日据时代，有人恨意难消，有人却缅怀那美好年代。”[①]像阎连科在《我与父辈》中，从当地村民的视角而非知青视角回忆了上山下乡这一历史事件。村人们像供神仙一样尊敬知青，选出干净的农户给知青派饭，给他们准备的是村人过节才能吃上的细粮白面。而知青并不干农活只是吹吹笛子看看庄稼，甚至有男知青强奸村里的姑娘，害得那姑娘自杀。阎连科写道：“说句实在话，上世纪80年代之初，中国文坛轰然兴起的‘知青文学’，把下乡视为下狱。把一切苦难，都直接、简单地归为某块土地和那土地上的一些愚昧。这就让我常想，知青下乡，确实是一代人和一个民族的灾难。可在知青下乡之前，包括其间，那些土地上的人们，他们的生活、生存，他们数千年的命运，那又算不算是一种灾难？说心里话，和农民永远无法从本根上理解城市、无法理解知青下乡是一代人和一个民族的灾难一样，知青们和曾经是知青的作家们、诗人们、教授们，其实也都根本无法真正理解他们曾经生活了几年或更长一些时间的那块土地和在那土地上活过来的千百年的人们。依实而言，在我家乡那块偏僻的土壤上，没有大批的知青如黑龙江的建设兵团一样，人头攒动地走来串往，但断断续续，每个村庄，都有着知青们客人般的到达。他们和旅人一样，在那儿少则数月，多则数年后，也就陆续走了。光荣地，回城去了。我没有听到见到过，知青们在我家乡那块土地上‘受苦受难’的事情。但我知道，

---

① 简媜：《天涯海角》，文化艺术出版社2011年版，第70页。

那段记忆，已经成为他们共有的苦难，成为他们的一段珍贵而欢乐的历史回忆。”①在知青文学作品中，乡村的土地、人事成了背景，个人的痛苦凸显，最终汇集成知青这一群体的集体记忆。而生活在中国土地的农民，却是在默默地承受、包容，无论是在历史发生之时还是发生之后，他们都是“沉默的大多数”，只能由阎连科这个出生在乡村的知识分子为他们发声和代言。林贤治在《中国散文五十年》中写道：“七八十年代之交，有两个强势群体崛起于中国文坛：一个是‘右派’群体，一个是知青群体。两个群体有一个共通点，就是都有过一段受难史。”②但是在这两个强势群体的背后却淹没了成千上万的中国农民。谁去关注他们的感受？谁去寻找他们体内的“子弹”？可以说，阎连科在《我与父辈》中彰显的不仅是时代的体验，更是时代的良心。

二、隐秘的河流：“叙述的我”的探秘与寻真

综观家族记忆散文全貌，历史的原材料大多为口述历史、二手记忆，表现在文本上，一般有两个叙述人——“经历的我”和“叙述的我”。作者通过父辈的讲述，完成对家族记忆的回溯、打捞与构建，事实上，在家族记忆散文中，在祖辈、父辈等复杂的家族身份的背后，隐含着两个身份：一个是受访者，一个是采访者。无论是无意听闻还是有心打听，作者其实都扮演着一个采访者的角色。这其实对历史的真相是有损伤的，经过的环节越多，历史真实的鳞片掉落得就越多。皮埃尔·诺拉指出：“这些资料见证的是谁的记忆意向呢？是受访者的还是采访者的？光是因为巨量的资料，档案的意义和地位就发生了变化。它不再是经验过的记忆的多少带有目的性的残留，而是失落的记忆的有意识的、有组织的分泌物。”③

① 阎连科：《我与父辈》，云南人民出版社2009年版，第23页。

② 林贤治：《中国散文五十年》，漓江出版社2011年版，第22页。

③ 皮埃尔·诺拉著，黄艳红译：《记忆与历史之间：场所问题》，皮埃尔·诺拉主编《记忆之场：法国国民意识的文化社会史》，南京大学出版社2015年版，第14页。

简单来说就是，不管是受访者还是采访者，都会有意识或在潜意识中对记忆之场产生遗漏和进行篡改。家族记忆散文的作者们也没有回避这一问题，郝誉翔在《逆旅》中说："以下的叙述都将根据我母亲的回忆而来。当然，不可否认，其中也掺杂了我的回忆。当她告诉我这些故事的时候，我还是个不满十岁的孩子，十岁以后，除了柴米油盐鸡毛蒜皮之类，我们似乎再也没有交谈过任何不存在于现实世界的事物。这些陈年往事便成为我母亲的回忆再加上我回忆的综合体，那就像是一个混合了巧克力粉的发酵面团，可以扭曲变形到什么程度呢？恐怕连我也无能估计。"[①]在家族记忆散文的许多作品中，随处可见这样的现象：作者的祖辈、父辈因为经历过历史创伤，或自身有不得已的苦衷，而选择闭口不言、避重就轻或者选择性遗忘。这其实也是情有可原的，官方写史有官方的立场，个人讲述也有个人的立场，甚至作者也有自己的立场，家族记忆散文在重构现代史之路上无可规避的一个问题是：如何保证其言说的真实？真实，是历史被认可的先决条件，如果没有这个作为支撑，一切意义都将坍圮。

家族记忆散文，作为一种文学语言去构建现代史并得到认可，确实是存在困难的。说到这里，我们无法回避的问题是：如何能确定受访者表达出的是自己的真情实感？如何去考察受访者的言说动机？如何去保证他表达的准确性？而当被赋予合法性和真实性的情感准确指向历史准确时，作者是否要为自己的记录负责？这些不仅是艺术道德的问题，而且是历史道德的问题。

（一）家族史真实的再介入："叙述的我"的审查与再思

与其说记忆是一个还原历史的过程，倒不如说是一个阐述历史的过程。皮埃尔·诺拉就曾质疑历史的客观性，认为："历史一直是对不再存在的事物的可以的、不完整的重构。"[②]甚至在新历史主义学

---

① 郝誉翔：《逆旅》，人民教育出版社2012年版，第15页。

② 皮埃尔·诺拉著，黄艳红译：《记忆与历史之间：场所问题》，皮埃尔·诺拉主编《记忆之场：法国国民意识的文化社会史》，南京大学出版社2015年版，第5页。

家那里，历史不再是一种客观存在，而仅仅是一种历史叙述或历史修撰，这就抹平了历史事实、历史意识和历史阐释之间的差异。新历史主义者十分肯定地认为，人不可能回头找到历史，因为那是无法重现且难以还原的，而只能找到被叙述的历史，或者说被编织过的历史。这不仅有点可怖，甚至有点可悲了，历史变成了一种玄之又玄的东西，类似于老子所说的“道”，我们眼见的只不过是它的衍生物，我们永远无法逼近这源头。人不可能找到历史，那么历史就陷入了虚无之境，抵达历史的真实就是一个伪命题。

但在这里，我们要厘清一个概念，历史的真实并不等于历史的真相，历史的真相是排他式的、探秘式的，历史的真实是开放性的、讨论性的。所以退一步说，也许可以产生这样一个比喻：抵达历史的过程就像一条射线，虽然无法抵达但是我们可以无限接近。

回归到散文，散文这种文体区别于小说、戏剧、诗歌的最大特点就是“写真实”，在这里倒不是说小说、诗歌、戏剧就不写真实，而是它们是采用了一种艺术的、虚构的手段去揭示和抵达真实——生活的真实、人性的真实。而散文不同，像家族记忆散文，它更多的是依托真人真事，去抒发真情实感。关于散文的“真实性”之辩一直是文艺评论界争论的一个问题。

何为散文的真实？近年来，有研究者提出了散文的“真实性”的概念，这种“真实性”是要和小说等虚构类文体区分开的。散文的“真实性”主要指文体承载内容的非虚构性，虽然说散文和小说一样要讲究艺术的真实，而且艺术真实都是来源于生活，但散文写的是既有事实，小说写的却未必是一定已经发生过的事实。可以说，即使有想象成分，散文家的悬想是一种“象骨生肉”，要依附于记忆，而小说的玄想可以是天马行空。如果散文允许作家运用“虚构之刀”，它仍然是有一条底线不可逾越，这就是在散文中作为叙述人的作者是不能虚构的。这其实在家族记忆散文中表现得尤为明显，家族记忆散文基本都是使用第一人称叙述，叙述者就是作者本人，而像马原的《拉萨河女神》、莫言《红高粱》中的“我”，却不是作者本人，只是作为一种小说叙述视点而已。家族记忆散文相比于普通的怀人散文，其实更强化了“真实性”这一要素，除了遵循叙述者是作者本人的原则之外，它其实从诸多方面体现、强化甚至完成了对散文真实性的超越。

再者，家族记忆散文的原材料是真实的，作者是抱着一种纪实、记史的态度去构建全篇的，具有一定的史料价值，可以说，家族记忆散文虽是文学文本，却有史学的自律在其中，就如皮埃尔·诺拉所说：“记忆的责任使得每个人成为自己的历史学家。”①家族记忆散文的文本内容依附于广阔的历史背景、纷繁的政治事件以及家族具体人物和活动，无论是听人讲述或自身经历，这些都是真实存在和发生过的，甚至作者本人也会充当记录补遗者、民间采风者、乡野调查者去进行考据和考证，通过查阅历史文献资料，对历史见证者、亲历者进行采访，以及展示留存影像和书籍资料等方式，去强化这种真实。最典型的莫过于简媜创作的《天涯海角》，作者将所参考的史料书籍列在《作品小注》里作为依据。在书中《浪子》一章中，大多数章节都有历史事件的公元纪年，并附上手绘地理图以兹佐证。

作为采访者，作者也许永远无法抵达家族成员讲述的那个历史发生现场，而只能试图去描述和传达，或者说尝试着去感同身受。即使到达发生现场，也并不一定能抵达历史真实的现场，就像无法抵达宇宙的边际，如果说宇宙是有边际的，那么边际之外又是什么？历史的真实是浩瀚无边，具有包孕性的。那么问题来了，作者该如何去把握、体认历史的真实？作为采访者，他的记忆是二手记忆，他的体验也许也是二手体验，而这种建立在动摇或者说虚无之上的体验是否能称作真实？

---

① 皮埃尔·诺拉著，黄艳红译：《记忆与历史之间：场所问题》，皮埃尔·诺拉主编《记忆之场：法国国民意识的文化社会史》，南京大学出版社2015年版，第15页。

采访者一直是退居幕后的。就像我们常看到的电视采访画面，受访者的面容、表情在屏幕放大，他的面前是一只孤零零的话筒，持话筒的人是不为我们所见的。这也和现代史初期散文的观念是一致的，像我们耳熟能详的《荔枝蜜》《谁是最可爱的人》，虽然使用第一人称“我”，但“我”只是为见证、歌颂所需要，“我”在散文中是隐形的，甚至有时为了情节需要和人物形象突出，作者不仅要遁形，还要卑微，与散文中“真正的主人公”产生对比，突出其高大。而在家族记忆散文中，虽然作者更多扮演的是一个记录者、聆听者的角色，被无限地缩小，缩小成一只采访的话筒、聆听的耳朵、转述的嘴巴，但同时也被痛苦无限地放大，作者更像是一个历史的接收器、容纳器、消化器，历史的伤口成为他的伤口，历史的包袱成为他的包袱，作者成为一个痛苦的思想者。在家族记忆散文的阅读体验之中，我们常常能感觉到作者的夸父形象，锲而不舍地去追逐历史的真实，家族记忆散文也打上了强烈的作者印记。

作者本人叙述主体性的突出，恰恰是家族记忆散文对探寻历史真实的二次介入，作者不再只是停留于转述的角色层面，而是扮演着一个历史审查员和审判官的角色，正如阎连科所说：“你一旦关注历史，你就要在历史中扮演一个审查员的角色，甚至扮演一个历史审判官的角色，就是说，你要有自己的历史观，要有个性的历史观，要在历史中表达出个性的声音和看法，《白鹿原》的不凡之处，就在于陈忠实在《白鹿原》中有了历史审查员的眼光，在表现那段历史时，表达了作家个人的、个性的历史观。同样，我们从莫言的《丰乳肥臀》中看到的也是莫言的历史观，从《长恨歌》中看到的是王安忆的历史观。他们都有重新审视历史、辨别历史的眼光和能力。”[①]可以看到，阎连科提到的这些小说，像《丰乳肥臀》《长恨歌》《白鹿原》，其实都是在打捞历史记忆、民族记忆时融入了自己的历史观，

① 阎连科：《作家的角色：在山东大学的演讲》，《拆解与叠拼：阎连科文学演讲》，花城出版社2008年版，第55页。

甚至他的历史观是架构着整个小说创作的，在小说中是这样，其实在家族记忆散文中亦复如是。

不可否认的是，受访者的回忆和口述是受到集体记忆和社会框架影响的，这个我们在上文也提到，受访者的记忆其实是缺少一种自我审视、自我审查能力的，往往陷入一种“当我们在讨论记忆的时候，我们究竟在讨论什么”的圈套，就像雷颐所说：“‘日常生活’这种‘最私人’的层面上都用宏大叙事清除了私人叙事或个体的历史记忆；使当年的‘当事者’不知不觉地也从这一精心设计的角度来进行历史回忆，使后来者只能拥有这唯一的一种历史文本。”[①]“文革”结束后，大家开始清算历史错误。20世纪80年代初的伤痕文学应运而生，叙述者以受害者的视角对“文革”进行控诉。此时倡导的反思方式对应的是当时的社会框架，而“文革”则成为集体记忆，伤痕文学是个体记忆在文学上的反应，而这种叙述是由当时的社会框架、话语场域决定的。历史脚步是匆匆的，而且是健忘的，历史结论也是经过精心设计的。这一点我们可以从当代文学史的发展一窥端倪。“文革”结束以后，相继出现了很多文学思潮，像伤痕文学、反思文学、改革文学，都是你方唱罢我登场。伤痕文学主要是展示过去的苦难和创伤，而反思文学较之于伤痕文学则有了深化，加入了反思和自省的因素，不再限于表现“文革”十年的历史现实，而是把目光投向更早的历史阶段，力图追寻造成“文革”的历史动因。反思文学很快又被轰轰烈烈的改革文学大潮所淹没了，这种境遇很像德国的“废墟文学”。作家伯尔写第三帝国，写战争所见，写战后所感，作品总是很难发表。他被告知，社会不需要“废墟和饥饿”，要的是“光明和安慰”。

（二）家族史的复调叙述：“经历的我”和“叙述的我”的自省与对话

家族记忆散文通常有两个叙述者，一个是父辈，一个是作者，

---

① 雷颐：《“私人叙事”与“宏大叙事”》，《读书》1997年第6期。

由此形成了两个“我”。一个是“经历的我”，一个是“叙述的我”。作品在两个“我”的叙述之间转化，时间上连接了过去和现在，空间上连接了大历史和微观个人，形成了一种回顾式的见证。父辈的经历、父辈的叙述糅合作者的童年经历，多声部的复调叙述，打通了现在与过去之间的阻隔，并不断加入自己的审思、质疑和评论，建构出一个包含了个人情感、历史批判、身份认同和代系传承的回忆空间，最终形成了“我的叙述”。这和所谓的“还童”式的拟童腔叙述不同，“叙述的我”径直站在当下，借助追忆进入往事和历史现场。应该意识到“还童”式的拟童腔叙述所建构的历史现场也是一个假想的历史现场，但在这种以假乱真的往事和历史的选择性还原中，它其实放弃了对历史丰富性的深度阐释。相反，追忆式地进入往事和历史，虽然由于历史的幽暗和暧昧使我们在往事和历史的重建中充满游移和歧义，但也因此充满辩驳、争执和对话。缘此，往事和历史得以以自身的丰富驳杂呈现。在这样的过程中，写作者的当下审视也常常能反映出写作者面对往事和历史的反思和批判所能达到的高度，也给叙述注入了一种思辨的魅力和深度。

历史真相是对过去的再现，而历史真实则强调现在与过去的联系。反思文学给我们提供了一个寻找历史真实的思路，即不能孤立地考察一个历史阶段，只有跳出具体的某个历史事件、历史阶段，往前回溯、映照当下，才能打通历史的因果联系、逻辑关系，去抒发作者本人对历史的真实感受。赵荔红在《芳香年代》（《花城》2010年第3期）里开篇就写明：“时间：被叙述的年代是1966年至1978年。对白发生在2007年，当时母亲60岁，父亲65岁。”这说明作家是具备这种用两条时间线来构筑见证空间的意识的。家族记忆散文的作家作为采访者，甚至也是过去某个历史阶段的小小经历者，就拥有了一个相对全知的视角。因作者具有横跨过去和现在的优越性，故而有了一种客观评定历史的眼光和态度，可以从容逃离历史叙述的旋涡和言语的陷阱，从而完成对家族真相的确认，对历史有一种冷峻的观察和客观的评定。

陈霁在《父亲时代》（《花城》2013年第6期）中记录了父亲在“文革”中的经历。他写道：“父亲是以最积极的姿态参加‘文化大革命’的。”1966年的一天，父亲回到家中，作者发现父亲的手臂上戴了一个红袖套。父亲成为了一名红卫兵。作者写道：“父亲两眼放光，颇得意地向我们讲述城里新近发生的事情。‘毛主席’‘文革’，作为关键词，频频出现，让他的脸色更加显得自豪和庄严。”父亲在城墙上刷制“将无产阶级文化大革命进行到底”的巨幅标语，并告诉“我”：“你现在需要经历风雨，见世面，还可以多认字。”作者觉得“文化大革命就成为我最惬意的消遣”。父亲和一个美术生画了一幅巨幅漫画，一张贴，大家交口称赞。但是“我”发现落款却是“擎旗战斗队”，“我恨不得跳出来骄傲地登高一呼，这是我爸爸画的”。但是年幼的作者对“文革”也有稍纵即逝的困惑。比如父亲熬夜写批判馆长的大字报，“我”却不好意思去看了：“因为馆长唐叔叔人蛮好，为什么要给人家贴大字报呢？”这样，文章中就出现了多个声部，以作者自己的童年视角来看，父亲在“文革”中屡屡出彩，作者产生了无比自豪的感情，但同时作者年幼纯真的心灵中又有某些难以理解“文革”的地方。

作家在以个人经历和经验玩味历史真实的过程中，其实更多的是在面对、解剖自己内心的真实。当陈霁面对父亲是“英雄”还是“助纣为虐者”的选择题时，他并没有简单地勾选，他要面对的是自己内心的真实。在作家的内心中，有一个比正确与谬误、真相与假象更大的历史真实。这就要求作家具有高度的创作自觉和思想独立性，既不受个人情感的感性冲击，又不让既定的话语框架与个人思想达成所谓的理性契约。梁鸿说：“历史是活生生的‘在’，热闹与喧腾，灰尘与阳光，黑暗与光明，都与你相关。如果没有这一相关性，你又是谁呢？梁庄、家人，从出生起就看到的天空、大地，你所读的每一本书、所感受到的每一种情感和思考都是你的‘在’。如果一个人在此地没有‘在’的感觉，那么，这风景、历史就与你无关，你也无法从这里的时间和空间得到真正的拯救。”[①]王安忆说：“我们再没有一桩完整的事情可供饶舌的我们讲述，我们看不见一桩完整的故事在我们平淡的生活中戏剧性演出。只有我们自己内心尚保留着一个过程，这过程于我们是完整的和了解的。有时候，我们去采访……想猎取别人的内心过程……到头来，我们所了解的还是只有我们自己。于是，我们便只有一条出路：走向我们自己。”[②]

另外还有一点需要引起注意，莫里斯·哈布瓦赫的“集体记忆”理论有言：“个体更无法对自己的记忆随心所欲地调动和书写，个体记忆是在集体中唤起、重建和叙述的。”[③]所谓个体，并不是生活在一个无氧、无菌、无同伴的环境之中，他首先是一个社会人，人应该是他所在的社会、环境、历史所塑造的。就像作家笔下的人物，是生活在“现代中国”这一个生态场域中的，这生态场域的不同发展阶段所衍生的话语结构、评价体系和批判空间，形成了个体这样一个混合物、综合体。

莫里斯·哈布瓦赫的“集体记忆”理论不是要质疑个体叙事的合法性，泯灭个体叙述的意义，而是要求我们摒弃这样的观念：“过去本身保存在个体记忆里面，似乎有多少个体，就能从这些记忆中采集到多少个迥然不同的样品。人们生活在社会之中，使用着他们可以信手拈来的词语，这是集体思想的先决条件。但是，每一个（被理解的）词语，均伴之以回忆。不存在没有词语对应的回忆。我们谈的是浮现在脑海之前的回忆。正是语言，以及语言联系在一起的整个社会习俗系统，使我们每时每刻都能够重构我们的过去。”“如何定位回忆？……借助于我们总是记挂于心的标志。审视自己，考虑他人，将

① 梁鸿：《历史与我的几个瞬间》，《上海采风》2015年第5期。

② 王安忆：《寻找上海》，学林出版社2001年版，第151页。

③ 莫里斯·哈布瓦赫著，毕然、郭金华译：《论集体记忆》，上海人民出版社2002年版，第23页。

自己定位在社会框架之中。”①

所以说，个体记忆并不能给我们带来更多迥然不同的历史样品或历史解读，它的真实首先是建立在其所处社会的真实，以及社会对个人的影响的真实层面之上，不同个体的情感流露是一个融合了个人体验和集体影响的多维空间，借以让我们重新思考个体记忆和集体记忆的关系、个体和社会的关系。

进入中国当代，散文在很长一段时间又回到了“文以载道”的传统中，尤其是“十七年”文学关于散文“工具论”“武器论”“骑兵说”等提法更是对五四确立的现代散文范式造成了戕害。20世纪90年代以后，无论理论还是创作成果上都是对现代散文范式的拨乱反正和推陈出新。而家族记忆散文，比起同时代类型相近的散文来说又有了独到之处和创新之处，为散文“写真实”提供了一个逻辑范式，尤其是回忆类散文，笔者甚至认为这种真实恰恰就应该是评价文学真实的重要准则，无论是小说、戏剧、诗歌，概莫能外。何为散文的真实？散文作家和研究者也是众说纷纭、各执一词，但最基本的底线就是作者“我”的身份真实。这在前文已论述，但只有“我”远远不够，更重要的是“我”的观察、感受、认知、推衍，“我”对各种现象的整合以及对各类关系的重构。可以说，无论是学者散文、文化散文，还是怀人散文、乡土散文，都无法逃避一些关系，即过去和现在、“我”与过去的关系。以文化散文为例，像余秋雨、祝勇主要是通过踏古寻幽，通过文化苦旅的形式去遥想古代人物、探寻文化记忆，但不得不承认，这种带着感伤情调和臆想性质的创作是有局限性甚至是虚伪性的。一来，它的素材多取自文人逸事，真伪性无法考证，那么借此发出的千年一叹就显得矫揉造作甚至无病呻吟；二来，也是最主要的，就是作者并没有深入到历史的细部，作者只是历史的过客、记忆的旅人，文化苦旅之“苦”不仅是舟车劳顿之苦，更应该是

---

① 莫里斯·哈布瓦赫著，毕然、郭金华译：《论集体记忆》，上海人民出版社2002年版，第289—292页。

作者承受历史重量以及自我反思的痛苦。但我们发现一些文化散文，“我”恰恰是不在场的：“由于灵魂的贫弱而单向度地标榜自我所谓‘生命体验’，从而滑向‘没有文化的文化散文’，无根游谈之言就相应增多……在反思文化历史大命运的同时，恰恰遗忘乃至有意回避对自我人格面具选择的反思，此时的文化探寻者就成了外在的探寻者，而非上下内外的求索者……自然就不可能同时是自我灵魂的拷问者。”[①]作家林贤治就不推崇余秋雨的文化散文，认为他“没有自己的真声音，只有一副柯勒律治的‘假嗓子’”[②]。他反而独目于余秋雨的《老屋窗口》《酒公墓》等一些不为大家所关注的篇什，而这些文章的共同特点就是牵扯到作家的私人记忆和童年生活，这些篇什恰恰是有了家族记忆散文的风姿。家族记忆不同于文化散文中书写的大历史文化记忆，无论是童年经历还是父辈讲述，它都是具体可感且与作者有着紧密联系的，作者不仅是家族史的聆听者和旁观者，而且能通过记录、创作确立并完成自己的家族身份认同，他不必自外而内，因为他就在内部，从而找到自己的生命河流和根系。这为现代散文“写真实”提供了一个逻辑范式，即通过对私人记忆或生命经验的真实调动，构建过去和现在的联系，“我”和他人以及社会的联系，并参与自我身份和文化认同的构建。林贤治在《五四之魂》中说：“当历史事实变得相当彰显的时候，我们竟发现：它仍然无法识辨。尤其难以置信的是，愈是明白的事物，往往愈见隐晦。历史是可分解的。它的任何局部，都存在着两大元素：现象和精神。现象是外在的，孤离的，纯粹属于过去的；精神则居于深部，具有历史的主体性、主动性，呈弥漫、流动的状态，而富于凝聚力，所以能够赋予诸多现象以整合的能力，并使之复活，带上各自的形象和意义，走出封闭的空间。”[③]这其实为我们提供了一个悖论，即当我们去追寻现代史的真

① 楼肇明、张洁：《叙事与诠释——关于九十年代散文的载体和文体类型》，《小说家》1998年第2期。

② 林贤治：《中国散文五十年》，漓江出版社2011年版，第70页。

③ 林贤治：《五四之魂》，漓江出版社2012年版，第2页。

实时，愈清晰反而愈迷离了，这其实也是家族记忆散文的创作者经常会面对的困扰，就像金宇澄在《回望》中所说的：“一旦看清了某些细部，周遭就更是白雾浑茫……”[①]如此，家族记忆散文的可贵之处，便不在于给读者呈现了多少历史的细节和真相，而是主体精神对各种现象的整合。

三、“记忆文学”的取径与意趣

2009年，齐邦媛的回忆录《巨流河》出版，出版方对这本书用了一个词——“记忆文学”。“记忆文学”聚焦于一城一村一族一家一草民的成长史，广义上来说，家族记忆散文也属于“记忆文学”的一种。批评界对这些作品关注的热点往往集中在其和宏大历史叙述的意识形态对抗，但问题是文学的任务仅仅是提供一种不同于国家正史的“小历史”吗？必须警惕，“小历史”的叙述正在日渐成为一种对抗的文学政治学。中国当代文学往往在一些常识性的问题上屡教不改。笔者认为当下以村庄“小历史”或者“个人记忆”为视角的文学书写动辄就牵扯到对“大历史”或者“集体记忆”的祛蔽和反抗，正在陷入另一种形式的“观念先行”和“政治正确”。事实上，从21世纪中国的文学现实看，谁在压抑，谁在反抗，已经是一个新的问题。即使存在所谓的对抗性书写，文学的压抑和反抗也应该更多从这些非文学领域回到文学自身，回到审美惯例和审美创造之间的对抗性书写。所以，对于这些写“小历史”的文学，如果我们还只是将其全部意义设定在历史的真伪之辨上，显然是一个背离文学常识的伪命题。况且，写小历史、生态史、生活史、文化史、底层史以及庶民日常生活也并不必然保证通向的就是文学之路。必须意识到：历史如何被叙述和历史如何被文学叙述是两个完全不同的问题。因而，我们必须重新回过头来研究这些作品，看看其多大程度上实现了“小历史”和“个人记忆”书写的文学性，这些“个人记忆”或者“小历史”书写有没有自足的文学意义。

---

① 金宇澄：《回望》，广西师范大学出版社2017年版，第345页。

文学不只是“史余”一类的历史下脚料，个人记忆可以获得一种见证意义。《巨流河》无论是写作者自己，还是书中涉及的政治人物、文人在中国近现代史上都有相当的公众认知度。在一个名人隐私成为大众文化消费品的时代，《巨流河》在大众传媒的渲染下肯定会引起普通读者的关注。《巨流河》引起关注，特别是被知识界关注的深层原因，首先是因为它对何为历史、历史如何被叙述、个人记忆如何在宏大的历史叙述中获得意义等问题所作的思考。布塔利亚·乌瓦什在其《沉默的另一面》中说：“詹姆斯·扬格在写到大屠杀的回忆和证言时，曾指出了这样一个问题：如果不通过大屠杀得以流传下来的那许多方式，我们怎么可能对它有所了解呢？他的回答是建议我们不仅通过‘历史’了解大屠杀，而且还要通过它的文学的、虚构的、历史的、政治的描述，通过它的个人的、证明性的陈述来了解它，因为对任何事件来说，重要的不仅是‘事实’，同样重要的还有人们如何回忆这些事实，以及如何陈述它们……”[①]中国近现代史是家与国缠绕的，但在我们的叙述中常常却是“国史”淹没“家史”。需要指出的是，类似《巨流河》这样的个人回忆录还不是真正草民、民间的声音。某种程度上，它只是国家声音之外，知识精英的声音。捍卫个人记忆、反抗习惯性遗忘、还原历史真相应该是此类写作的共同尺度。记忆写作不是纯粹的文学书写，我们现在还缺少对当代中国见证写作的有效梳理，但《巨流河》《城门开》《半生为人》这些图书的出版将有可能推动中国记忆写作的深入。需要指出的是，类似的写作还涉及记忆写作的写作伦理问题。作为一个写作者，当你决定将你所亲历的一切变成出版物，变成一种可以传播的公共资源时，你当然必须有捍卫记忆、反抗遗忘的真诚和勇气。在这个问题上，对有着广泛公众影响的人物尤其重要。当下有的记忆写作的写作者存在利用个人的话语权挟公器、谋私利、泄私愤，粉饰神化自己、涂污矮化别

① 布塔利亚·乌瓦什著，马爱农译：《沉默的另一面》，人民文学出版社2001年版，第6页。

人的倾向。这就使得旧的遮蔽没有去除，新的遮蔽又覆盖上来。我们需要真相。谁是真相的捍卫者？谁捍卫着自己的记忆？谁是说谎者？他为什么说谎？当我们面对历史，就不仅仅是一种声音在独唱。国家与个人声音、个人与个人声音，他们彼此重叠、遮蔽、覆盖，当然也辩护、争执、驳诘。韦君宜《思痛录》有一个态度值得肯定："思痛"，而不是"炫痛"。应该警惕的是由于这些作品的叙述者往往是受难者、受害者或者蒙冤者，他们的叙述也容易流于悲情主义和感伤主义。悲情和感伤容易引起读者的同情，但对悲情和感伤的沉溺也容易使写作者丧失一种对往事的批判性反思。由于此类作品的作者往往是有影响力的知识分子，我们有理由要求他们通过个人记忆的打捞和反思，使他们的个人记忆成为民族精神资源的一个重要部分。

高晖的《康家村纪事》也是家族记忆散文的一个典型文本。但同样是"记忆文学"，如果将《康家村纪事》和《巨流河》这两个作品进行比较，我们很容易辨识出它们不同的取径和意趣。《巨流河》时刻有个20世纪中国的"大历史"在侧以见出个人记忆历史之"小"。在这里，个人记忆之"小历史"和"大历史"贴身紧逼且痛痒相关。《康家村纪事》所叙述的时间起于20世纪70年代、讫于20世纪90年代中后期，同样是20世纪中国风云激荡的一段。比如高晖反复写到的1976年，在"大历史"的书写中大到可以作为一个民族精神自救的"元年"，但这在康家村里却小了。《康家村纪事》这样写1976年："1976年秋天，姥姥也谈了自己的看法。当时，我正在炕上叠飞机，像现在一样不关心国家大事。姥姥在炕上收拾破烂东西，所有的柜子都大开着，姥姥边往柜子里塞旧东西，边自言自语：'江青也怪可怜的，毛主席太忙，她就闲不住了，在外边惹祸。当女人不易啊！'"[①]一个个人记忆的叙述者，当然摆脱不了历史的正与野、大与小、在场与不在场、中心与边缘的缠绕。不是所有的个人记忆或者"小历史"都有和"大历史"逞强斗狠的对抗本钱。你在哪儿和时代

---

① 高晖：《康家村纪事》，辽海出版社2009年版，第29页。

相遇了，决定了你能做多大的道场。如果高晖把《康家村纪事》也处理成和“大历史”对抗的历史建构，也许最后的结果只能是空有一腔“烈士”情怀而“拔剑四顾心茫然”，何况拔出的剑很可能如鸡毛一样轻飘。因此，一个作家的写作应该懂得谦逊地“示弱”，有几把米做几碗粥。因此，读《康家村纪事》，我们明白，比观念和技术重要的是一个写作者如何以谦逊之心去和时代相遇。康家村里有什么？天空、大甸子、老榆树、柴火垛、亲人、村民、老师、同学、杀猪、电影、纸飞机、分肉、打架、溺水、尿炕、上学、阅读、吃酒席、男女之私、性觉醒、死亡……这些关系到中国乡村的时间、空间、地理、秩序、仪式、禁忌、日常生活等的东西可以说是每一个有过中国乡村生活经验的生于20世纪五六十年代的人的集体记忆。高晖把这些写下来编成书，显然不只有见证、实录的意义。事实上，《康家村纪事》的文学实践证明：个人记忆获得意义还可以从“我”出发走向更辽阔的世界。文学的强大力量就在于可以用文字建立起自己的宫殿，然后株守其间，或者从此出发。这样的文学获得了一种立此存照的历史意义，也就绝不只是一种“史余”了。这是每一个文学行家都能体验的。可以举两个例子。一个是刘亮程，他这样写“黄沙梁”：“我们用一生的时间在心中构筑自己的村庄，用我们一生中最早看见的天空、星辰，最先领受的阳光、雨露和风，最初认识的那些人、花朵和事物。当这个村庄完成时，一个人的内心世界便形成了。”（刘亮程《对一个村庄的认识——答青年诗人北野问》）还有北岛的北京旧城：“我生在北京，在那儿度过我的前半生，特别是童年和青少年——我的成长经验与北京息息相关。而这一切却与这个城市一起消失了。从那一刻起，我萌生了写这本书的冲动——用我的北京否认如今的北京。在我的城市里，时间倒流，枯木逢春，消失的气味儿、声音和光线被召回，被拆除的四合院、胡同和寺庙恢复原貌，瓦顶排浪般涌向低低的天际线，鸽哨响彻深深的蓝天，孩子们熟知四季的变化，居民们胸有方向感。我打开城门，欢迎四海漂泊的游子，欢迎无家可归的孤魂，欢迎所有好奇的客人们。”（北岛《城门开·序：我

的北京》）

原来个人记忆之于文学也可以不去逞强斗狠，它可以用安静、微弱的文字建筑起自己的心灵宫殿。如果你的个人记忆和宏大的时代记忆八竿子打不着，与其攀附“大时代”的高枝，飞不上天落不下地，倒不如就做微小的草芥落地生根，春妍秋零，一花一世界也生动。要知道，小亦有小的庄严和美丽。我们可以说，以家族记忆散文为代表的“记忆文学”有很多的主题，但最重要的是对脆弱、渺小的生命，对自然神秘和人伦秩序富有人性的爱、痛惜、体恤和宽宥。作家不是为某个观念在写作，写作对他而言成为一种生命的需要。这应该是最本色的写作。而我们很多时候恰恰忘记了，文学远远有比观念和技术更重要的、更值得我们为之付出的东西。

第三节　虚构的自由：家族故事的跨文体讲述

“我认为一个作家——何止是作家呢——一个人的最宝贵的素质就是能不断地回忆往昔。往昔就是历史，历史是春天里的冬天，秋天里的夏天，夏天里的春天，冬天里的秋天。秋天，我坐在一条弯弯曲曲的河堤下，看着堤岸上的柳树不断地把一片片细眉般的黄叶抛掷到水面，黄叶在忧郁的瓦蓝河面上缓缓漂流，那时候，我的眼前腾起一阵阵轻烟般的薄雾，在薄雾中显出一条条纵横交错、通往过去的羊肠小路，沿着这些小路往里走，无数曾经在这块土地上甜蜜地恋爱过、辛勤劳动过、英勇斗争过、自相残杀过的人们，一个个与我相遇。他们急急忙忙地向我诉说，他们认认真真地为我表演，他们哭、笑、忧、惧、骂、打，他们播种、收割、偷情做爱、生儿育女……”①

这是作家莫言说的一段话，在他的表述下，回忆和想象是如此的迷人。这里的往昔其实是夹杂着很大的想象成分，作者与“在这块

① 莫言：《十年一觉高粱梦》，《中篇小说选刊》1986年第3期。

土地上甜蜜地恋爱过……的人们”的相遇，并不是世俗的相遇，而是一种基于地域文化、历史沉淀、精神底色认同之上的灵魂相遇。莫言如果如实地记录他生活的山东高密，那么充其量只能是一部地方志，远远不能成为一部遍体辉煌、凌虚高蹈、汪洋恣肆的小说，莫言正是通过展开他那瑰丽、浪漫的想象，构建起了属于他的文学疆土。以此反观家族记忆散文的创作也是适用的，回忆是重要的，但作者能否展开想象也很重要。之所以说回忆重要，是因为回忆是家族记忆散文书写的发生源。打一个简单的比方，有这样一个文学房间：如果你闻到了回忆的气味，那么房间里一定有一只正在燃烧的烟斗，这是散文；而你闻到气味，却找不到那只烟斗，或这气味可能来自几年前的那只烟斗，这是小说。从这个层面讲，小说更多的是依据经验，而散文是依据体验。之所以说想象对散文很重要甚至是必不可少的，主要是因为家族记忆散文的原材料都是家族先人的隔代记忆或者自己的久远记忆，当作者在依附年代、依靠家谱、依据前人口述处理这些记忆文本的时候，要面对两个问题：一方面，如何合情合理地进行联想，去发现、填补和勾连事件、人物活动的内在联系，并把记忆中的一切连缀成片，最大限度地克服记忆的片段化、零碎化、无序化与不稳定性特征，由记忆逻辑转化为文本逻辑，这处理的是文本逻辑性的问题；另一方面，如何合适地加入自己的想象，使得记忆变得具体可感，促使回忆向纵深地带、边缘地带、模糊地带开垦，这是文本文学性的问题。

何为散文？散文的命名相当随意和松散，甚至可以讲，它是做了排除法之后的产物，即诗歌、小说、戏剧之外的文体就是散文，所以散文基本是处于一种散漫无序、有文而无体的状态，这是散文的坏处，却也带来了很大的好处。此外，如果说散文是做了排除法之后且应用最广的文体，不妨把小说、诗歌、戏剧比作三座孤岛，而散文则是孤岛下的海水，散文的海水时不时地漫上岛屿，于是散文也出现了跨文体写作的特征，不断拓宽着散文的边界。

大陆的研究者注意到了散文的跨文体写作现象，尤其是散文的小说化倾向。《“定体”与“大体”：散文的边界之争》[①]一文梳理了相关专家学者在《光明日报》上发表的一系列关于散文边界之争的评论文章。如作家张炜的《小说与散文应该是趋近求同的》[②]等，对小说与散文的相互篡改和趋近求同提出了自己的见解。张炜认为散文向小说学习的是语言的虚构，突出表现在作家的语言风格上。而笔者认为散文对小说从生活跨入文学“我”的创造性和想象性重构的学习不仅是技术层面的，更是写作观念层面的，即并不是简单地复制“我之所见”，最重要的是日常生活中的“我之所建”。即使像梁鸿的《出梁庄记》《中国在梁庄》这样近乎纪实的散文，其实也是向小说学习的结果。

反观台湾，特别是20世纪90年代以后，跨文体写作狂飙突进、席卷文坛，尤其在散文领域，带来了对散文审美标准的重现衡量，对散文文体造成了极大的冲击：“寻得一种比散文更自由的形式和语言……不在乎自我与他人距离，亦无散文与小说界限可言。”[③]在真实和想象之间任意游走、纵横捭阖，高举本色大旗、袒露内心真实。这种创作理念其实也影响到了家族记忆散文的作者，不少跨文体写作的“拥趸”也同时是家族记忆散文创作的主将。比如郝誉翔的《逆旅》、张大春的《聆听父亲》、钟文音的《昨日重现》、简媜的《天涯海角》，都呈现出小说化叙事的特征。

小说其实是一种创造性文体，而散文则是一种非虚构文体。近年来有一种强调非虚构叙事策略的文学作品渐成文坛的热点。何为“非虚构”？“非虚构”的提法其实是一个舶来品，“非虚构”的说法最早由美国小说家杜鲁门·卡波特在20世纪60年代提出，他认为纷繁多

① 赵婷婷：《“定体”与“大体”：散文的边界之争》，《博览群书》2015年第3期。

② 张炜：《小说与散文应该是趋近求同的》，《光明日报》，2014年9月1日。

③ 转引自蔡江珍：《当代台湾散文理论的审美现代性形态》，《文艺理论研究》2013年第6期。

变的社会现实比文学虚构更具想象力。作家邱华栋认为："虚构，通常就是指小说。所有不是虚构，而是基于现实的作品，都称之为非虚构，它包括的种类非常广，有偏向于最新新闻特写的报告文学、历史纪实文学、个人日记、田野实地调查等。"[①]基于此，我们这样定义家族记忆散文，即"以家庭口述历史为基础构建起来的非虚构文本"，应该不会有太大问题。

在这里，我们把家族记忆散文放在非虚构文学的框子里，倒不是承认它命名的合法性，以及赞同它"所有不是虚构，而是基于现实的作品"的分类标准。把它放在非虚构文学的范畴里，恰恰是因为它具备了非虚构文学的一些特征和特质，准确来讲，是近些年非虚构文学在国内流行后，作家创作实践体现的、评论家总结归纳的以及希望它拥有的某些特征和特质。按照笔者的概括，主要是把握了非虚构和纪实主义的区别，表现在两个方面：第一，显然，非虚构强调的是一种真实。然而，这种真实又与以往我们所熟悉的所谓纪实文学有着本质的不同。纪实文学以及现实主义创作往往带有一定的意识形态色彩，带有一种意识先行的创作桎梏，而非虚构文学虽然着眼于纪实，但往往带有更多作者的感情色彩，也就是说，它更强调作者的主体性。第二，我们讲它是非虚构，恰恰是因为它允许虚构。家族记忆散文的很多作家也意识到这一点，并遵循了这个创作规律，像台湾作家简媜认为任何一种文学作品都有虚构的问题："纯粹虚构会失去散文的趣味，全部属实又会陷入乏味。"[②]不仅小说有虚构之必要，散文也需要运用到虚构的技巧。事实上，非虚构文学严格来讲是允许在某一方面进行虚构，或者说，虚构是手段，真实才是目的，它的虚构是为最终的真实服务的。虚构和非虚构并不是简单的非此即彼、界限分明的关系，这也是非虚构文学区别于正统的纪实文学的重要特征，非虚构

① 张杰：《"报告文学"已老 "非虚构"请站起来》，《华西都市报》，2014年8月15日。

② 简媜：《误入散文"歧途"——简媜谈散文创作》，https：//www.douban.com/group/topic/49280364。

文学并不是简单地反映和记录，而是在保持叙述主体、叙述对象、叙述情感真实的基础上，大胆地挥舞虚构之刀，发挥作家自己的想象力和创造力。而这虚构之刀，并不是非虚构文学的“补刀”，而是它必须具备的“文字之刃”，为散文创作开拓了更广阔的空间。于是，透过家族记忆散文，在历史真实烛照的墙面上，我们看到了文学舞蹈的美丽身影，看到了瑰丽而又诡秘的家族影像。

一、心神契合下的家族想象

我们注意到家族记忆散文在叙述家族史的过程中是带有联想和揣测的成分在的。不仅是基于亲情、血缘的天然亲近，更是基于历史、人性的考察，这种联想和联想性质的叙述因而有了更普世的意义，这种揣测其实无伤历史的大真。面对庞杂的历史，我们往往无法感受，甚至不知从何感受，历史的气息、温度都被冰冻了，而家族记忆散文的作者通过对细节的描述和联想，反而更容易带我们进入历史的进场，那是召唤的声音、引领的姿态，也使得进入成为可能。

台湾作家简媜创作的散文《天涯海角》充满了这样的想象。在文中，她想象着祖先的音容，想象着系谱上的入台开基祖，是一名“有着高颧骨的黑瘦男子”①；想象着祖先抗日英雄简大狮“长得不算高，大约一百六十七公分；一张圆扁脸配了浓眉大眼，颇有慑人气势，往下凸出狮仔鼻，面相缓和，添了几分温煦”②；想象着祖先的迁徙活动，“戴着斗笠，身上斜绑小布包，朝前方赶路”③“无限辽阔的巨涛猛浪正逗着一艘船玩耍。船舱内一张张布满惊惧的年轻庄稼汉的脸”④；想象着与祖先的“交流”，“我看见他的背影，似真如幻。想喊他，倏然惊觉两三百年之隔，我的声音抵达不了他的耳朵”⑤，“即使事隔八年，我依然清楚记得，当时我忍不住回头又看

① 简媜：《天涯海角》，文化艺术出版社2011年版，第18页。
② 简媜：《天涯海角》，文化艺术出版社2011年版，第96页。
③ 简媜：《天涯海角》，文化艺术出版社2011年版，第9页。
④ 简媜：《天涯海角》，文化艺术出版社2011年版，第18页。
⑤ 简媜：《天涯海角》，文化艺术出版社2011年版，第9页。

了那碑一眼，刹那间，仿佛看到数十名官兵强押一名带血带伤男子，而他抬头怒视，逼问：‘你不认得我吗？你不认得我吗？’的惊悚意象”[①]。一方面，这种想象实则是大历史叙述语境下的无奈之举，历史并没有给作者留下太多关于先祖的生活记录和生命历程，所以作者只能寄托于想象，作者说道：“怎能停止我的想象？愈逼近冷酷本质，愈想看见先祖血路。”[②]但另一方面，作者想象的过程，其实就是与先祖灵智贴近、交流的过程，对先人的想象，都是合乎其他人对先人的描述，甚至合乎他一生的轨迹的。如此，作者达到一种与祖先心领神会的别样真实的境地。

当然，家族记忆散文的联想内容不只表现在对先人形象的描画，还有对历史场景的再现和还原，当然在再现中也夹杂着想象。一方面是为了丰富细节，另一方面也是使记忆融入到作者自己的叙述逻辑中。如果说，家族成员口述的是“国王死了，后来王后也死了”，那么作者就是在叙述“国王死了，后来王后也由于悲伤过度死了”，作者寻找的是自己的叙事逻辑以及事件的因果联系。

二、小说化叙述中的家族传奇

小说和散文是两种完全不同的文体，但是在一些现代散文的创作之中，我们也发现了小说和散文两者犬牙交错、暧昧不清的现象。比如史铁生的《我与地坛》在发表之初，编辑就因为它的文体类别而犯难，不知道是归于小说还是散文。像阿来的《瞻对》是典型的非虚构文学作品，但知名作家方方说：“以我的阅读经验，这部作品很像长篇小说（指《瞻对》），而且事实上，我就是在一本长篇小说选刊上读到这部作品。”[③]像张大春的《聆听父亲》是家族记忆散文的代表作，连张大春自己也称它为散文，但是这也不能妨碍有人把它当作小说来读。而反观小说，像废名、沈从文、汪曾祺这一派的小说又有

---

① 简媜：《天涯海角》，文化艺术出版社2011年版，第69页。

② 简媜：《天涯海角》，文化艺术出版社2011年版，第18页。

③ 张杰：《麦家、方方力挺阿来，得0票不影响〈瞻对〉的价值》，《华西都市报》，2014年8月13日。

散文和诗的韵味，有的时候往往淡化故事情节，而更多地描写静物、抒发志趣。这并不能说明小说和散文已经打通界限，与其谈及文体，倒不如回到作者。事实上，现在很多作家不再单独涉猎于一种文体，而是左手写散文、右手写小说，像《聆听父亲》的作者张大春、《瞻对》的作者阿来，更为读者熟悉的身份不是散文家，恰恰是小说家，他们更知名的作品也是像《城邦暴力团》《尘埃落定》这样的小说。

进入当代，作家的国际文学视野更开阔，创作理念也更与时俱进，创作方法也更多元并用。散文作家突破了传统理念的枷锁，将小说的创作手法移花接木到散文创作中，以小说的他山之石攻散文之玉。特别是20世纪90年代以来，作家挥舞着改革的利斧，不断尝试散文内部的文体变革，这种现象在台湾地区尤为突出，并形成了一定的理论基础，催生了一些实验性、创新性较强，争议性却也很大的作品。像90年代以后台湾“奇崛派”散文的代表以及钟怡雯、周芬伶、张惠菁、郝誉翔、柯嘉智、唐捐、孙维民等散文新锐的跨文体写作，提出了“散文出位”“超越传统的散文观，而向其他文体伸手插足”[①]等论调，并在散文中综合运用了小说、诗歌等元素，甚至融入了魔幻现实主义以及电影艺术的表现手法，散文成为文体的“混血儿”。而这种实践，是否有损散文的“真实性”？在家族记忆散文的许多作品中，我们很容易发现其中融入了小说化的手法，甚至是后现代主义小说的笔法，读者在阅读体验中，会产生有一刹那的错觉，以为是在读一本小说。家族记忆散文以虚构之刀、想象之翅直抵真实心脏，丰富了记忆书写的表现方式，扩大了散文的格局和气象，更重要的是，为读者体验历史的真实提供了一个意蕴更丰富的话语空间，这其实也是在强化作者的主体介入。无论是纪实还是虚构，作者都在试图用一种最准确、读者最能理解的方式去还原历史、具化观感。

我们不妨摘取《聆听父亲》的一个段落看看：

---

① 林央敏：《散文出位》，《文讯》（台湾）1984年第14期。

大响出生前几日济南发生过一起“五三惨案”，那是日本人准备发动大规模侵略战争的试探。我奶奶的眼力在那时候展露无遗。她挺着大肚子招呼煮饭的朱伙计关上大门，不许任何人出入。“要变天了！这不是闹俚戏。”我奶奶说完这话嗅嗅鼻子，把双小脚踩着跷咯噔咯噔抢进二大爷房里一胳臂打翻了烟灯，撂下这么句：“你忍上几天罢！”随即使眼色示意我二大娘跟着她到西屋北角的里间房，吩咐道：“你当家的没出息，他大哥也担不起事儿，老三一房病歪歪的，底下的三个还是孩子家，兰京更别提。俺上头还有老太太。你公爹呢？除了发脾气还是发脾气。俺现在捧着个这个——”我奶奶拍了拍包裹着大响的肚皮，接着说，“鬼子又来骛乱——你说，谁家来替俺拿点儿主意？”我二大娘低下头不吭气。我奶奶停息了好半晌，才跟媳妇提出了她的想法：“眼前二奶奶你依俺三件事：头一件，看着你那口子不许他再抽这个——”我奶奶伸出大小拇指比划了个烟枪的手势，“二一件，领着周妈、滕妈把后院儿的地窖给拾掇干净——小启子这两天眼皮子耷拉下来了，怕是要发烧，万一生了疹子，过给老六他们就是个饥荒。你把小启子安顿在地窖里，不要见光。这三一件呢，堤口庄看坟的老郭家这两天儿要是来了人，让他从小门儿进来，嘱咐他一家大小赶紧动身，上章丘二奶奶你娘家去，西郊不能留人。鬼子这回不是闹俚戏。”“可坟地呢？”“张家五大院列祖列宗的德行不是埋在地里的。老郭家上上下下十来口子可都是活人哪！”我奶奶吩咐完这话的第三天鬼子开炮轰城，第四天我父亲在地窖里出水痘，第五天老郭家全家到了章丘旧军镇，托长工拐腿老四捎来了平安口信儿。拐腿老四还没来得及打小门儿出懋德堂，一颗炮弹就嵌在西院墙上了。我二姑随即降临人世，漫天烽火，一室红光。[①]

① 张大春：《聆听父亲》，上海人民出版社2014年版，第23—25页。

这一段主要塑造了“我奶奶”的形象，突出了她识时务、识大体、有眼力而又果断镇定、指挥有方的性格特征和人格魅力。关于小说的定义，本来就是以刻画人物为中心，通过完整的故事情节和具体的环境描写来反映社会生活的一种文学体裁。无可否认的是，家族记忆散文本来就是以怀人为主，塑造人物也是题中应有之意，甚至应该成为主打部分，在这一点上，家族记忆散文和小说是一致的。但在具体操作层面，我们发现，家族记忆散文刻画人物的方法可以说是更接近小说笔法，是汲取了小说的养分的。

其一，表现在情节化的叙述结构。人物是小说的核心，情节是小说的第二要素，家族记忆散文却通过巧妙处理这两者关系，而有了小说化的叙事特征。作者在塑造“我奶奶”时，就是放在“五三”惨案、日本军即将开炮轰城的这个大环境下，所谓板荡识良臣、家贫见贤妻，奶奶临危不惧，最终带领家人躲过战争浩劫。家族记忆散文总是带着怀人的调子，但一个人的人生经历和记忆如一条流淌不息的河流，作者不可能采撷它的每一朵浪花，这就要求作者有高超的材料选取和提炼能力。一方面要反映出他的整个人生轨迹，不能影响人物的完整；另一方面，又要选取在整个人生轨迹中的典型事例，将人物放在典型环境之中去集中考察，要符合人物发展的逻辑，推动人物形象的概括和完成。在这里，环境超出了散文中单纯故事环境的范畴，而变成作者故意选择的为人物形象塑造服务的故事情节。

其二，表现在对话式的叙述语言。小说化的语言特征是笔者杜撰出来的，可以说是一个比较含糊、不得要领的概念，而像小说的散文化、诗化特征，反而很容易攫住那种感觉。比如汪曾祺的小说有散文化的倾向，当代作家孙甘露的《信使之函》《请女人猜谜》《仿佛》等小说又有诗化的倾向。那么，究竟什么是小说化的语言？事实上，每个小说家都有自己的语言特色，这恐怕无法一言以蔽之。但我们可以大体看出一些端倪。其中一个重要特征便是人物对话。事实上，小说情节很大程度上都是靠人物对话推进的，而散文多以叙述性、描写性、抒情性、议论性语言为主，人物对话多为叙事需要，且随意性较强。上述引文通过“我”奶奶与“我”二大娘的大量对话，分别表现了一个有主见、一个无甚主意的性格特征。且作品在语言选择上也极考究，突出了口语化、生活化、个性化的特点。在家族记忆散文的很多作品中，对话性语言也占据了很大篇幅，除了采访者和受访者的对话，还有基于叙述视角的转换而发生的各类人物对话等。

另外，不可否认的是，小说和散文的语感和语言质地是不同的。“这一日，雪下得正紧”是小说的语感，仿佛是要告诉我们下面要发生什么事；“今天，阳光明媚”是散文的语感，只是在描述天气，或者说这天气可能和作者的心情有关。在引文中，“头一件”“二一件”“这三一件呢”等词汇，倒不像是从“我”奶奶嘴里说出来的，而是从王熙凤、袭人嘴里说出来的，有了《红楼梦》的味道。这当然和作者自己的学养和所受的文化熏陶有关，当然这也是建立在他的审美自觉之上的。另外比较典型的还有刘平的《亨爷略计》（《花城》2016年第2期），它用传奇的笔法描写了外太公亨爷的传奇一生。亨爷是个善方术的道士，曾经秘密手刃13个日本鬼子。他的死也颇有传奇色彩，某一天打发家人出门，等日本兵闯入后点火与日本兵在老宅中同归于尽。无论是情节安排还是语言风格，都有中国古典笔记体小说的风采，其民间抗日的传奇性书写，又有些莫言小说《红高粱家族》的味道。

综观家族记忆散文的文本风貌，可以惊奇地发现，家族记忆散文的作者真的是不耽于守旧、不惮于革命的作家群，他们有的汲取了中国古典小说创作的养分，如张大春等；有的又与时代、先锋接轨，甚至还借鉴了后现代主义小说的创作理念和方法，如郝誉翔、张大春、骆以军等。他们将小说创作手法嫁接到家族记忆散文的创作中，从而呈现了一种瑰丽的审美特征以及交错式的叙事风格。

一是叙事时空与叙事线索的交错。查特曼《故事与话语：小说和电影的叙事结构》一书中提出了故事空间和话语空间的概念，认为前者指行为或故事发生的当下环境，后者指叙述行为（讲述或写作）发生的场所或环境。[①]像第三人称的全知叙述者一般不提及话语空间，而是把读者直接引入故事空间。而家族记忆散文多为第一人称叙述，而文中的我既有“经历的我”，也有“叙述的我”，“经历的我”其实就是指向故事空间，而“叙述的我”则指向叙述空间。缘此，家族记忆散文的作者在实际创作中，逃离了简单线性叙事的窠臼，综合运用线索并置、回溯闪回等手段，营造了一种多线条、多时空的叙事结构，就像《百年孤独》的开头，“多年以后，面对行刑队，奥雷里亚诺·布恩迪亚上校将会回想起父亲带他去见识冰块的那个遥远的下午”[②]。一句话包含了过去、现在、未来三个时空，交错却不错乱。

《聆听父亲》有两条线，一条明线，一条暗线。明线追溯作者祖家济南张家“懋德堂”自高祖至父亲这四代父辈的家族往事，暗线是“我”的成长经历。明线上，各色人物交错出场：乡试举人出身、捐地兴义学被骗的高祖张冠英，开百顺估衣铺发家的曾祖父张润泉，在“五三”惨案从容安排一家人渡难、有预言能力的祖母杨似芳，被迫当汉奸且染上鸦片瘾的祖父张宗周，“铜钱的红绳子下头没打个扣子”的“纨绔头”大大爷张汉京，背井离乡的当兵的父亲张启京，千里寻夫、从不做梦的母亲刘兰英……与明线交织的暗线上则叙述了“我”梦境中繁星毕落的场景成为日后的预言、童年迷失在一爿糖果店的片刻冒险、“我”与挚友陆经的青春期友谊、陆经的车祸身亡、“我”照顾生病的父亲等成长经历。可以说，书名“聆听父亲”有两层含义：一是作者将出世的儿子在聆听现在的“我”，二是现在的“我”在聆听过去的父亲。在这本书中，其实也包含了未来、现在与过去三个空间，张大春在创作这部作品的时候，父亲生命进入末期，孩子即将出生，孩子的未来、父亲的过去在现在这个时间点交汇，也通过现在这点产生沟通。作者写道：“这是我开始写下一本书的时

---

① 参见查特曼著，徐强译：《故事与话语：小说和电影的叙事结构》，中国人民大学出版社2013年版，第81页。

② 马尔克斯著，范晔译：《百年孤独》，海南出版公司2011年版，第1页。

候了，它将被预先讲述给一个尚未出生的孩子听——在巨大无常且冷冽如月光一般的命运碾过这个孩子之前；这个不存在的孩子将会认识他的父亲、他的父亲的父亲，以及他父亲的父亲的父亲。他将认识他们。”[①]这两条线索于是产生了奇妙的缠绕。

在《失落的自由》一节中，作者由尚在妻子腹中的孩子处于一种漂浮的自由状态想起童年关于自由的启蒙，进而闪回到父亲九岁时第一次争取自由，跳进小清河里顺流而下以离家出走的旧事，其中又穿插着夭折的四大爷和扔子弹的二大爷的往事。接着又闪回到十七年后父亲第二次借故离家、遗弃妻子的后话。在《预言》一节中，“五三”惨案期间奶奶从容安排一家人渡难穿插着“我”现在跟孩子讲“战争起于嫉妒”，由此又闪回父亲七岁时与兄弟姐妹争嘴的最小规模的战争。全书都在运用这种线索并置、回溯闪回的手法，营造出多重叙事空间，产生多重“聆听父亲”的效果。

《逆旅》也有两条线索。第一条是现在，写父亲周旋于不同女人间却依然孤寂难言的晚年和返乡后亲人间无法穿透的厚障壁。第二条是过去，但过去又包含了两条线索，即父亲的过去和“我”的过去，这两重过去又产生了立此存照的对应关系。父亲出生在山东乡下，被接生婆预言是孤独之命；跟随学校往南方逃亡，成了山东流亡学生群中的一员，颠沛流离间到达澎湖，经历过澎湖惨案后，改名换姓，由“郝福祯”变成“郝青海”；在金门娶妻生子，经历了孩子早夭、妻子离世之痛；父亲来台后依然无所依傍，成了无根的人。而“我”诞生在铁路医院，六岁被算命仙预言主克父亲。在“我”的童年中，父亲是缺失的，“我”每天用各种办法来预测他的凶吉和下落，甚至将一个露阴癖的背影当成了父亲，并为此感到羞愧。在作者叙述的过程中，当下境遇与“父亲的过去”以及“我的过去”是相互交织的。开篇即是“我”的诞生，紧接着转到现在时——“我”陪父亲回到他阔别四十年的故乡，却发现与亲人存在难以跨越的隔膜，父亲不到两天

① 张大春：《聆听父亲》，上海人民出版社2014年版，第4页。

便仓皇逃离，而“我”也借口寻父逃离了故乡。接着溯回到“我”总在疑问“父亲去哪里了”的孤独童年，又关联到现在。在“我”奋力长大时，父亲却总伸手攀住“我”的肩膀对“我”诉说他那物产富饶的故乡和快乐的童年。由此形成了多声部的叙述空间，而每个空间里的个体的孤独又互为观照。作者写道：“我以为父亲从来不会感到寂寞的，寂寞的是我们，但没有想到在另一个屋檐之下，他同样忍受着孤独的苦。”

除了在结构上玩转时空，即使在具体叙述的过程中，作者也会自如甚至放肆地进行时空的切换和闪回，借用电影艺术中蒙太奇的表现手法，由此产生了一种类似于“盗梦空间”般的“科幻效果”。《饿》是《逆旅》中的一个章节，在这个章节中，作者展示出了她高超的操纵时空的能力。该节开头，父亲嘱咐“我”收看《二一〇〇，全民开讲》节目，因为今天主题是两岸关系。在观看过程中，“我”不觉睡着了，竟梦见父亲在电视上讲做菜，父亲絮叨着关于童年的吃食。之后，作者构建了一个特殊的似梦的叙述空间，因为梦境有它独有的一套逻辑，所以作者在这样似梦非梦的叙述中，其实是在为时空的转换寻找一个更自如、更合法的操作空间，通过梦境，以荒谬来揭示真实——

“就要赶不上火车了。快点快点。”爸爸忽然放下手中的汤勺，焦虑地催促着我。

“爸，你的汤还在炉子上面滚呢。”我站在电视机前，犹豫地看看身上的睡衣，提醒他说。

“这汤我已经熬了几十年了，熬得越久越有滋味。但火车可是不等人的，我知道你怕火车，你小时候有次到车站送我，站在月台上，就是皱着眉不肯抬头看我。”

“我最怕煤油的味道，还有车厢里那股便当味和尿臊味。”但话还没有说完，我就发现自己已经站在月台上，身边突然拥出一大批军人、难民，还有十多岁的学生，他们挤在月台的边缘。

有个五岁的孩子贴着我的大腿，手里拿个发黑的馒头一边啃着，口水滴滴答答地流下来。

“你快点跟我来！”爸爸一转头，忽然就变成十六岁的少年郎，他对我招手，声音里有一股异样的轻快，“这班车是专门为流亡学生开的，现在难民太多了，根本靠不了站，你得快点跟上来！”

“爸，我不去了，我饿。”我红了眼，突然想起晚饭还没吃，我在月台上站住不动，使尽力气对挤在前头的他大喊，“老实说，我对你的记忆都跟食物有关，馒头、饺子、牛肉馅饼、打卤面、杠杠头。可是那些食物都放太久了，冷了，咬都咬不动。”

“你没吃饱怪我，那么我怪谁呢？”爸气急败坏地转过身来，想要拉我，“你快点跟我上火车呀！我保证会让你吃饱三次的。第一次是我们到了杭州，政府准备好几千篓的大白馒头，沿着西湖排开。第二次是到了苏州，我会带你上街吃馆子，那个老板看我们是穷学生，免费让我们吃一顿，这个消息传开以后，成千上万的流亡学生都跑到他那儿去，隔天整个城里的餐馆都因此关上大门。第三次是到了澎湖，我偷偷用裤子去换一条咸鱼干，隔两天，你妈妈拎着那条裤子来还我。那是我第一次与她认识。”

“爸，可是你根本就不应该搭这班火车的，如果你不搭，就不会到台湾去，也就不会有了后来的我。”

“我知道，我当然知道。”一转头，爸的脸色黯淡下来，又变回七十岁的老人，他竟站在月台边掩脸痛哭起来，“可是我好饿，真的，你知道我有多饿吗？如果不是饿，我就不会离开家乡，一路跟着学校走，就像那个山西人一样。如果不是饿，也就不会遇见你的妈妈，遇见后来的许许多多人。如果不是饿……”

火车汽笛发出高亢的鸣叫，哐当一声巨响，黝黑的车轮叹出一口长气，开始转动。我和爸爸愣在月台上，看到火车头后面拖着的居然不是车厢，而是一个接一个，播放着不同节目的巨大的电视荧幕：频道一，台湾龙虾的五十种吃法；频道二，TVBS整点新闻；频道三，伍佰演唱会现场转播；频道四，Discovery带你享受寰宇美食；频道五，苏州大闸蟹挑选秘诀大公开；频道六，亲爱的，你今夜寂寞吗；频道七，华西街夜市杀蛇实况报道；频道八，李涛说，稍待片刻，我们马上回来……

“等等我呀！”年老的父亲突然嘶吼一声，疯了似的狂奔起来，他伸长手想去拉住车门，因苍老而变得特别尖锐的嗓子哀号着：“别走，别走，我还有话要说……”[①]

梦境中，父亲催促作者不要错过火车，作者记忆瞬间切换到小时候在月台的场景，而此时的父亲也突然变成十六岁的少年郎，催促“我”赶紧和他一起上“山东流亡学生群”的那列火车。由现在闪回到过去，“我的过去”与“父亲的过去”产生交织，“我”变成了父亲流亡活动的一个见证者，这是时空变换后的第一层意蕴；而在“过去”的那个时空中，“父亲”和“我”并不是简单“穿越”到过去而一无所知，事实上，他们俩都是知情者，都知道踏上这列火车之后，将面临什么样的命运，但是父亲依然因饥饿又一次做出与过去一样的选择——离家、流亡。作者与父亲以现在的身份回到过去，父亲试图再次登上列车，而作者试图劝阻，这是时空变换后的第二层意蕴。通过几次时空闪回，那列火车成为父亲生命中的重要印记，成为父亲人生逆旅的一个开始，而“饿”也成为父亲生命中的重要体验。即使可以重新选择，父亲依然会踏上那列南下的火车，哪怕经过无数次穿越，父亲的生命轨迹依然会如此循环，只是因为太饿了。包括对面条制法、面汤熬法的精细而近乎痴迷的描述，恰恰是饿的极端体验的表现，他只能依靠想象的丰富来填补物质的匮乏。由此促使读者思考：究竟是父亲额头上的那三道纹，还是时代，注定了父亲颠沛流离的漂

---

① 郝誉翔：《逆旅》，人民教育出版社2012年版，第122—124页。

泊命运？

可以说，《聆听父亲》和《逆旅》的线索是多重的，时空之间的打通和连接是纵横无碍的，作者在这方面做了一些大胆的尝试。虽然叙述的线索是交错的，线索上串联的珠子也会散落，但是它却秉持了散文“形散而神不散”的特征，它的主题思想是高度集中且一以贯之的。像《聆听父亲》其实强调的是一种命运的关联，作者讲述了高祖、曾祖、奶奶、父亲等家族先人精彩而又坎坷的命运，家族先人的故事和命运对于作者和即将出世的儿子来说并不是莫须有之物，就像父亲将去世、儿子将出世，始终有一种血脉的传承和命运的关联在里面。作者在开篇写道：“我不认识你……尤其是你的命运，它最为神秘，也最常引起我的想象。”[①]而《逆旅》的主题就是逆旅，作者将这种情愫融于叙事线索之中，融于父亲的经历之中：父亲出生的时候被预言为孤独漂泊之命，年轻的时候离家远行，几番成家、几番破碎，而后晚年回乡，也算落叶归根，但是依然没有归宿感，注定了一辈子漂泊无依的宿命。正像作者所说：“父亲从来不属于我们，可是也不属于别人，他是天生的浪游者。”[②]浪游者又何尝单指父亲，更指向那个时代的一群人，甚至指向作者本人，最终指向的是人类的终极命运，生出“人生如逆旅，我亦如行人”的永恒喟叹。

我们还需要注意到叙事视点和人称的交错。人称问题是叙事学研究的一个基本问题，采取不同的人称叙事，有不同的好处，也能产生不同的叙事效果。像使用第一人称“我”，容易拉近与读者距离，使读者进入“我”这个角色，情感性、真实性、故事性也强；采用第二人称“你”，便于对话和抒情，便于感情交流，感染力较强；采用第三人称“他”，能直接地展现生活，不受时空限制，反映现实更自由。家族记忆散文多采用第一人称叙事，但在叙事的旅途上，我们也发现作者不停地在灵活使用、转换人称，甚至有时候“我”也不是作

① 张大春：《聆听父亲》，上海人民出版社2014年版，第3页。
② 郝誉翔：《逆旅》，人民教育出版社2012年版，第34页。

者。比如人称的交错使用。在《逆旅》中，人称中有你、我、他，而“我”时而是作者本人，时而是父亲。《洪水》一节转换成父亲的视角回忆往事，“我”由作者变成了父亲；而“你”时而是父亲，时而又是作者创造出来的与父亲进行对话的“隐形人”，承担了父亲过往经历“审讯人”的角色。比如人称的有机组合。“我爷爷”“我奶奶”的叙事视角，莫言自称是首创，在《红高粱家族》中这种人称的运用显示出别样的魔力。这既是第一人称的视角，又是一个全知的视角，既避免了第一人称视角的狭窄，又避免了第三人称视角的枯燥，叙述起来顺畅自然。按照故事空间和叙述空间的理论，就是叙述者“我”与叙述焦点“爷爷”“奶奶”勾连在一起，从而构建了现实与历史之间的对话，像张大春在《聆听父亲》中也采取了这样的人称叙事。

家族记忆散文甚至还在叙事过程中加入了奇幻预言的元素，既有《百年孤独》拉美式的魔幻现实主义色彩，又有《红楼梦》式的“东方宿命观”，从而呈现出一种别样的审美特征。如《逆旅》中，接生婆说父亲印堂上有三条纹，注定离乡漂泊之命，后来父亲郝福祯改名郝青海，仿佛冥冥之中也注定了四海漂泊的命运；算命师说作者主克父亲，似乎作者的出生与父亲的出轨、家庭的破裂也有着微妙的联系。在《聆听父亲》中，整个家族的命运与一个“长者估衣”的故事相互缠绕，成为一组密码。“我”曾祖父的百顺估衣铺开张三年，大发利市，老宅终得翻修。开基那天，来了一个相貌不凡的老者，曾祖父邀请他进屋说话，临走前带他到估衣铺送他几身衣服：

> 结果他一共穿了七件上衣、两条长裤。奇的是，那两条他中意的袄裤都是女服；更奇的是，这么些衣物加身，老者却丝毫不见臃肿肥胖，依旧清癯瘦削、灵动自如。一切穿着停当，他老人家还顺手拈了顶呢料的西洋毡帽，拿在手上正要戴，忽一皱眉，随即将帽子往茶盏里磕了两下，不意却磕出半盏有余白晶细亮如粉屑、如沙砾的物事。老者这时却不磨蹭了，盘起辫子，戴上呢

帽，朝我曾祖父一拱手：“润泉老弟！那么告辞啦！”我曾祖父给他这一折腾，也失了问讯求教的兴致，只勉强打起精神，执礼相送，直到大门口。那老者这才回身，低声嘱咐了几句：“润泉老弟毕竟不是个实心市侩，或者这还须是你张家门儿里祖宗的积荫、子孙的福分儿。不过，读书终归是正理。你看我这一身穿戴，哪里像个读书人呢？”

我曾祖父一时没听得太明白，尤其后首两句：老者那一身穿戴，与子孙读书求功名又有何干？还有，呢帽子里磕出来那些物事又是什么呢？这第二桩倒易解。一个胆儿大的婆子下手探指沾了些许入口一尝，立即喊道：“是盐！爷。”可是疑惑并未全解。直到三天以后，账房里问起，当天送出去的衣物要不要入账？要入该怎么个入法儿？我曾祖父沉吟半晌，忽有所悟，急问道：“可有清单？”“有的，送衣服去的伙计是个仔细人……”“快拿来我看！”清单来了，上写：湖绿色绣寿字府绸衫一件、牙色绣福字府绸衫一件、青色棉夹袄一件（里子无）、玄色寿衣一件——

“怎么还有寿衣？”

“咱们铺里啥没有哇？爷！”账房道，“但看什么人穿呗！”

清单上接着列的是：白色麻布夏衫一件、灰色丝袄一件、紫色旗丁短布罩袍一件。以及花色绸布女裤一条、又一条。洋呢帽一丁（顶）。

显然，那老者穿衣非但不讲究，而且不分寒暖内外，可以说是胡披乱套的。然而，他不是还精挑细拣了好一阵子才捣饰满意的么？这样穿着想来和“哪里像个读书人”的言语有些什么关系——不过，终我曾祖父一生都没有猜出其中的机关。这段经历，他一再同我曾祖母朱氏反复研商，直到过世为止。至于我曾祖母，则是一直到一九四一年——甚至就是她过世的那天——才悟出来。她当时已经卧病在床，不能起身走动。就在上午出现日食之际，她忽地凄声惨叫，把我奶奶喊到床头，使劲儿抠住媳妇儿的手腕骨，低声嘱咐道："洋呢帽子就是你当家的，他是盐务上发家的不是唵？两件绸衫是汉京和蔚京这两个没出息的纨绔。夹袄没里子是个单薄的意思，我看就要应在荟京这一房了。萃京死得早，合该是那件寿衣的主儿。万京——老五是万京是唵？万京怕要出远门儿上南方去。灰丝袄儿是老六同京，挡得了风，抵不住雨，怕要穷灾病苦的一辈子。要紧的是小启京，你千千万万记得嘱咐他，可别投了军去。有道是：'好男不当兵，好铁不打钉'，是唵？底下那俩丫头，嗐！'"我曾祖母没往下说，意思仿佛是全然没了指望。①

如果说魔幻现实主义的奇幻预言更多的是打上神话和寓言的印记，呈现出一种瑰丽、浪漫的风貌，那么家族记忆散文则是与东方的命理和宿命相连，抹上了一层幽暗色彩和悲观意识。

三、当代散文的"文体之辨"

家族记忆散文放在散文史只能算得上一朵不甚起眼的浪花，甚至连它的命名也是存疑的，形成一股风潮也是无意识的，但它为散文版图带来了小小的震动，为现代散文提供了一个创作范式，打通了散文、小说等文体的界限，引发了关于"文体之辨"的思考。

从宽泛意义上讲，小说、诗和剧作都属于戴着镣铐的写作，理论、批评和已有写作均为后来的写作者框定了某种可操作的美学范畴。而散文则不同，散文的边界没有这种约定俗成的审美惯例。从五四新文学开始，散文就标举"个人的，一切都是从个人的主观发出来。所以它的特质又是不规则的、非正式的"②文类属性。五四打破了传统散文"文以载道"的固有思维范式，散文风貌是摇曳多姿的，

① 张大春：《聆听父亲》，上海人民出版社2014年版，第77—79页。

② 胡梦华：《絮语散文》，俞元桂等选编《中国现代散文理论》，广西人民出版社1984年版，第16页。

像鲁迅的杂文、冰心的书信体散文、周作人的美文、瞿秋白的报告文学、徐志摩的诗化散文、林语堂和梁实秋的小品文，或闪着批判的光芒，或迈着闲适的步履，或飘着青春的神思，或睁着儿童的瞳仁，或听着打篷的秋雨。只不过在当时个人凸显、思想高蹈的背景下，对五四文学作品的研究，更多的是对作家创作观念、思想波动的观照和探寻，而缺少了对文体的整体性观览和把控。毕飞宇在《“硬”说周作人的“小说”》中说道：“其实我只是想说，在鲁迅小说的‘底子’上头，依旧有一种杂文的‘作法’，隐含了一种直面与‘呐喊’的战士气质。这种气质使先生区别于一般，使他最终成为现代白话文小说史上最伟大的短篇大师，使他的短篇最终成为现代白话小说中最杰出的范本。然后，我又有些固执地认为，周作人的一小部分随笔里头，似乎潜伏了‘另一种小说’的‘小说法’。”[①]他还以周作人的散文名篇《初恋》作了具体阐述：

> 我读过他的《初恋》。这篇不到一千字的短文被数不清的散文集、小品集、随笔集收录过。只是在“小说集”里头我还没有看到过一回。可是，在我的眼光里，《初恋》是一篇出色的短篇，尽管它一千个字都不到。
>
> 《初恋》的故事简单极了，“我”害了一场单相思，爱着一个不知道年纪、名字，没有说过一句话，不敢正视的女孩子，而最大的波澜仅仅是宋姨太太的一句诅咒：这个排行第三的“小东西”也“不是好货”，“将来总要流落到拱辰桥去做婊子的”。拱辰桥在哪儿，不知道；婊子是什么，不知道，能肯定的是，数月之后男仆带回了一个坏消息，“杨家三姑娘患霍乱死了”。
>
> 我不知道我为什么如此喜爱这则“短篇”，其实“短篇”里头并没有什么，只有“我”的一点枉然的努力，“我”的一点喜悦，一点不快，不快过后无力回天的一点平静。如斯罢了。实在

① 毕飞宇：《“硬”说周作人的“小说”》，《作家》1997年第5期。

是没有故事的故事。周作人只是从故事的周围绕了一圈，给了作品一种氛围，或笼罩，这笼罩便“罩”在了我们的某个痛处，而痛便弥漫了。无声无息。你找不到伤口在哪儿。故事完了。

可是“故事”又复杂极了。它涉及了八个人物，连同一只叫“三花”的猫，“故事”纠集了相当复杂的世故纵深，人物内心的底色、背景，“故事”的起因、过程、跌宕、结局，以及情绪的大幅度飘动。尽管它只有一千个字。

它不仅是迂回、氛围、笼罩，还有“干货”，有实实在在的细节和最性格的人物言语，也许还有最“前卫”的心理分析，虽然它一千个字都不到。[①]

这也许是五四文学留给我们的另外一项文学遗产，让我们看到了五四作家在跨文体写作方面的尝试，同时也在告诉我们，其实不存在什么范本，范式的确立之日就是准备随时被打破之时。鲁迅的小说杂文化，周作人的随笔小说化，打破了传统散文、小说的范式，为我们提供了另外一种范式，但也许“范式就意味着枷锁，文体就意味着突破”[②]。

散文文体的这种开放性给散文写作者带来了极大的自由度，但同时也带来了命名和边界厘定的困难。散文是不规则的，并不意味散文的写作是无序的，这反而揭示了散文文类秩序构建的必要和难度。如果一种文类漫无边际地取消边界，甚至无边界，可能恰恰意味着这种文类的死亡。诗歌和话剧的文类辨识相对容易，散文的边界一定意义上是可以置换成小说和散文的文类差异问题的。从这个角度看，散文的边界是客观存在的。如果没有散文和小说文类上的差异，那么像《收获》《人民文学》《钟山》《十月》《花城》《作家》等综合类

---

① 毕飞宇：《“硬”说周作人的“小说”》，《作家》1997年第5期。
② 赵婷婷：《“定体”与“大体”：散文的边界之争》，《博览群书》2015年第3期。

文学刊物，也就不必劳神地在小说之外给散文单独立个栏目；而像《美文》这样专门的散文杂志，也可以把手伸得更长，捞到更多的“美文”了。

然而，散文和小说的文类边界，总是不断被两边的越境者突破和篡改，以至于所谓的边界常常弄得暧昧不清。散文的边界之所以会成为一个问题，很大程度上是因为这些越境者和侵犯者的“挑衅”。汪曾祺就说过：“我的一些小说不大像小说，或者根本就不是小说。有些只是人物素描。我不善于讲故事。我也不大喜欢太像小说的小说，即故事性很强的小说。故事性太强了，我觉得就不大真实。我的初期的小说，只是相当客观地记录对一些人的印象，对我所未见到的，不了解的，不去以意为之，做过多的补充。后来稍稍展开一些，有较多的虚构，也有一点点情节。有人说我的小说跟散文很难区别，是的，我年轻时曾想打破小说、散文和诗的界限。”①在小说家眼里，散文或许比小说更自由，更可以率性为之。小说家有意识地征用散文篡改小说，贪的就是散文的解放感。

“小说的散文化”作为现代文学的潜流和隐脉，当然因为“小说的不散文化”的滔滔大河在焉。一些作家之所以努力实践“小说的散文化”，是因为他们把散文看作反抗小说形式严整的武器，为的是挣脱精神的桎梏和情节的牢笼。所以自20世纪90年代以降，小说家创作散文蔚然成风，像王蒙、莫言、余华、苏童、叶兆言、贾平凹、韩少功、汪曾祺等小说巨匠都开始涉足散文创作，于是形成了一种新的散文范式——小说家散文。对于一个具体的作家而言，他们当然也会意识到小说和散文的边界，像阎连科的《我与父辈》、葛水平的《河水带走两岸》、阿乙的《寡人》、孙惠芬的《生死十日谈》等都是小说家自觉写就的长篇散文。极端地说，当下几乎没有一个小说家不写叫“散文”的东西。甚至可以说，好的小说家都有着不俗的散文功底。

---

① 汪曾祺：《自序》，《汪曾祺短篇小说选》，中国青年出版社2000年版。

当这些小说家搁下小说去弄散文时，他们怎样把小说和散文彼此之间的边界“格”得清爽？

当然，散文与小说之间从来不是“单方越境”，与“小说的散文化”相伴而行的是“散文的小说化”，这在家族记忆散文的跨文体写作中体现得尤为明显。通过前文的论述，我们发现小说和散文的边界不是习惯意义上的“虚构”和“真实”的分野。如果以是否真实来厘定散文的边界，如古耜先生在《散文的边界之争与观念之辨》一文中所说“主体的真情实感和客体的守真求实，仍然是多数人坚持的写作底线”[①]，那么我们在具体创作实践中可能无法找到散文的边界。因为“主体的真情实感”是一切真正文学的底线，不是散文独有的底线；而“客体的守真求实”既然能宽容“写意”“存在”和“想象”的真实，那么显然也承认散文越界至小说的“虚构”。因此，对散文边界的厘定是不是可以从纠缠于观念之争转变为探讨具体散文的实践问题？家族记忆散文无疑提供了一个可贵的实践样本，它的突破性和示范性在哪里？我们也许可以从汪曾祺的一段话中找到答案：“小说家的散文有什么特点？我看没什么特点，一定要说，是有人物。小说是写人的，小说家在写散文的时候也总是想到人。即使是有些游记，乃至写草木虫鱼，也都是此中有人，呼之欲出。”[②]散文当然也有怀人的，但是散文语境中的怀人和小说语境中的写人物毕竟是有区别的。写人物讲究综合运用肖像、语言、动作、心理等各种表现手法，进而塑造人物形象的完整性和性格的丰富性，而怀人则多带有自由逸出的风范，用零星的事件来展示人物某一方面的性格，多为抒发真挚动人的情感，比起小说的“写人物”，它更多的是“画人物”。家族记忆散文的最大特点就是对个体的关注，具体来讲，主要是祖父辈人物的时代经历和

---

① 古耜：《散文的边界之争与观念之辨》，《光明日报》，2014年3月17日。

② 汪曾祺：《散文应是精品》，邓九平编《汪曾祺全集·散文卷》，北京师范大学出版社1998年版，第120页。

体验，它既继承了五四散文倡导的“人的文学”理念，也有效运用了小说“写人物”的手法。像《天涯海角》中勇武忠烈的简大狮、《聆听父亲》中果敢有谋的“我的奶奶”、《逆旅》中的“漂泊者”郝福祯、《我与父辈》中的“民间苦行僧”父亲和大伯、《巨流河》中的“济事者”齐世英，作品横跨人物的整个生命阶段，并运用在小说中常用的对话、心理描写和曲折情节设置，力求令人物形象完整而饱满，尤其是在时代的大背景下，人物内在的东西被挤压、暴露出来，可以让我们更贴近人物的灵魂。除了“写人物”，家族记忆散文还为现代散文范式提供了一些现代性或者说技巧性的东西。事实上，这在两岸都能找到渊源和归属，如20世纪90年代台湾地区的“跨文体写作”和大陆的“新散文”、21世纪初兴起的“非虚构写作”。家族记忆散文的作者们在散文中大胆地运用想象和虚构，包括意象的构建、视角的切换、时空的交错等，呈现出一种自由、开放的风貌，并大胆运用意识流、蒙太奇等后现代主义手法，文体的界限进一步拓宽，显示出散文作为“元文学”兼容并包的气度和可能性。这其实也为现代散文提供了一个创作范式，即以塑造人物为核心，植入和糅合了小说等文体的创作技巧，从而获得新的情感张力和审美效果。

因此，借小说丰富散文技术的武库，肯定是有所裨益的。像李娟的《我的阿勒泰》、塞壬的《下落不明的生活》、高晖的《康家村纪事》这些散文骨子里都“化”入了小说。散文向小说学习还不止于技术的征用。我们可以看看小说家是怎么写散文的。小说家的散文固然有写小说剩下的边边角角，但许多小说家会在适当的时候去经营一块“整料”而不是“下脚料”的散文。《我与地坛》太有名，我们且不去说。笔者随手翻了几本杂志，看到小说家的散文真的不算少。像贾平凹的《一块土地》、苏瓷瓷的《一望无际的忧伤》、阎连科的《我与父辈》、王安忆的《东边日出西边雨》等就可以拿来做例子。莫言说过他的小说创作原则是“我是唯一的报信人”，正因为“‘我是唯一个报信人’，所以，我的声音，我的话，对于保存事物的真相，就具有了非常重要的意义”[①]。但过于依赖日常生活，黏着于日常生活，不能穿越和超逸于日常生活的写作是危险的。文学，当然包括散文，需要有重构日常生活的能力。它可以像《一块土地》那样大开大合地做减法，可以像《一望无际的忧伤》那样在一个点上蜿蜒盘旋，可以像《我与父辈》那样以思想穿越化解事件，可以像《东边日出西边雨》那样闪烁隐约、晦暗幽深……所以，莫言又说“想怎么说就怎么说，我是唯一的报信者，我说是黑的就是黑的，我说是白的就是白的”[②]。当下散文少见这种小说的大气魄和大气象。因此，散文从小说引进一些小说专属的技术固然重要，但更重要的是对于散文这种“近日常生活”的文类，尤其要思考从生活跨入文学过程中“我”的创造性和想象性重构。我们的散文需要地理大发现、行业揭秘、阶层互窥、时代翻案等这些“非虚构”“原生态”的生活之“真实”，但从生活到文学不是简单的复制和还原。

在“我”的创造性和想象性重构上，小说已经走得很远，散文还可以走得比现在更远。直接地说吧，想象力不足的缺陷在当下散文和小说中都存在，而散文尤甚。在“非虚构”“原生态”“生活流”等旗帜下，散文养成了对某些角落、行当、阶层、时代生活实录的过度依赖症。应该说，散文在重构日常生活上有着自己独特的文类属性，即便固守散文不能虚构的立场，散文依然可以对“实”进行想象性的重构和再造。只是和小说不同，散文中的“我”是裸露的，而且呈现方式也可以是碎片化的、流动不居的。但需要警惕的是，由于“我”的强烈在场，散文对日常生活的重建容易发展成对生活的劫持。如果文学对生活的劫持被合法化了，一个直接的结果就是假文学之名，对生活的篡改、涂抹、僭越都变得合法了——文学可以在不追问生活之真的前提下直接去玄想文学之美。更可怕的是，许多非文学的“看不见的手”，将会在文学与生活的不正常关系下奴役文学，比如主题先

① 莫言：《我是唯一一个报信人》，《作家》2010年第15期。
② 莫言：《我是唯一一个报信人》，《作家》2010年第15期。

行的文学。

现代中国获得自我解放的知识者，经由散文传达他们所触摸的世界，也把他们摇曳多姿的心灵世界放置于散文中，而散文的疆域在现代中国的拓展和收敛，也正好可以让我们窥破时代的精神动向。散文从五四时代的汪洋恣肆，至20世纪50年代到70年代发展出“形散神聚”的审美教条，到思想解放运动中“讲真话”的现代散文精神回归，再到20世纪90年代“大散文”的力倡，百年散文的文类史其实是现代中国人的心灵史。我们动辄追慕现代散文个性张扬的好时光，其实忽视了一个基本的问题，即从鲁迅、周作人、郁达夫、徐志摩、俞平伯、林语堂、梁实秋、沈从文以降，不论阶级，不论政治趣味，也不论是新文学，还是“鸳鸯蝴蝶派”，不论是“京”，还是“海”，散文似乎只是文人们的事，散文的自由只是少数人、有限度的自由。《天涯》杂志一直推动进行“民间语文”的调查。这件事做好了，是不是可以让散文的疆域辽阔一点呢？其实很多时候，写作者一直存在先验的等级观念，以为主题庄严、沉潜灵魂的就该是散文的正宗。

正常的文学生态是金字塔结构，散文这种门槛较低的文类，更是庞大的金字塔底座。因此，散文生态应该是充分敞开的，文学的段位和境界高下应该由另外的尺子来丈量。维护散文生态民主的本性，不意味着放弃文学的基本理想和立场。应该看到，当下散文写作的海量增长伴随的是“有效写作”的被淹没。时尚写作、类型化写作的可复制性，使写作成为一种无节制的“码字”行为。由此散文的写作开始分化，既可以进入消费性的制作，同样也可以保持清醒、警惕的自律，创造并坚守散文动态的、弹性的美学规范而成为汉语文学的个性创造。

第四章 家族文化的情感结构与现代性重建

第一节　永恒的乡愁：现代语境下的家庭心理遭际

“回顾从辛亥革命时期到‘五四’时期关于家庭、家族的种种言说和书写，我们看到的是诸如‘网罗’‘禁锢’‘迫害’等激烈的字眼。然而，在这般激烈的字眼之下，是对中西两种家庭观念及其背后暗含的个体生命的感受、社会的组织形式与伦理道德的建构等一系列重要问题的体认。”[①]无疑，当初对家族的密集批判，更多的是为了宣扬个体的解放和人性的觉醒，但为我们研究现代家族提供了一个维度。可以说，聚焦到个体的心理情感遭际，它的产生既是历史的，也是当代的。说它是历史的，是因为家族的结构会变化，但支撑它的伦理内核却是相对固定的，所以情感也有其延续性；说它是当代的，是因为时代背景、社会风气的不同，家族对人的作用以及人对家族的感受是不同的。是故，探求个人在家庭中的生命律动、心理活动和精神状态，也可以勾连出更广阔的社会语境。

“真情实感论”是比较流行和得到公认的散文观。事实上，很多评论家依然认为散文“写真实”中的“真实”就是“真情实感”，虽然貌似是给散文松了绑、放宽了限制，但是真正执行起来，却发生了变异。尤其是“文革”文学与“十七年”文学，散文创作可以说是

---

① 安斌：《家庭伦理与文学叙述》，复旦大学硕士论文，2012年。

相对僵化的。当时也强调真情实感，只不过这种真情实感呈现出套路化、样板化的特征，典型的像杨朔的散文、魏巍的报告文学等。虽然这些作品在当时也产生了较大的影响，但作家的真情实感更多的是依附于“时代的情绪”。而回溯人类文学长河我们发现，怀着满腔热忱为时代代言的作品，也许在当时焕发出夺目的色彩，但随着时间的流逝会逐渐黯然失色，只有忠实于自己情志的作品，才能在岁月的磨洗下越来越显示出它的光芒。从某种意义上说，经典的文学作品是选择看时代的背面，甚至超前于它所在的时代的。事实上，散文所提倡的真情实感，一定是回到真情实感，而且一定是“我”的真情实感，而散文在现代文学史发展的很长一段时期，它所抒发的情感往往并不是“我”的，而是“要求的那个我”的，真正的那个“我”以及“我的真情实感”是躲藏在文本之后和历史的阴暗角落的。

“真情实感论”类似于西方的“心灵化叙事”。心灵化叙事是西方现代叙事方式的一种，20世纪80年代引入我国，代表作品有《喧哗与骚动》《尤利西斯》《追忆似水年华》等，着重揭示人物心灵世界、心灵感受和心灵体验，我们可以大胆地揣测，随着这些代表作品的风靡，其叙事策略和手法对家族记忆散文的作者们也产生了潜移默化的影响。个人体验的可贵之处在于它并不是个案、特例，共同的时代背景、相似的生存状态，个人体验恰恰是那个时代的普遍体验。虽然每个人、不同阶层所拥有的记忆、所体验的历史只可能是历史河流的浪花或碎末，但是它们没被完全改造、剥夺与格式化，在夹缝中求生存，进而放射出最为耀眼的情感光芒。恰恰越是个人的，越是普世的，个人对历史的真实观感，是能产生共鸣的，从而上升为群体式的精神画像和一代人的精神体验。

综观家族记忆散文的一些作品，不难发现，在它面上的叙事结构之下，是隐含着情感结构的。这里的情感不一定局限于世俗的情感，更多的应该是体验和感受，不仅是胸腔里的，还有心灵上、思想上的。而家族记忆散文又是如何突破固有模式的藩篱，去抒发属于自己的真情实感，去表现历史的真实、文学的真实呢？新历史主义学者格林布拉特认为历史和文学并不是二元对立的，“将文学看作历史的一个组成部分，一种在历史语境中塑造人性最精妙部分的文化力量，一种重新塑造每个自我以致整个人类思想的符号系统；而历史是文学参与其间，并使文学与政治、个人与群体，社会权威与它异权力相激相荡的‘作用力场’，是新与旧、传统势力和新生思想最先交锋的场所。在这种历史与文学整合的‘力场’中，让那些伸展的自由个性、成形的自我意识、升华的人格精神在被压制的历史事件中发出新时代的声音，并在社会控制和反控制的斗争中诉说他们自己的活动史和心灵史”①。可以说，家族记忆散文是这个思路的践行者。

一、挥之不去的梦魇：耻与罪

（一）耻辱感

在特殊时期，国家通过在内部划分阶级，对个人的社会地位重新作了界定。有人翻身农奴把歌唱，有人则被扣上了各种帽子，后者是一种可怕的心理体验。陈霁写道：“一个人身份的物化就是档案。那时的档案，对许多人来说都是一个神秘而可怕的东西。因为，它收藏的是一个人甚至整个家族最要害的东西。虽然只是一沓纸，但是那些白纸黑字，躲在牛皮纸的卷宗里，就像古时候一群躲在帷幔后面的刀斧手。平时人们几乎忘了它们的存在。但是一旦需要，掌控它们的人就会让它们凶神恶煞地跳出来，牢牢把你抓住，保证让你刀刀见血。”②

这是一种时代施加、群体参与合谋的耻辱感。杨绛在《丙午丁未年记事》里记录了自己被划为右派后，售票员拒绝让其乘坐公交车的经历，而到后来这种耻辱感的渗透更是变本加厉、无孔不入，心理上的挫败上升到了肉体和心灵的双重改造，俗称“洗澡”。

除了自身感觉耻辱，甚至连家人也要“连坐”，继而形成了一

① 王岳川：《新历史主义的文化诗学》，《北京大学学报》（哲学社会科学版）1997年第3期。

② 陈霁：《父亲时代》，《花城》2013年第6期。

种耻辱感的传染。作家南子在《回来的人》里讲述了父亲被打成“反革命分子”后，年幼的作者饱受那些用手点着脑门称其为“狗崽子”的人的议论和嘲笑，幼小的心灵已经知道了耻辱为何物。[①]钱理群在《哦，你是我父亲》中讲述，父亲钱天鹤离开大陆去台湾，作者自己因为父亲是“反革命”无法加入共青团，必须要在父亲和革命之间做出非此即彼的选择。犹豫中的钱理群因与父亲划不清界限被流放至贵州。而后，随身携带的父亲照片被红卫兵发现，钱理群忏悔认罪，并将父亲的照片付之一炬。[②]陈霁在《父亲时代》中写年少的自己痛恨爷爷，因为爷爷没有像二爷那样在中华人民共和国成立前夕将财产挥霍一空，“让我们也可以骄傲地将贫农二字填在各种表格上”。[③]朱朝敏在《1954：母亲的孤舟》中讲述，作者的三外公被人指控为“反革命”而锒铛入狱，后来家人收到了去江口码头认尸的通知，母亲要去认领却被家人阻止了，而不谙世事的母亲“在亲人失去的悲哀和被政府枪毙的羞耻感之间，显然只明白悲哀的真切”，她跺脚叫道：“有什么丢人的，我三爹不是反革命……”[④]家庭是个人的精神支柱，家人是个人的情感支撑，当历史的束棒逼迫和你最亲近的人疏远你、冷落你、排斥你、怨恨你甚至揭发你的时候，心中的悲凉可想而知。

（二）罪责感

毫不夸张地说，家族记忆散文中的很多文本是一部“罪”书，这其中有“问罪”“伐罪”，犹如鲁迅笔下的“投枪”“匕首”；也有“认罪”“悔罪”，这其实又像鲁迅《墓碣文》一文中的“毒蛇”意象，“不以啮人，自啮其身”“抉心自食，欲知本味”“痛定之后，徐徐食之”。这种罪责感正体现了鲁迅精神最主要的两个方面，一个

① 参见南子：《回来的人》，《花城》2016年第1期。

② 参见钱理群：《哦，你是我父亲》，丁东主编《追忆双亲》，工人出版社2011年版，第9—13页。

③ 参见陈霁：《父亲时代》，《花城》2013年第6期。

④ 参见朱朝敏：《1954：母亲的孤舟》，《花城》2014年第1期。

是坚决地不原谅、不妥协，另一个是深刻地反思。比如巴金在《随想录》坦承自己在“文革”中只有被批判的份，但是如果有批判别人的机会，也会看作莫大的幸运，也会做不少蠢事。他将自己灵魂深处的怯懦和卑微袒露出来，在反思运动的荒谬性、破坏性的同时，也反思了自己被扭曲的人格，体现了知识分子强烈的忏悔意识。

事实上，并不是所有历史的当事人都有勇气去自暴其短，而在自暴其短的同时，能像巴金一样做到反躬自省也不是一件容易的事，这不仅是一种态度，更需要一种梳理和思考的能力。北岛在《城门开》中讲述父亲赵济民在民进中央担任宣传部副部长期间，定期以汇报工作的名义和部长冰心去喝茶清谈，实则每次谈话之后都会根据记忆向组织汇报冰心的思想改造情况。多年之后，父亲无意间对北岛谈及此事，北岛在惊讶之余劝说父亲将此事写下来，父亲答应下来却一再搁置，想必也是难以面对“知识分子和革命错综复杂的关系”。[①]周启博在《我的父亲周一良》中讲述，父亲周一良曾撰文批判胡适，而实际上胡适是周一良尊敬的师长，两人有过亲密的学术交往。后周一良因思想改造得法数次被派出国，并有“改造有成，已被当作自己人”的自得。晚年的周一良选择背过身去：“父亲的回忆中对这一时期只以一句带过。我再三问他，他说已不复记忆。”[②]家族记忆散文中的父辈有许多人是采取这样的态度，他们是怀有罪责感的，但是往事已不堪回首，更难面对的是从前那个有“罪”、有“毒”的自己，他们或故意隐藏，或刻意篡改，或避而不谈，或选择性失忆，或只是潦草地归结为历史逼迫所致。当父辈在历史的证人席怯懦失语，在历史的被告席又有意缺席之时，他们的后代便站了出来，比如北岛，比如周启博。

但是，作者披露真相的意义却不止于披露。作者身为后代的特殊

---

① 参见北岛：《城门开》，三联书店2015年版，第171—197页。

② 参见周启博：《我的父亲周一良》，丁东主编《追忆双亲》，工人出版社2011年版，第153—169页。

身份，为这种披露蒙上了别样色彩。这种披露是一种高度的认识自觉所致，儿子披露父亲的“丑行”，恰恰不是划清界限，而是与父亲共同担当起父辈之罪、家族之罪，批判者在家族和血缘的谱系上把自己也贡献于批判的祭坛。

一是完成父辈在历史、人性考验关口精神脉络的体认。亮轩在《飘零一家：从大陆到台湾的父子残局》中写道：“兴亡，我不懂；离合，我不懂；爱憎，我不懂；亲疏，我不懂；智愚，我不懂；福祸，我不懂；得失，我不懂；贵贱，我不懂；好坏，我不懂；真假，我不懂；成败，我不懂；生死，我不懂；写下来，我懂。”[①]其实，家族记忆散文作者创作的目的往往不是揭发或重建历史，又或者说为家族立传，而是存有私心的，也许只求一个“懂”字。通过记录与写作，作者与父辈进行隔空对话和灵魂交流，去回溯父辈的精神河流，那同时也是后代的精神源头。尽管在北岛的讲述下，父辈的一些经历不甚光彩甚至让人大跌眼镜，但北岛在说出真相的同时，他也理解了父亲在政治上的敏感和软弱。父子之间往昔因观念不和的种种龃龉最终达成和解，并且坚信他做的决定就是父亲的决定：“父亲，你在天有灵，一定会体谅我，把你想说的话说出来。那天夜里我们达成了默契，那就是要说出真相，不管这真相是否会伤害我们自己。”[②]我相信，每一位家族记忆散文的作者在揭发和披露的同时都会有这样的换位思考和自省意识，即如果当时换作自己，是否会犹疑、妥协甚至背叛、作恶，是否能坚持人性的善，或者说又能保留多少人性。这其实也是家族记忆散文精神画像的意义所在，让每一个活在当下的人了解过去的生存境遇和精神状态的同时，产生一种“如果当时是我”的自我审视。

二是完成对自我家族身份的重新认同。自我不是孤立的存在，而

---

① 亮轩：《飘零一家：从大陆到台湾的父子残局》，广西师范大学出版社2012年版，第8—9页。

② 北岛：《城门开》，三联书店2015年版，第224页。

是历史的存在，父辈的过去其实也正是后代自我身份的组成部分。耶尔恩·吕森在《纳粹大屠杀、回忆、认同》中指出："客观给定的世代接替的家系链条，已经形成了新的历史视角的一个结构性要素。而德国人正是从这个视角形成自己的认同的……德国人为了获得对纳粹大屠杀回忆的新的历史稳定性，他们必须克服以前进行的那些具有政治和文化影响的回忆的不稳定性。而获得这种稳定性的一个条件，就在于那条把今天的德国人和昨天的犯罪的德国人联系起来的纽带，保证这纽带不要轻易地被扯断。"[①]在面对历史特别是一些极端历史事件时，家族这根链条遭受了火炼锤打，却额外获得了一种传递的稳定性，链条依靠血脉的联系而相互勾连，这血脉里又因为流淌着共同的罪感因子，而蕴藏了巨大的反思力量。

二、现代病症：疏离与失根

（一）疏离感

纵观家族记忆散文，我们可以从字里行间感觉到"两缕幽魂"的游荡。于台湾地区而言，那是"外省人"的幽魂，或流离失所、无所依傍，或伫立岸边、眺望大陆。而于大陆而言，却是"文革"的幽魂。家族记忆散文以中年写作为主，"文革"发生之时，正是作者的孩童期，相比于台湾地区家族记忆散文的口述为本，大陆家族记忆散文多了一份在场与见证。"文革"持续时间之长、波及面之广、引起社会变革之深刻，已使它不仅仅是一起历史事件，反映到家族记忆散文中，它给家族、家庭带来了无法磨灭的创伤体验。亲情逐渐失语，造成了夫妻之间、父辈与子女之间的关系日趋冷漠和疏离。

在邢小群笔下，父母的婚姻是组织包办的，只征得了父亲的同意，两个人的结合是组织意志而没有半点感情基础。父亲参加革命是在抗战初，母亲则是在抗战末；母亲是文工团团员，父亲是文工团团

---

① 耶尔恩·吕森：《纳粹大屠杀、回忆、认同》，哈拉尔德·韦尔策编《社会记忆：历史、回忆、传承》，北京大学出版社2007年版，第188—189页。

长。后来，在家庭生活中，母亲服从革命需要、组织安排就被置换成服从丈夫的权威，革命资历占据了家庭的话语权。[①]

家庭变得冰冷甚至冷酷，这成为家族记忆的阴暗角落。而其原因，一是革命语境的家庭代人。虽然革命结束了，但是革命者的革命思维依然没有调整过来，或者说，他们不甘让家庭的鸡毛蒜皮消磨掉革命热情，甚至会陷入一种“顶盔披甲，持矛把盾交锋以为乐。不交锋则不乐，不披甲则不乐”的“革命需要”或“无锋可交，无矛可持，拾一石子投狗”的“革命幻想”（林语堂《鲁迅之死》）。二是阶级话语的强力渗透和家庭伦理的建立滞后。经历了“三大改造”之后，私有制被彻底消灭，家族被分化成无数个小家庭。相比于家庭的建立，国内的家庭文明伦理规范的建立却是滞后的，同时在强力的阶级关系影响下，现代家庭反而沿袭了传统的宗法秩序，依然板着一张旧面孔。

这种关系现在看来或许很荒诞，但在当时却深入每个人的骨髓，对亲情的疏离衍生了背叛，而没有什么能比被最亲近的人背叛更能彻底击垮一个人。如果说家庭内部关系的疏离，在运动过程中是“特殊背景”下的“变态疏离”，那么运动过后，则是一种“家庭日常”的“常态疏离”，尤其令人悲哀和痛苦。

南子在《回来的人》中讲述，母亲发现父亲写给初恋的诗句，其中含有“香港”二字，在那个年代，提到香港相当于通敌，于是出于报复心或是正义感检举了父亲，父亲因此获罪，被打成“反革命分子”，发配改造了10年。父亲平反回家后，父母之间的裂痕并没有愈合，平时分床而居，甚至彼此不说任何亲密的话。终于在2007年，72岁的父亲和67岁的母亲离婚了，但实际而言，离婚的不是72岁的父亲和67岁的母亲，而是写举报信那一刻的母亲和平反回家那一刻的父亲。不仅夫妻关系破镜难圆，父子关系的疏离也远远超出了代际

① 参见邢小群：《我的父亲》，丁东主编《追忆双亲》，工人出版社2011年版，第213—252页。

的隔阂。[①]荆歌在《父亲·母子对话》中讲述，“我”10岁那年被人恐吓诱导，指认父亲教“我”说反动口号，父亲因此遭受了10年牢狱之灾。父亲出狱后，对作者冷若冰霜、动辄打骂，父子关系名存实亡，直到父亲去世，他也没有对荆歌展现过一丝关爱。当革命的风暴过去，父亲只剩下内心的一片荒芜，不容他人涉足，任其疯长，这种疏离感其实不仅是关系的疏离，更是心灵的疏离，在拥有血缘关系的亲人之间，这种荒芜比冷漠及背叛更令人心碎。[②]邢小群在《我的父亲》开篇这样评价父亲：“一个让儿女们心寒的父亲；一个妻子不希望与其同穴的丈夫。”作者也犹豫过这样描写已经过世的父亲是否公平，因为他没有辩解的机会。“我始终不明白的是，他为什么一辈子都那样的固执，为什么不给我们一个机会，让我们坦诚谈谈对他的看法，也让我们听听他的解释。我能体会到的只有他内心的荒芜。”[③]没有辩解，也就没有内心的和解与平安，这无论对父辈还是子女，都是终生的遗憾。

与大陆相比，台湾地区的“外省人”其实也长时间怀有疏离感，只不过更多地表现为赴台后，因故乡的牵扯、风俗的差异、语言的障碍对当地文化的排斥以及与闽南人、台湾少数民族、客家人等族群的疏远。“外省”一代对台湾并没有太大的认同感和归属感，在他们眼中，台湾只是一个居住地，甚至是躺在大陆的床上做的一个长长的梦，很多“外省”一代终其一生也没有将台湾视为自己的故乡。但这种疏离反而形成了巨大的家族认同和情感需要，典型如眷村，其实相当于“外省人”的一个生态群落。他们在那里重新缔结地缘，重塑家庭、邻里等伦理规范，家族概念、家庭观念反而得到强化，这对我们研究大陆和台湾地区家族记忆散文的差异性有着重要参考意义。

“外省”二代、三代则不同，他们生于斯、长于斯，较之父辈，

---

① 参见南子：《回来的人》，《花城》2016年第1期。

② 参见荆歌：《父亲·母子对话》，《花城》2010年第1期。

③ 邢小群：《我的父亲》，丁东主编《追忆双亲》，工人出版社2011年版，第214页。

显然更想竭力融入台湾这片土地，包括刻意进行口音训练，从语言、生活习惯上试图与台湾本地同气相求，但是当地人依然能从他们蹩脚的口音中听出“非我族类”的信息。骆以军在《月球姓氏》中讲述，自己在妻族当中因语言和文化差异自伤为异乡人，并且对远嫁至台湾的印尼新娘同病相怜，后来却发现她谙熟闽南语，甚至跟妻族牵扯出远亲关系。身世遥远的印尼新娘都可以追溯出和妻族的亲源，反倒是在台湾出生成长的自己，却常常因为“外省人”的血脉被放在尴尬的位置。①移民的“原罪意识”加上本地的文化排斥，“外省”二代、三代依然没有从文化层面上抹掉头上的这个“外”字。可以说，“外省”一代在当地受到的待遇与“外省”二代、三代是相似的，但“外省”一代的根在大陆，他们只是将台湾作为一个临时驿站，是一种过客心理；但“外省”二代、三代却是没有退路和倚仗的，父辈的退路是可以告慰、疗伤的记忆城堡，而他们的后路却是虚幻的、想象的海市蜃楼。

“外省人”张嫱道出了“外省”二代、三代这种进退失据的尴尬境地：“外省台湾人第二代、第三代夹杂于两岸之间，交错于现实的家与想象的故乡之间。回流大陆的外省台湾人第二代、第三代，我们没有口音的标准普通话，在大陆常让人猜不出是哪里人。回到台湾标准的国语（指两岸汉语——编者注）常让出租车司机惊讶地回过头看，以为我们是大陆客，我们，没有口音，就是没有故乡。我们，是回不去了的异乡客，在父母或祖父母踏上离乡之路时，就注定了今天流离的命运。我的祖父母和父母，故乡在大陆，家在台湾；我的故乡在台湾，家在大陆。”②如果说大陆是“外省”二代、三代从未谋面的父亲，台湾则是哺育了他们的母亲，与父辈时空经验的疏远，导致了其对父亲的不可感知；与台湾本土气候的抵牾，造成了对母亲的无

① 参见骆以军：《月球姓氏》，广西师范大学出版社2016年版，第250页。

② 张嫱：《回家》，张嫱主编《宝岛眷村》，中国人民大学出版社2010年版，第205页。

法亲近，这让“外省”二代、三代成为“无父无母、不知所应向之的孤子”①。

（二）失根感

故乡是一个人的生命之源，特别是在中国文化语境中，安土重迁、落叶归根的观念更是根深蒂固。在迁移、流亡频繁发生的现代，很多人沦为失根的一代，赴台的“外省人”怀着失根的忧愁伫立岸边，成为那个中国现代史上独有的精神群像。失根不仅是一种远离故土、割断了血脉联系的外在行为与表现形式，它更是一种心理状态，一种被陡然挖空却无法再找回原材料进行填补的精神空白。被命运捉弄的“外省人”的失根感更为强烈和复杂，尤其是“外省”一代，也就是台湾家族记忆散文中的父辈。

1949年，很多人匆匆迁台，家庭、亲人从个人的生命轨迹中陡然抽离，故乡成了彼岸，但当时很多人只是把台湾当作临时的栖居地，这种失根的感觉也仅限于对故土和亲人的思念一层，这其实是地理层面上的失根；而清醒过来的台湾当局以及“外省人”意识到所谓的“光复大陆”只是一个狂妄的痴念之后，只能接受在台湾长期定居的现实。他们之于台湾只能是后来者、外来客，台湾本地人也将他们视为“非我族类”，且他们对台湾当地的风俗习惯和生活细节是水土不服甚至是抗拒排斥的，有些人终其一生也没有办法将台湾视为自己的故乡，这其实是文化层面上的失根。等到20世纪80年代末台湾“解严”，开放大陆探亲政策之后，很多人回到大陆探亲寻根，但是他们发现故乡早已物是人非，时间并未凝冻在分离的那一刻，命运也没有停止挥动它的翻云覆雨手。其实在返回大陆之前，支撑“外省人”抵抗了数十年失根忧愁的，早已不是“此时此刻的家乡”，而是分离那一刻的家乡，故乡成为一个精神寄托、念想存放、情怀萦绕之地，眼前的现实剥夺了他们最后的想象和念想，这又导致了精神层面上的

---

① 杨佳娴：《在历史的裂隙中——骆以军〈月球姓氏〉的记忆书写》，《中外文学》（台湾）2003年第1期。

失根。

这种失根感会表现为对故乡水土风物、生活细节的克隆和移植。张嫱在《回家》中写道，爷爷张太亨1949年举家赴台。每年除夕夜，大家都会回到眷村，团聚在爷爷家吃东北的酸菜火锅。[①]台湾媒体人陈浩在《女儿的台湾，父亲的大陆》中讲述，以前家的院子里种了一株香椿，台湾极少能看到香椿树，在故乡的北方却是家常种植。父亲将它视为珍宝，而且很多“外省人”也爱吃，总有人敲家门要香椿芽。[②]从某种意义上讲，故乡就是细节的组合物，酸菜火锅的味道、香椿树的香气，都能成为思念的触发点。陈浩写道：“我虽找到了来历，却仍不知道父亲那株香椿树在台湾的来历，以及如何可能因为思念一种香气，而找得着，最后又舍不得它消失。他们那一代人，生命迁徙有很多的细节，一种香气。一株树。在他心里，也在我心里。”[③]“外省人”对故乡细节的留恋和嫁接，其实是在复制细节的同时复活记忆，也是在故意营造一刹那的错觉和幻觉来抵制巨大和空虚的失根情绪，但在一刹那自欺而产生心理愉悦之后，迎来的却是更大的空虚。

再者，在血缘关系无法找回、重接的情况下，“外省人”转而寻找和重建地缘关系。陈浩在《女儿的台湾，父亲的大陆》中，写过家里有一位“奇怪的亲戚”，他和作者没有直接的血缘关系，但是得叫他“老老爷”。这个老老爷是父亲在镇上的菜市场里遇到的，是个推车卖菜的“外省人”。父亲发现他卖的都是黄豆芽、小黄瓜、山药这些“外省人”爱吃的菜，上前搭问，老头儿竟是徐州人，与母亲同

---

① 参见张嫱：《回家》，张嫱主编《宝岛眷村》：中国人民大学出版社2010年版。

② 参见陈浩：《女儿的台湾，父亲的大陆》，中华书局2013年版，第11—14页。

③ 陈浩：《女儿的台湾，父亲的大陆》，中华书局2013年版，第14页。

乡，就欢喜地请回家里。[①]骆以军在《月球姓氏》中讲述小时候随父母参加一个名叫“南京旅台同乡会”的新春团拜活动。在这一年一度的同乡聚会中，女人妆容艳丽，如康乐队女歌手；男人则觥筹交错，用晚辈所不懂的家乡话大声吆喝。[②]无论是硬攀亲戚还是举行聚会，其实都是“外省人”的一种应对失根的策略，都是失根造成的强烈孤独感而引起的反常表现，含有虚假、自我感动的成分。

失根感在“外省”后代中仍进行着传递，成为与生俱来的精神胎记。张嫱的爷爷张太亨在飘满酸菜火锅香味的饭桌上“总说起张家的历史、过年的习俗，还有那些留在东北的面目模糊的亲戚们。我们从没专心听过”。“我们都说是爸爸的亲戚，好像跟我们没关系。”“每次必吃的酸菜火锅，我们都唯恐避之不及。除夕夜爷爷在饭桌上叙述张家祖先的故事，巨流河畔家乡的童年故事，冬季的大雪，夏天田里满地可口的鲜瓜，他的女儿，我们素未谋面的小姑姑，在火锅弥漫的烟雾中，虚无缥缈。”[③]郝誉翔在《逆旅》中写道：“正当我如此奋力和时间竞走之时，父亲却是唯一不变的事物，这个拒绝长大的男孩总要伸出手来，攀住我的肩膀，将我扯回头，告诉我他在山东老家度过的童年。”[④]骆以军的学弟曾对骆以军这样讲起自己的父亲，他说父亲临死之前的那半年总是眼神晶亮，不断地谈着自己的身世，曾想要逼他记下自己一生的故事。他说他那时只是觉得烦，也许是因为他父亲那一口乡音。后来这么多年过去，他发觉无论他怎么回想，都丝毫想不起他父亲当初究竟曾对他说过些什么了。[⑤]

“外省”一代的人生被分成了两段，大陆是记忆、台湾是现实，

---

① 参见陈浩：《女儿的台湾，父亲的大陆》，中华书局2013年版，第55—57页。

② 参见骆以军：《月球姓氏》，广西师范大学出版社2016年版，第109页。

③ 张嫱：《回家》，张嫱主编《宝岛眷村》，中国人民大学出版社2010年版，第195、197页。

④ 郝誉翔：《逆旅》，人民教育出版社2012年版，第38页。

⑤ 参见骆以军：《月球姓氏》，广西师范大学出版社2016年版，第131页。

他们惯用的手段是用大陆的记忆对抗现实中的失根，记忆成为故乡根部的一个分支，微弱地向他们传送着“虚无之鸩”以止“无本之渴”。由此走向了两个极端：一是沉默无言，拒绝面对现实，将自己封锁在故乡的、童年的记忆城堡中，但在回忆的过程中却咀嚼着遗憾和苦涩；二是喋喋不休地诉说，记忆的流逝和时光的飞逝展开赛跑，如张嫱的爷爷、郝誉翔的父亲、骆以军学弟的父亲。更为无奈的是，后辈或把他们当作沉默的行道树，或因年代差距、文化差异，对父辈的绘声绘色的讲述感到虚无缥缈，无法给予等量的情感呼应。“外省”一代成为契诃夫笔下的车夫，没人愿意去倾听他们的烦恼。若干年后，当“外省”二代、三代作家在提笔创作家族记忆散文的时候，也许才深深体会到父辈的心境。齐邦媛在《巨流河》中说：“自一九二五年随郭松龄饮恨巨流河，至一九八七年埋骨台湾，齐世英带着妻子儿女，四海为家，上无寸瓦，下无寸土，庄院祖坟俱已犁为农田，我兄妹一生填写籍贯辽宁铁岭，也只是纸上的故乡而已。”“双亲俱逝之后，在层层的失落感中，我挣扎奋斗，游不出他的泪海。我的血液继承了他的漂泊之泪。”[①]陈浩在《女儿的台湾，父亲的大陆》里讲述，有一回台湾本省老太太用土法治好了作者女儿，她这样对陈浩说：“也蒙怪你们，都市团仔，外省团仔，失根啊，厝里也没有老大人会教，没要紧。”[②]这种失根感不仅是父辈的“宿命诅咒”，更超越了时空的界限，在后代进行传递。

第二节　失落的家园：家族文化的现代性重省与再思

“家族”这个在现代史初期被冷落甚至被遗忘的名词，为什么又重新被提起，且承担着这么沉重的历史重量？这其实与当时的时代境遇是息息相关的。随着国民党战败迁台，迁民与祖先的距离，就不仅

① 齐邦媛：《巨流河》，三联书店2011年版，第370、344页。
② 陈浩：《女儿的台湾，父亲的大陆》，中华书局2013年版，第28页。

是坟外头和里头的间隔，更是海峡这边与那边的间隔，祖先、家族倒成了一种实实在在的虚无。而反观大陆，“文革”期间，祖先崇拜传统遭受打击，族谱家史的延续出现断层，这也成为“文革”之后国人信仰危机爆发的一个深层原因。风风火火的运动过后，人们产生了巨大的情感空虚和身份认同困惑，同时也形成了巨大的心理需要。

如前文所述，祖先崇拜可以说是中国典型的文化特征，也是中国人最重要的民间信仰，同时也是维系族人团结的一条纽带。政治运动、战争祸乱的轮番轰炸，并没有改变国人的精神底色，国人的祖先崇拜意识、家族观念依然根深蒂固，经过几千年的潜移默化和文化传承，早已内化为生存本能与情感需要。在这个历史阶段成长起来的作家，是对历史最敏感和最具有人文精神、寻根意识的一群，他们站在启蒙的前沿阵地，也站在文化传统的尾巴上，或受族人之托，或自告奋勇，重新捡拾家族记忆的碎片，试图弥补家族记忆断层，将前人讲述、历史调查和自身经历相结合。他们执笔著述，与民间修建祠堂、编撰家史的行为无差，都是在祭祀招魂。这其中不乏书写家史、飨于先人、传之后人的野心之作，也多有追忆祖先英雄事迹、歌功颂德之作，借以达到与祖辈进行灵魂交流、追思承志的目的。

更难能可贵的是，家族记忆散文是民间写作，这种民间性表现在叙述对象的个体化以及作者创作的独立性上，是知识分子话语确立并高蹈的结果。翻开家族记忆散文的作家群体名单，齐邦媛、张大春、郝誉翔、阎连科、范培松等都是具有强烈知识分子身份认同和历史责任感的作家。家族记忆散文最为可贵之处便在于作者强烈的主观介入精神和独立思考精神，而这正是中国走进现代史以来一直存在的五四之魂。知识分子话语的参与，使得现代史的重建之路闪现出独有的现代性锋芒。

一、儒家文化的追思、传衍与革新

儒家文化的兴衰一直与国家主流意识形态的构建有着密不可分的关系。在封建时期，儒家文化被改造成适应封建统治的正统文化；进入现代，无论是五四运动，还是“文化大革命”，儒家文化在很长一段时间里又被视为历史的退步和逆流。

不可否认的是，儒家文化一直主导着家族秩序、家族伦理的建构，在《聆听父亲》那里，儒家文化不再是思想工具，而成为浸染在民间的精神底色，并在当今闪耀着现代性精神的光辉，拥有重要的现代意义。

（一）平庸琐碎的家常背后

《聆听父亲》书写了家族六代人，从清朝同治年间的高祖写起，一直写到作者父亲去世和儿子出生，这个时期正是中国近现代史最为波澜壮阔的阶段。但在张大春的叙述下，历史更多的时候像一个莽撞地闯入张家日常生活的不速之客，急匆匆地来又急匆匆地走，不存在一种沟通和活动，从而显现出一种时空隔离感和错位。

《聆听父亲》中，作者在历史课本上看到“济南发生‘五三’惨案”，于是在饭桌上询问正喝着五加皮酒的父亲：“五三”惨案是怎么一回事？在作者的想象中，父亲的答案应该是多少士兵杀了多少士兵的战争细节——那是简陋的历史课本所不能提供的刺激场面。而父亲却说，他在地窖里出了水痘，日本鬼子到处开炮，奶奶亲手包了一板子蚕豆大小的饺子给他吃。[①]“五三”惨案发生前几天，作者的二姑出生，日本人成天往济南城开炮，家里的老人们为了哄初生小婴儿，便不住地念叨：“不怕不怕，大响嘛！大响嘛！不怕不怕。”二姑于是有了小名：大响。若干年后，如果有人“大响”“大响”喊得二姑生气了，她的同龄人就会叫嚷起来：“惨案喽！惨案喽！”[②]1937年日军侵占济南，国民党执行焦土政策，随即弃守济南。一家人把宅子弄成废弃多时的模样，躲在被窝里下象棋。因怕弄出声，棋盘画在被窝上，中间还一本正经地写着“楚河汉界”的字样。[③]

① 参见张大春：《聆听父亲》，上海人民出版社2014年版，第29页。

② 参见张大春：《聆听父亲》，上海人民出版社2014年版，第23页。

③ 参见张大春：《聆听父亲》，上海人民出版社2014年版，第143—144页。

可以想见，当下喝着五加皮酒的父亲和彼时吃着一板子蚕豆大小的饺子的父亲应该别无二致，窗外的大历史不比吃饭重要，也不像吃饭一样深刻而又持久地影响着民间生活，就像母亲要求父亲“以吃饱穿暖之余并无余事的态度去压抑或蔑视情感所带来的骚动”。饺子、五加皮酒所体现的“吃饭的道理”只是民间生活自在逻辑的一个隐喻。而二姑的小名“大响”则更带有象征意义，“大响”本来是日军大炮的声响，是历史的大动静、大声响，但这种声响却消散在一个小孩的名字上，甚至连“五三”惨案也溶解在民间日常生活中。在历史教科书上，它是一个历史的名词、沉重的词汇，在二姑同龄人的口头下，又成了一句玩笑之语。日军侵占济南，家人躲在被窝里下象棋，则更是一个隐喻，即在大时代破家门而入的极端环境条件下，战争和生活依然有一条楚河汉界横贯其间。

不仅是对祖辈、父辈，即使作者在操纵自我历史和生活经验的时候，宏大叙事也被糅合在个人成长经历之中。作者在书中说道：“一九七三年秋，全球石油危机不算什么，国际姑息主义的低荡（détente）气候也没什么了不起，越战好像打不下去了，一个叫基辛格的家伙当上了美国国务卿，孙中山先生的孙子死了，台湾多了一个曾文水库，还有一百零四个生平第一次搭火车、或者是生平第一次到台北的阿公阿婆跑来参观‘总统’府、电视公司、台北故宫博物院、孙中山纪念馆和百货公司。我十六岁，叫十七岁，觉得这世界很可笑但是一点也不有趣。如果地心引力突然消失致使万物疾速从地表脱落并纷然飞向宇宙的尽头也没什么好可惜的。真正令我懊恼的是我长了一脸的青春痘……”[①]可以说，官方话语在祖父辈对历史事件的“看待之轻”“回忆之轻”和作者的“叙述之轻”中被解构掉了。

在《聆听父亲》中，游离于宏大叙事也许并不是张大春的初衷。书中说：“他的儿子（指张大春）对朝阳街四合三进大院里平庸琐碎

① 张大春：《聆听父亲》，上海人民出版社2014年版，第94页。

的家常没兴趣，却想让他为大时代作不在场的目击见证。”[①]由此可见，张大春也想将家族与大时代建立勾连，但他所能抓到的家族传奇和祖训，跟修身齐家的大道理一点关系也没有，更与宏大的时代沾不上边。他辗转知悉的第一条祖训是这样的：“饺子，猪肉馅儿的要和韭菜，牛肉馅儿的要和白菜，羊肉馅儿的要和胡萝卜。”另一条是母亲说的：“吃大蒜配生姜、枣子，嘴不臭。”还有：“煮老猪、老羊，要往锅里扔一小把旧竹篾子须；煮老鹅，须放灶边陈瓦同煮；煮老鸡，赤锡两块，其烂如泥。”“猪肝磨碎和瓦粉补锅，烧热而不漏。”“洗墨污衣服，须用杏仁，细嚼成渣而擦之。”“象牙筷子发黑，即插入芭蕉树中，经宿则洁白如新。”[②]于是，他开始思考这平庸琐碎的家常背后的含义，将视线往前回溯，一直回溯到家族五代之前，直到找到家族的精神源头；将视线下潜，直到触及民间的文化暗流——儒家文化传统，这其实也是被动接受之后的主动选择。这为我们打开和展示了另一个民间历史文化空间，其以“诗书传家”的文化脉络与《我与父辈》“农耕传家”一起，共同完成了城与乡家族史的构建以及对耕读传家的文化传统的招魂。从这个意义上说，张大春和阎连科这两个诗书之家和农耕之家的浪子，就是在文化传统的反复失落和延续中寻找自己的身份认同的。张大春是找回自己读书人的身份，阎连科则是找回自己农民的身份。

（二）知识分子对儒家文化的再体认

贯穿在张大春《聆听父亲》中的一条主线是儒家文化传统在民间的失落。作者的高祖父张冠英是举人出身，为了延续张家诗书继世、忠厚传家的传统，劝导子孙泽世为善、永振家声，以儿子张润泉的名义捐地兴办义学，却反被人骗去三百亩良田。及至曾祖父，家族信仰发生了变化：“天经地义的读书为善不能更改，可是套句乡里的土话，叫‘二姑娘的轿子——朝后摆一摆（缓一缓）吧’，它的优先性

---

① 张大春：《聆听父亲》，上海人民出版社2014年版，第31页。
② 张大春：《聆听父亲》，上海人民出版社2014年版，第74—75页。

降低了。”[①]作者曾祖父16岁就当上了估衣铺的掌柜，家道通过另一种方式重新振兴起来。到了祖父一代，祖父本来想读新式学堂，既符合张家诗书传家的传统，又能讨得现世的实惠，无奈新式学堂迟迟未立，祖父只好跟岳父办起盐务。而到了父亲这一辈，父亲出走当兵，家族的文脉可以说消失殆尽。事实上，以张家为代表的诗书之家的改换门庭是无数个家族进入近现代中国后的共同境遇。近代的炮舰不仅打开了古老中国的大门，也撬开了每个家族的锁环，对以儒家文化为核心的家族建制造成了冲击，后代开始以不同的方式“离家出走”，读书已经不是唯一的出路，甚至已经不是出路，农工商学兵各个阶层也在重新进行排序。儒家传统文化不断地发生蜕变、更新，妄图拖着几千年沉重的步伐去跟上这个日新月异的时代。

这其中包含了儒家传统文化以何种姿态进入现代中国，现代史又是以何种方式去接纳、以何种态度去评判传统文化的问题。在近代，儒家文化一直是作为封建、落后的代名词，被视为阻碍现代文明进程的罪魁祸首，这种意识在中国近现代有两个高峰。一个是五四运动，五四打着反封建的旗号，认为中国文化存在根本性不足，其实就是儒家思想在作祟，必须予以根除；另一个是“文化大革命”，其间兴起了“破四旧”“反四风”“打倒孔家店”运动。《聆听父亲》中也描述了张家遭遇的这一场浩劫：“许多老家当，包括多少代传下来的祖宗牌位、张冠英自著的诗文卷集和书抄、张润泉经手四十年的所有账目书契、票券存根、我爷爷和他的几个儿子之间的往返信件、我奶奶的日记、我奶奶的娘家父亲杨谦斋杨举人任广东番禺知县的时候身着顶戴官袍、外加补服玉带的画像……一共收拾出十六大箱的故纸，全数付之一炬。”[②]在中国现代进程中，儒家文化是作为旧事物被棒打的，仿佛带着旧传统就不能进入现代。而张大春对原乡儒家文化传统的审视，并不是肤浅地将之视

① 张大春：《聆听父亲》，上海人民出版社2014年版，第69页。
② 张大春：《聆听父亲》，上海人民出版社2014年版，第70页。

为过时的古董而弃之不顾，更不是敝帚自珍，而是警惕这种一锤定音、确凿不移、盖棺论定的话语。与其说张大春在找回自己的读书人身份，不如说是树立起自己的现代知识分子身份，回到原点，回到那个没有各种话语参与进来的旷野。

张大春在书中讲述了一个“王生烧书”的故事：

> 清某帝一朝，扬州地方有个生员王某。此人素性刚正，闻听人说些什么不中礼教的蜚短流长之语，便掩住耳朵，立刻走避。若是见到了什么淫猥不堪的书籍字画，即使明明是他人所有之物，也会立刻抢来烧毁。岁次丙子的某年秋天，王某准备到省城赶考，却苦无路费，向朋友告贷，也没有人肯帮忙。一日，又逢求借遭拒，怅怅然归家途中，不意间看见路边地摊上有几本书。王某取来一看，居然是《金瓶梅》，于是勃然大怒，说：“这种伤风败俗的东西也敢公然出售吗？”可是恼怒归恼怒，小贩买卖毕竟也是人家的生计。无可奈何之下，王某只好掏尽随身所有的几百文铜钱将书买下。回到家，又连忙叫妻子帮忙生火烧书。夫妻俩正在撕书投火之际，忽然看见一张纸自书页中飘坠于地；仔细一看，却是某银号的票券，价值一千两白银。王某这才仔细翻拣，发现书里还夹着一封信，原来是某个官吏写给另一个官吏、请求疏通方便的求情文书。那一千两，不消说，正是贿赂。王某大笑说道：“这是贪官赃吏的东西，用之何害？”于是从银号中提出那笔款子，便赴省应试去了。[①]

张大春接着说道：“王某是一个不肯迷失的人，他永远有一个看来确定不移的、果真不错的答案——一个真理。怀抱着这个真理，他没有迷失的机会，也因而不给别人迷失的机会。这是他为什么会抢夺别人的‘淫书淫画’的原因。我们的老祖先在传递真理的时候通常

① 张大春：《聆听父亲》，上海人民出版社2014年版，第71—72页。

也杜绝了子孙迷失的机会。他们有些时候更会像王某那样，把子孙的‘淫书淫画’抢来烧掉；于是，子孙还没来得及了解真理，就先学会了抢书和烧书……就更加不去回想原先那个真理的问题了。”[①]这种迷失其实就是知识分子的怀疑精神，迷失恰恰是建立于主体独立思考之上的现代反思意识。站在这个立场，我们就不会简单地把以儒家文化为核心的民间文化野蛮地扫进现代的废纸篓里，甚至觉得它“只是个病征而已——祖家似乎是旧时代、旧体制、迂阔的制约、陈腐的价值、没落的文化……一切应该急速挥别的噩梦总集”[②]。

其实，五四时期对儒家文化的抨击，一方面是革命“矫枉过正”与抵制“尊孔复古”的统治逆流所需；另一方面，本质上讲，五四的现代精神实质恰恰是对儒家文化的继承，甚至可以说，五四运动精神也是本土文化受时代发展、西风东渐影响的自在激发。儒家文化的核心思想，一个是礼，一个是仁。而在某种意义上，五四运动的精神核心就是“仁”的精神突破“礼”的框架，它对儒家文化的批判与“文革”对其的全盘否定是全然不同的，五四所谓“全面反传统”并非通盘否定，只是一种笼统的说法罢了。

张大春从知识分子的怀疑精神出发，发现了民间的现代性精神，现代知识分子的精神养料不仅来自西方，更能够在中国本土的滋养下开出现代之花。包括在没有宗教信仰的情况下，把人的情感和心理消融在以亲子关系为核心的人与人的世间关系之中，这也是“聆听父亲”这种语境产生的先决条件；包括张大春的父亲去台之后写的“依仁成里，与德为邻”的门联，依然是现代无法泯灭且尤需倡导的文化精神；包括对家族历史、亲人遭际的记录，在慎终追远的同时，其实是完成对来历、本源的追溯，从而发觉个体生命的尊严，上升到人类生存的哲学角度。可以说，每一篇家族记忆散文都活跃并跳动着儒家文化的思想因子和遥远乡愁。

---

① 张大春：《聆听父亲》，上海人民出版社2014年版，第73页。

② 张大春：《聆听父亲》，上海人民出版社2014年版，第187页。

二、民间立场下的精神还乡——兼论20世纪90年代后中国乡村文学创作

我们可以断言，离开了辽阔的中国乡村，离开了农民，是无法去讨论和理解中国新文学的。这不仅仅是因为乡村是绝大多数新文学作家的生命出发地和精神源头，而且因为所谓的中国古典向现代的转型一定意义上就是传统乡土中国的新变。这其中，农民和农民的精神蜕变必然会成为一代代作家回望乡村、书写乡村变革无法回避的题中之意。

20世纪90年代以来，中国乡村在现代化进程中，经历着前所未有的变革和挑战。农村政策的不断调整，农民离土离乡进城的常态化，现代观念通过电视、网络等强势的大众媒介在乡村世界传播和渗透进而对乡村传统的改写等，都以前所未有的深度和广度冲击着乡村固有的社会心理、伦理模式和价值体系，也由此带来了一系列转型期的社会问题。这一切使得城与乡成为互相渗透、占领的新空间，而客观上存在的地域差异又使得当下中国的城乡景观各各不同，我们很难用“城市化”“故乡消逝”等概念来描述内陆乡村的变化。

鲁迅、沈从文、芦焚等作家的乡村书写构成了那个时代的立场和向度，转型期的中国乡村社会必然会引发20世纪乡村文学创作内容和形式的变化。21世纪乡村文学从各个向度书写着乡村想象。现代性、全球化和城市化背景下乡村建设的时代课题、新历史语境下的“三农”问题、社会主义新农村建设等直接影响着21世纪乡村的文学想象和文学表达。比如反映农民工的“乡下人进城文学”，反映农村民主改革、社会结构嬗变的“新改革文学”，无一不联系着新农村建设的历史和现实。从21世纪乡村文学所提供的文本看，嬗变中的中国乡村世界的历史记忆、民间社会、日常生活、土地哲学和农民精神史几乎都被涉及。现代化进程中，21世纪中国农村的沉沦和希望被以日常、细节的方式最大限度地呈现，乡村日常底下所沉潜的苦难和温情被充分地展示。这直接催生了一大批像《秦腔》《古炉》《高兴》《笨花》《泥鳅》《平原》《石榴树上结樱桃》《空山》《生死

疲劳》《湖光山色》《上塘书》《妇女闲聊录》《刺猬歌》《圣天门口》《水乳大地》《大漠祭》《一句顶一万句》《蛙》《农历》《一九四八》《受活》等长篇小说，《根本利益》等报告文学以及《山南水北》《中国在梁庄》《出梁庄记》《十四家》等长篇散文的出现，使21世纪成为新文学百年以来重要的乡村文学收获期。更重要的是，21世纪乡村文学对独特艺术世界的经营，类似于楚王庄、清风街、上塘、机村、王家庄、笨花村、天门口、王榨、高密东北乡等“乡村地方志”式的书写，提供了世界文学格局中的中国经验可能性。21世纪对乡村再发现的“乡村地方志”式的书写在散文中俯拾即是。进而，“乡村地方志”对地方性经验的强调不仅仅是文体策略，它也直接带来了细节丰盈的美学风格。文体策略和美学风格背后隐匿着的则是作为知识分子的作家在处理他们和乡土中国精神关系时的立场、向度和关怀等。

21世纪乡村文学创作面对的是复杂多变的社会现实，此种社会现实刺激了创作主体，导致21世纪乡村文学反映社会现实问题的及时性和全面性较之前同类型作品更为明显。这导致“问题文学”在21世纪乡村文学中大行其道。以小说为例，多用现实主义的笔法，描画乡村世界的方方面面，从日常生活到村礼结构，从乡村直选到村委重组，从离乡进城到离城返乡，从农民心理转变到国民性批判等。但是意识到“问题”不一定必然就“文学”了，相反，过于黏着于“问题”，可能会制约作家更深刻的文学表达。2005年，刘继明提出了一个有意思的命题：我们怎样叙述底层？现在，多年过去，面对我们当下文学中的“三农文学”“打工文学”等，我们能够说已经解决了“文学怎样叙述农村”的问题了吗？事实是，“一些年轻的作家和批评家所谈论的乡土经验，是与中国现行的社会结构和社会文化心理格格不入的”[①]。假定我们承认客观存在着曾经被遮蔽的底层或农村经验有待

① 丁帆：《对转型期的中国乡土文学的几点看法》，《文学教育》2010年第2期。

作家去想象和叙述，那么一旦作家进入了叙述，多大程度上能够保证底层叙述或者乡村叙述的实现。“新世纪农村题材文学”的代表作家关仁山、罗伟章、胡学文、曹征路、吴克敬等，面对一个新政策的出台显示了自己的敏锐，但他们到底多大程度上进入了乡村，则值得进一步辨析和反思。

“慈善主义”和“人道主义”的混淆是当下中国文学一个需要警惕的问题。比“慈善主义”更退步的是，“穷人”“底层”“弱势群体”在今天频繁地被知识界所劫持和征用，有时，甚至并不是知识者真的对“穷人”“底层”“弱势群体”抱有悲悯和同情。因此，那些走马观花的田野调查式的过客是很难抵达今日中国农村真实的，也不可能提供文学中的21世纪中国乡村。

我们并不否定文学在写作伦理上的道义自觉担当。事实上像陈庆港的《十四家》，梁鸿的《中国在梁庄》《出梁庄记》这些直面中国乡村现实的非虚构写作是很值得肯定的。他们写了一群真正意义上的穷人，一群赤贫却有尊严地、隐忍地活着的穷人。这些写作让我们想起法国作家勒·克莱齐奥说的：“笔墨有的时候比石头还重要，可以对抗暴力。”[①]对一个写作者而言，他至少首先要选择和正义、良知、尊严、善良、美好等站在一起，这种写作伦理上的坚守不只是物质、道义之上的，而且使他们能够进入另一个世界的人的内心，理解、体恤他们内心的无望和孤独。因此，不能说写到了民生疾苦，在立场、姿态上做到了“悯农”就抵达了中国当代乡村真实。文学的真实是看得见的现实，也是看不见的人性、心灵的真实。正是从这种意义上说，我能够理解李洱所说的21世纪乡村小说创作中存在的问题主要由于“我们对现在的乡村可能没有足够的理解”。梁鸿认为：“千疮百孔的现实问题超越了一切对艺术的从容，压倒了艺术者的审视和渴望，也压倒了研究者对艺术的渴望和审视，读者，包括专业的

---

①　《笔墨有时比石头重　可以对抗暴力》，《东方早报》，2011年8月18日。

批评者都希望看到、感受到真实的乡村境况。”[①]文学应该有自身的审美尺度和标准，21世纪的“文学乡村”正在发育成一种文学的“伪真实”，其背后潜隐着的是作家历史意识的匮乏、思想资源的贫瘠以及文学审美能力的单薄。当代不乏以写中国乡村见长的作家作品，但和苦难深广的中国乡村历史和现实相比，我们的文学实在不能算尽职尽力。

今天所谓的“乡村文学”之乡村往往不是我们的作家对他们生活之外的乡村，了解和思考之后的文学想象和建构，而是按照某些预设的观念定制和拼凑出来的。和活生生的中国乡村比较起来，文学想象的中国乡村正沦为种种观念覆盖着的“看不见的乡村”。韩少功的《山南水北》经常把城市押上审判台：“所谓城市，无非是逃避上帝的地方，是没有上帝召见和盘问的地方。”[②]虽然韩少功的城乡对峙观念会妨碍他对中国当下城乡作更深入的审察，但今天有几人像韩少功这样身体力行地先让自己成为了一个“劳动的”“乡下人”，然后再作议论？更多的人是在城市的楼中徒生一点渺茫的田园乡愁罢了。

我们进而从当下作家构成看，在21世纪之前成名，现在正值创作盛年的作家大多有着由“乡”入“城”的经历。21世纪文学的乡村想象往往是作家悲欣交集、荣辱与共的“我乡”。20世纪50年代到70年代出生的这茬作家，许多人一直靠着青春时代的乡村记忆，维持着自己的写作生涯。他们沿袭传统和现代、乡村和城市的对抗性思维，翻的是中国近现代文化保守主义的老谱。21世纪许多所谓的乡村文学作品正是在这种简单的城乡对峙中去书写乡村作为生命之根以及人性美好的所在。他们不断回望他们青春时代的乡村，很容易成为有着怀旧癖的逃世者，成为新时代的“遗老”。问题不是记忆和历史可不可以成为作家的写作资源，而是我们能够从记忆和历史中看见作家立足

---

① 程光炜、丁帆、李锐等：《乡土文学创作与中国社会的历史转型——“乡土中国现代化转型与乡土文学创作学术研讨会”纪要》，《渤海大学学报》2010年第1期。

② 韩少功：《山南水北》，人民文学出版社2008年版，第47页。

当代对记忆和历史的清醒反思吗？将旧时代的乡村想象成当代一切病症的解毒剂，想象成都市的田园乡愁的异邦，这究竟是精灵，还是幽灵？是真实的“记忆”，还是癔症一样的“编造”？是想象的自由飞翔，还是面对历史和现实的失语？

值得重视的文学现实还有，与农民发生及时和现实的关系的乡土文学和农村题材文学作品还不够多。这种状况在今天的乡村文学书写中并没有得到改观。这个问题应该是困扰着中国现代文学的历史遗留问题。至少到今天为止，农民自己的文学书写数量还停留在很低的层面上，我们缺少可靠而有效的农民文学书写状况的实证式研究。这样的研究是需要建立在大量的农民书写调查之上的，而农民式的民间书写在中国从来就是自生自灭，只有很少的一部分被口耳相传地流传下来。至于所谓农民喜闻乐见的文学，根据笔者这些年所做的农民阅读状况调查来看也是很复杂的，在这里我们一定不要想当然地以为写了农民熟悉的生活就会为农民所“喜闻乐见”。早在1929年，晏阳初在定县进行乡村建设实践时就意识到：“那时一般文人写文艺作品，不过是文人借此互相标榜，互相炫耀，专供少数人的欣赏，与一般知识的落后的农民没有什么关系。”晏阳初延请孙伏园去乡村开展文学活动时说：“你应该到乡村去学习去创作，为老百姓，让老百姓作你的读者。”他五顾茅庐邀约熊佛西去定县主持平民戏剧，如晏阳初所说：“我们三万万多的农民终日胼手胝足，一年到头有什么娱乐？正应当给他们点娱乐，为什么不到乡间去把中国的魂抓着，找活的材料做剧本？”这样，当我们今天思考新农村建设中文学何为时，是不是应该重提“文章下乡”的中国现代文学传统？

今天的文学事实却是，从文学资源分配的角度看，围绕着刊物、大学、文学活动、作家、书店、影剧院等，城市，特别是中心城市占据着绝对的文学资源优势。而县城及其以下广阔的农村文学资源明显处在一种劣势。新时期之初，县城及其以下的农村聚集了相当多的优秀作家，这当然和知识青年上山下乡导致文学人才的下移有关系。我们也应该看到，新时期之初，县城文化馆、群艺馆、工人文化馆等文化单位在基层作家成长过程中所提供的物质和精神的支持。笔者在农村做文学生态调查时，许多老一点的基层作者都回忆起20世纪80年代县城文化单位组织的频繁的文学活动。因此，从整个制度设计和文学生态构成上看，我们如何安放基层作家这个庞大、活跃的创作群体，将直接关系到乡村文学的可持续发展。作为最靠近乡村的一群作家，他们的乡村文学经验有可能成为富饶的乡村文学资源，即便这种资源是原生态、粗陋的，但较之我们有的专业作家从社会新闻里获得的乡村真实要丰富得多。也正因为此，文学上的底层乡村关注，当然也应该包括基层作家关注。

《我与父辈》是阎连科创作的家族记忆散文，在创作中，阎连科回归并站在纯粹的民间立场，可以说是一种返璞归真的写作策略，体现的却是民间自有的力量，这对21世纪乡村文学的创作和评论是很有启发的。

（一）对知识分子话语的游离

五四以后，中国乡村是借助知识分子发声的，乡村话语很难原生态地流传到公共信息领域，这与乡村的有语言而无文字的状态是有密切联系的。费孝通在《乡土中国》中说："我想说明的乡土社会，大体上，是没有'文字'的社会。"[①]而这种没有文字却是因为"不需要文字"，"在熟人中，我们话也少了，我们'眉目传情'，我们'指石相证'，我们抛开了比较间接的象征原料，而求更直接的会意了。所以在乡土社会中，不但文字是多余的，连语言都并不是传达情意的唯一象征体系"。[②]所以，一直到现在，乡土都是被代笔、代言的。五四时期鲁迅、王鲁彦、台静农、彭家煌、许杰创作的乡土小说，对乡村愚昧、落后状态的哀其不幸、怒其不争，是站在现代知识分子的启蒙立场上的。新时期乡土文学，如赵树理、周立波等人的创作，国家干部成为现代知识分子的变相，化身为小说中的主人

① 费孝通：《乡土中国》，三联书店1985年版，第17页。

② 费孝通：《乡土中国》，三联书店1985年版，第13—14页。

公，肩扛国家赋予他的光荣使命，试图打破乡土的未开化、未觉悟的状态。即使像汪曾祺、沈从文、废名的创作，其实也是作者在乡土寄寓古代的知识分子——传统士大夫的理想，乡土成为他们审美理想的栖居地和流放地。在当代，乡土文学创作依然是文坛主流，国家也鼓励现实主义创作，很多作家依然保留着“乡村就是中国最大的现实”的意识，将眼光和笔触投射到广大的乡村，这也是五四以来延续至今的一条文脉，但是不得不说，这类创作更多的是国家要求下和作家自以为是的创作，乡土现实成为国家主流意识形态和知识分子话语的混合物。

我们应该觉悟到乡村的心灵史和精神史恰恰是被寂然无声的农民所承载的。值得注意的是，我们的新文学研究虽然从来没有停止过谈论乡村和农民，但我们所熟悉的乡土文学和农村题材文学研究无法摆脱知识分子本位的精英立场，农民作为一个阶层成为了“沉默的大多数”，被知识分子想象所遮蔽。虽然有的作家，如莫言所说，“作为老百姓（农民）写作”，但乡村文学仍然是一种代农民言、拟农民腔的文学。这样说并不意味着这些“代”和“拟”式的写作是没有意义的。在今天的知识体制中，我们无法改变庞大的农民阶层事实上无法“开口”的现实，这些“代”和“拟”式的写作一定程度上让我们得以用文学的方式进入这个沉默的阶层中。

事实上，知识分子话语作为公共信息流通领域的强势话语，长期霸占着民间话语的言说权利，但文学文本并未真正地进入中国乡村，就像鲁迅说的那样是“隔着一层可悲的厚障壁”的；甚至从技术角度上说，文字作为一种本身并不完善的工具，去描述、抵达乡村那种沉默无言的状态也是存在困难的。知识分子如何从制约他们的重围中脱困而去让农民这个庞大的阶层澄明和照亮，去把握农民、把握乡村、把握农民的心灵世界并且以恰如其分的文学形式来表达，这是中国现代文学的历史遗留问题，也是我们当下的乡村文学要思考的问题。似乎只有像费孝通这样，抛弃启蒙视角，而以一种乡野调查者、文化研究者的姿态，秉持一种客观的、不含改造意图的态度，才能深入地体察乡土现实，而不是一直游离在乡土的边缘。

阎连科在《我与父辈》中的写作恰恰是游离于这种知识分子话语的，阎连科说："说句实在话，上世纪80年代之初，中国文坛轰然兴起的'知青文学'，把下乡视为下狱。把一切苦难，都直接、简单地归为某块土地和那土地上的一些愚昧。这就让我常想，知青下乡，确实是一代人和一个民族的灾难。可在知青下乡之前，包括其间，那些土地上的人们，他们的生活、生存，他们数千年的命运，那又算不算是一种灾难？说心里话，和农民永远无法从本根上理解城市、无法理解知青下乡是一代人和一个民族的灾难一样，知青们和曾经是知青的作家们、诗人们、教授们，其实也都根本无法真正理解他们曾经生活了几年或更长一些时间的那块土地和在那土地上活过来的千百年的人们。"①这段话像是阎连科的独立宣言，在他眼中，作家们、诗人们、教授们这些知识分子无法真正地理解乡村和农民，只有农民能理解农民，而这种理解又往往是一种无声状态。是故，阎连科的创作姿态，不是传统乡土文学的自上而下，也不是费孝通在《乡土中国》里的由外及内。阎连科恰恰是完成了一次姿态的"反转"，是一种由下而上、由内而外的姿态，也就是说，他游离出知识分子的身份，回归到了农民的身份，不是替农民在说话，而是作为一个认得几个字且在公共信息流通领域争得一定话语权的农民在说话。这也是书名"我与父辈"的真切含义："我"不是作家或作者，而是因叙述必要而出现的第一人称的"我"和抛弃了作家身份的"我"，作为与父辈相同身份——身为农民的"我"。这主要表现在两个方面。

一是游离了知识分子的启蒙视角，捂住知识分子的那一套道理，去聆听和发现民间的道理。就像陈思和在评论中说的："作家还记着了父亲临终前的最后一句对他说的话：'你回来了？快吃饭去吧。'这句话更像是父亲临终前的一句禅语，这里当然包含着父亲的关怀，爱护，也包括着儿子所理解的父亲与儿子的疏离和隔膜，但更重要的

① 阎连科：《我与父辈》，云南人民出版社2009年版，第23页。

关键词是‘快吃饭’……这是颠扑不破的、又是所有的理想主义者竭力要回避的人生的基本指归，民间把生存的意义放在首位，父亲把吃饭看作天大的事情，而作家，也终于‘回来了’，并且懂得了‘吃饭’的道理。回忆中的父亲劳作、盖房、生育儿女、暴力教育，以及对儿子的教训，基本上都可以贯穿在这一条线索里面。”[①]“你回来了”在这里不仅是作家阎连科的返乡，更是作为父亲的儿子、作为农民的儿子的返乡，甚至宣告着作家农民身份的归来。以“吃饭的道理”为核心的朴素生存观，也成为阎连科着力描绘的乡村伦理和农民哲学。

二是游离了知识分子的批判、自我批判视角以及灵魂自洁式的躬身自省姿态，表现了一种现世性、个人式、农民式的忏悔。不得不承认，知识分子话语是最具批判和反思光芒的，他们勇于解剖自己，比如鲁迅在批判国民劣根性的时候，也在啮咬自身。《野草》可以说是鲁迅在时代的手术台上为自己做的解剖手术，但这种解剖是隐晦的、多义的，藏匿于作家幽暗的思想律动中。到了中国当代，以巴金的散文集《随想录》为例，虽然老作家说实话的勇气值得钦佩，但他的自我解剖也远不能称之为深刻，在当时的社会主流意识中，犯下的错和人性的弱更多泛化为普遍、上升为形而上，是可以被原谅甚至是要抱以同情的，对“时代恶龙”的批判弱化了对“自身恶龙”的反思力度，在自我解剖的同时也在自我辩护，这种解剖是藏匿于时代的。而阎连科的《我与父辈》，可以说体现了作家忏悔姿态的转型，也可以说是重新确立。作者不再是一个高级知识分子，而是一个农民、一个普通人，他的忏悔内容是直接取自现实生活的，直接指向个人自私的一面、阴暗的一面、猥琐的一面、刻薄的一面，哪怕是面对亲人。如阎连科给自己开了三张欠单：

---

① 陈思和：《写父亲，太沉重——读阎连科的〈我与父辈〉》，《散文选刊》2009年第10期。

现在，可以清算一下我所欠父亲的债务了。

可以由我对自己实行一次良心的清洗和清理了。

先说一下我没有花那十元钱让父亲看一场他想看的电影《少林寺》，当时，我身上是一定有钱的，记得回到豫东军营以后，身上还有十七元钱。就是说，我完全有能力挤出十元钱，包下一场电影，让父亲生前目睹一下他一生都有些津津乐道的“飞檐走壁”的那种神话和传说。为什么没有舍得花那十元钱呢？当然，是小气、节俭和当时的拮据所致着。可是，更重要的是些什么呢？是不是从小就没有养成那种对父亲的体贴和孝爱？是不是在三岁、五岁，或者十几岁时，父亲倘若从山上或田里收工回来，给我捎一把他自己舍不得吃的红枣，或别的什么野果，我都会蹲在某个角落，独吞下肚，而不知道让父亲也吃上一颗两颗呢？我想是的，一定就是这样。因为自我参军以前，我从来没上街给父亲买过一样吃的、一样穿的；甚至，从田里回来，也没有给父亲捎过一穗鲜嫩的玉米。我倘若不是那种私欲旺极、缺少钟爱他人之心的人，在有能力给父亲花十元钱的时候，我为什么没有去花呢？人总是这样在来不及的时候才明白，在不需要的时候才会大方和无私，在一片推让中才会无私和慷慨。毫无疑问，我也是这样的人。是那种天冷了首先要自己穿暖、天热了首先要自己站在树荫下面的人。这样的人，无论对谁，包括自己的血缘父母，都有一个先己后他的顺序，先己时不动声色，后他时张张扬扬。而且张张扬扬还在先己后他的掩盖之中。仔细想想，我确凿就是这样。当时没有替父亲包下那一场电影，最为直接的原因就是因为没钱，可为什么回到部队后，身上还余有将近二十元钱呢？如果自幼就是那种爱父母胜过爱自己，是那种肯把父亲的吃穿、喜好放在自己心上的人，我会不包那一场电影吗？为什么到了父亲死去之后，才来懊悔这件事情呢？这不也正是要把自己冰冷了的善、爱穿上一层棉衣吗？把自己善、爱的燥热，表白着放在浓荫下的风口朝四处张扬吗？至今我都认为，一个人可以对他人在任何方面缩手退步，而绝不能对自己的父母、对与自己一切有血缘关系的兄妹、子女，在任何时候退步缩手，哪怕是死，或去流血。然而，我却没有这样去做着。

其次的第二笔欠单，就是自己执拗地服役，执拗地逃离土地，从而在别人以为一切都合乎情理中改变了父亲的命运，使父亲愈疾复发，六年后就别离了这个他深爱的世界。这是我永生的懊悔，永生又可以用许多生存、前途和奋斗的理由来搪塞、来辩白的事情。正是我自己总是这样的搪塞与辩白，正是不敢直面正视是我的行为导致父亲过早下世的根本缘由，也才出现了父亲死前不久，在我头脑里下意识的“只要父亲活着，我们家（我）就不会有好日子过”的罪恶的念想。这是我对父亲的第三笔欠单，是无可辩白的罪孽。甚至，是上天行使应验的权力，召回父亲的最好依据。那么，我的父亲，他在生前知道这些吗？①

忏悔内容越朴素直接便越发显得惊心动魄，但作者并不会因为忏悔而得到罪责的减免、精神的救赎和心灵的宽慰。事实上，他并没有给自己辩护的权利，也没有“说出来，良心会好过一点”的私心，而是主动坦白、承担煎熬。当然，无可否认的是，个人是被所处的时代和背景塑造和影响的，像阎连科没有花10元钱让父亲看电影，说到底是农村物资匮乏而导致消费的谨慎；阎连科执拗地去服役，也是在目睹乡村的落后状况和父辈的沉重命运后，试图改变自己的人生轨迹；至于潜意识里希望父亲过早离世，说到底是基于家庭穷窘的经济状况，其中也有早年姐姐大病给家里带来了“无休止无劳作”的经验投射。这是阎连科忏悔留白的部分，也是最值得我们反思的部分。

（二）纯粹的民间立场和民间时空观念

不了解乡土，也就不了解中国。费孝通在《乡土中国》中说：

① 阎连科：《我与父辈》，云南人民出版社2009年版，第93—95页。

“从基层上看，中国社会是乡土性的。”[①]这也许也是书名叫“乡土中国”而不是“中国乡土”的原因，但是纵观中国现代史，对乡村历史的建构是依附于政治运动的。“农村包围城市”战略的确立、革命根据地的建立、轰轰烈烈的土地改革和人民公社化运动的开展、知青上山下乡热潮的掀起，甚至农民这个最乡土的身份也被染上了政治色彩，在共名的时代，很少有人去关注乡村历史的自留地。“乡土社会是安土重迁的，生于斯、长于斯、死于斯的社会。不但是人口流动很小，而且人们所取给资源的土地也很少变动。在这种不分秦汉，代代如是的环境里，个人不但可以信任自己的经验，而且同样可以信任若祖若父的经验。一个在乡土社会里种田的老农所遇着的只是四季的转换，而不是时代变更。一年一度，周而复始。”[②]这是一片依靠着世代经验传承的世界。阎连科说：“乡村，时间如同从日历上撕下的废纸。之所以有着时间，是因着某些事件。”[③]可以说，社会因为变动而生成宏大叙事下的历史，而乡村却恰恰是因保持相对“不动”而自然流淌成历史。这其实暗合陈思和提出的“自由自在”的民间核心内涵，王光东在《“民间”的现代价值——中国现代文学与民间文化形态》一文中对“自由自在”的概念进行了阐释，指出：“‘自由’主要是在民间朴素、原始的生命力紧紧拥抱生活本身的过程中体现出来。生命总有向往自由的本能，在追求自由的过程中，不可避免要面对苦难和不幸，但民间的生命总是顽强地去承担或征服它，生命的这种精神总是或强或弱地弥漫于民间大地之上。这样一种民间文化精神不仅存在于现实的民间生活，同时也体现在与民间生活密切相关的民间文学中。……‘自在’则是指民间本身的生存逻辑、伦理法则、生活习惯、审美趣味等的呈现形态。民间生存的这种自在状态，虽然也受到知识分子启蒙思想及其国家权力意识形态的渗透和影响，但却有

① 费孝通：《乡土中国》，三联书店1985年版，第1页。
② 费孝通：《乡土中国》，三联书店1985年版，第51页。
③ 阎连科：《我与父辈》，云南人民出版社2009年版，第6页。

着自身的发展逻辑，民间自有民间的喜怒哀乐和生活方式。”①

当我得知我是那块土地上最不受欢迎的人，我有三天都待在家里没出门。我不觉得这是一句可笑的话，也不觉得是一个人的酒后之乱言。它是那块土地上的正强音，是那块土地的态度和立场。这个时候我开始思忖我的写作和我与那块土地之关系。我发现那块土地完全可以没有我，而我却不能没有那块土地和村落。没有我，那块土地依然会遵循着它已有的秩序和轨迹，日出日落，岁月人生，千年之前是什么样，千年之后还是什么样。而我若没有那块土地，我就不再是我了；没有那村落，我就什么也不是了。我思忖，我可能是从那块土地上出来走得过远并忘了土地颜色的人。我在那块土地吃了、喝了并带走许多食物和用品，可以在很长时间里不回头地朝前走，这样就走得过远了，差一点儿忘了自己家在哪儿了；忘了我出生在哪儿、成长在哪儿了；远行得连那块土地上的亲人都不以为我和那块土地有着牵连和割不断的扯拽了。

我需要重新回到那块土地上。

真的是那块土地可以没有我，但我不能没有那块土地。如此在那之后的几年里，我不断地回家、回家、再回家，把写作《我与父辈》和别的，当成一种赎罪和忏悔，让自己所有的情感都重新归位到那块土地上，回到父母、叔伯、邻人和那儿的树木、黄土上，直到自己觉得又是那块土地的儿子了，觉得应该没人会把我从那块土地上再次甩开抛离了，才觉得我可以如父亲说的那样重新上路远行了，可以为某种写作的理愿继续努力了。②

① 王光东：《“民间”的现代价值——中国现代文学与民间文化形态》，《中国社会科学》2003年第6期。

② 阎连科：《我与父辈》，云南人民出版社2009年版，第10页。

阎连科的《我与父辈》与其说是对主流话语、知识分子话语的游离，倒不如说他是尊重自由的民间文化精神和自在的生存逻辑。通过对这“沉默无言”“暗中流年偷换”的乡村的深入体察，贡献了真正反映乡村现实的民间话语，从而参与到对中国现代史的建构之中。不得不承认的是，在《我与父辈》中，乡村是一种沉闷乃至凝滞的存在，但是在这日常、单调而又重复的话语里，却隐藏并蹦跳出人类生命与生存的母题词汇。如“苦难”。乡村因贫劳累、积劳成疾、因病致贫、贫病交加沉甸甸的现实以及“只要活在这个世上，能同他所有亲人同在一个空间生活和生存，苦难就是了享受，苦难也就是了欢乐”[①]，对苦难的反转和超越，是含有忍耐和苦中作乐的意思。如“活着”。活着为了柴米油盐，活着的意义在于恪守本分，农民的本分就是千篇一律、循环往复地劳作。如“死亡”。农民对丧事极其重视，对人生“去处”和“来世”确信无疑以及面对死亡仍旧能够保持镇静和坦然。如“尊严”。乡村的尊严在于“一个农民对自己职守的坚持，是对农事的认真，是对乡村道德的践行，是对长辈的孝敬、同辈体恤携助和对子女的哺育义务”[②]，其中最核心的是家族的延续、代系的传承，为子女的成长、婚姻与房子呕心沥血。这套民间话语其实包含了民间独立的伦理观、生死观与时空观，在政治运动你方唱罢我登场的现代，农民依然靠着经验在书写自己的现代史，怎么革命农民都要种地，怎样的苦日子总得过，怎么折腾人都要死。这其中包含了对本分的坚守与认同，对苦难的忍耐和超越，对命运的明白和坦然。阎连科的《我与父辈》为我们贡献了现代农民的精神塑像，告诉后代曾经有这样一群人是这样活的，毕竟这精神的塑像正逐渐被城市化的浪潮销蚀和吞没。

---

① 阎连科：《我与父辈》，云南人民出版社2009年版，第77页。

② 晓华：《阎连科的乡村伦理——评〈我与父辈〉》，《当代作家评论》2009年第6期。

结语：关于家族记忆散文重建现代史的一点思考

家族文化是一个不断被讨论且永远无法结束的话题。究其原因，家族文化不仅关乎每个人的成长和身世，也体现了对民族生活的现代化思考，更反映了对人类生存境遇的思考和价值理想的追寻，“当你开始谈论家庭、世系和祖先时，你就是在谈论地球上的每一个人”[①]。家族文化渗透在社会各个领域，见证、影响和推动着历史进程。梳理和反思家族文化，对于我们处理当今社会问题，有很强的借鉴和指导意义，也有助于我们重新去回顾、评价我们的历史和文化。事实上，家族记忆散文在重建现代史方面是作了一番努力和尝试的。

现代史缘何能被重建？无可否认的是，中国现代史的构建是受国家主义、官方话语支配的，它有着自己的历史逻辑和叙述结构，“这种叙述结构是启蒙运动以后编史学的产物，它像小说一样，有和谐的秩序和线形的结构。正是这种秩序和结构决定了故事应该包括哪些内容，哪些材料应该被舍弃，情节应该怎样发展才能和结果一致，怎样根据主要活动来控制角色和事件的变化”[②]。可以说，国家主导的历史版本，对其有一个筛选、改造、重塑的过程，借以展示事物发展的进程，揭示最终规律。

然而，历史的内容是丰富、多面的，历史的讲述不是一种垄断行为，历史不只是粗线条的大事年表或综述，历史记录总有力有未逮、被无意遗忘甚至有意屏蔽的角落，它是需要被填充实料、弥补断层和开疆拓土的。回归到历史本身，中国历来就有一套区别于正史的私家编纂的历史，体例不一，包括野史、稗史、秘史、别史、逸史等。比如《二十四史》是清乾隆皇帝钦定的各代官方史，而纵观整

---

① 阿历克斯·哈利著，陈尧光、董亦波、李淼等译：《根：一个美国家族的历史》，三联书店1979年版，第757页。

② 拉纳吉特·古哈著，郭小兵译：《历史的细语》，刘健芝、许兆麟选编《庶民研究》，中央编译出版社2005年版，第350页。

部《二十四史》，其实是一家一姓之兴衰，等于为帝王将相作家谱。而民间野史因为其叙述角度和立场不同，可补正史缺漏，鲁迅曾多次称赞《蜀碧》《蜀龟鉴》《安龙逸史》《扬州十日记》《嘉定屠城记略》等野史，主要也是基于它们在揭露史实真相、反映底层生活、描摹民间风情上取得的成果。历史作为记载和解释一系列人类活动进程的学科，它存在的意义不仅是对当下的总结和映射，还在于与过去产生勾连，对当今社会问题作出解释，没有一本书或一个人可以成为历史的代言人并拥有最终解释权。由于政治形态、阶级身份、文化背景、叙述动机的不同，会出现不同的历史讲述、历史形态和历史解读，所以历史是开放性的文本，这也让重建成为可能。而家族记忆散文，从两个角度为我们提供了可资借鉴的思考空间：一是文学如何参与现代史的重建，二是个体如何参与现代史的重建。

首先，文学如何参与对历史的建构？家族记忆散文参与现代史的构建，本质上来说，是文学如何进入甚至影响历史的问题。具体而言，则是20世纪90年代兴起的家族记忆散文作为一种特定的散文形式，基于其叙述时间、对象、立场、诉求、视野的特殊性，如何实现对中国现代史这一段历史的重新构建，这其中有能否介入的观念问题，也有如何切入的方法论问题。

家族记忆散文作为散文体裁的一种，归根结底从属于文学范畴。史学和文学的关系是一个古老的命题，中国虽然有“文史不分家”的传统，但是随着史学被单独作为一门研究学科，两者的关系由暧昧变得尖锐。野史、秘史是史学的“旁逸斜出”“远房亲戚”，虽然它也采用了一些小说创作的表现手法，但是它毕竟属于史的范畴，那么散文相对于史学就是“非我族类”。散文作为一种文学体裁，该如何去参与史的构建？家族记忆散文是一个很好的案例。

一是从“历史的琐屑”入手。梁鸿在《历史与我的几个瞬间》中说：“怎么办？如果找不到历史的切入点，你将无法找到存在的理由和价值感，如果无法感受到问题和矛盾之源，你就如进入无物之阵，陷入四面空虚的困境。难道因为我们生活在历史的琐屑之中，就不配拥有进入历史并寻找自我的机会和权力？”[①]家族记忆散文恰恰是从“历史的琐屑”入手，通过聆听庶民的声音和历史的细语，采取一种细部切入的方式去获得进入历史和寻找自我的机会和权利。一方面，历史本来就是由很多小历史构成的，细部与大历史产生了一种互文关系，如同大时代的一个缩影，与大时代一起参互成史、含而见史；另一方面，正因为细微，它没有被主流话语改造过，保留了历史的原材料和原生态，更容易接触到历史的本来面目，甚至会成为大时代的旁逸斜出，挑战我们对历史某个阶段、某个事件和某个人物的普遍认知和价值取向。还有，大历史是善忘和健忘的，它的宏大叙事容易造成麻木，缺少对个性和个体的关注。一个人在大历史讲述里也许被淹没在一个数字里，而在历史的细部里却是一个活生生的个体，个体的真实也许恰恰反映了一群人共同的真实。“它（国家主义）以国家的命令语气向我们发号施令，国家擅自为我们确定哪些是历史事件，这使得我们无法考虑自己与过去的关系。但是，论述历史所必需的叙述正需要这样的选择。就此而言，去选择意味设法通过聆听公民社会无数的声音，并与之交流对话，来与过去建立联系。这是一些淹没在国家主义命令的喧嚣中的细微的语音……尤其要培养聆听这些声音并与之进行相互作用的意识。”[②]可以说，家族记忆散文的作者主要是聆听父辈的声音、家族的细语，这其实是一种得天独厚的优势。作者本来就与声源、声部有着挥之不断的血脉联系，关系的建立和相互的作用来得更为容易，可以通过“聆听父亲”迅速建立起“我与父辈”的联系。同时作者也借助父辈的讲述，完成了对历史的多声部、个性化叙述和解读，这让大历史在线性发展的平稳流淌中结出许多疙瘩，在一定程度上挑战了历史不容置疑的话语权，是一种对历史原始素材的再捡起和历史真实风貌的再还原。值得提出的是，作家在“捡拾”历史

① 梁鸿：《历史与我的几个瞬间》，《上海采风》2015年第5期。

② 拉纳吉特·古哈著，郭小兵译：《历史的细语》，刘健芝、许兆麟选编《庶民研究》，中央编译出版社2005年版，第340页。

素材的同时也在“检视”，带有一种史学的态度和自律在其中。

二是着力于文化的重建。家族记忆散文重建现代史的含义，更多的是一种文化重建，而不是历史重建。历史细部的切入以及文学手法的融入，使得它不可能与官方史呈双峰对峙之势，但是它却保留了自身存在的尊严和合法性。不像官方话语以历史事件串联整个现代史，家族记忆散文描述这个国家的基本单位——家族，以家族的变化、迁徙、沉浮为主线，串联起个体的生存状态和经历遭遇。同时，又渗透着一条暗线，包括《聆听父亲》的民间传统文化史，《逆旅》《我与父辈》中的父辈苦难史、精神史和心灵史，《天涯海角》的祖先荣光史，由此作者展开对家族坎坷命运以及人类终极命运的追问，掺杂着家国之思、人性之思、文化之思等各类情绪，这些在宏大叙事中都是无暇顾及的内容、无法涉足的河流。可以说，家族记忆散文给我们提供的是“细化”的也是“软化”的历史，这不是历史真伪性的推翻和重建，而是一种历史视野的重新开拓和建构。大历史是冷漠的，它缺少必要的人文关怀和人性体察，家族记忆散文如果只止步于对一些历史细节的补充和丰富、对家族历史的探幽追踪、对个体遭遇的细致描摹，满足于去捡拾历史墙角的碎片或者折射出大历史光芒的镜片，那么，它只能算是走了历史重建之路的一小步，事实上，这也是许多历史文本都能解决的问题。而作为一种现代散文形式，家族记忆散文又该如何用艺术的方式来阐释其他学科或范畴对历史不曾言说或难以言说的东西？家族记忆散文之于现代史的意义，不仅是添砖加瓦，而且是开疆拓土，并且在扩大现代史外延的同时也提升了其内涵。事实上，家族记忆散文的意义不仅是文学那么简单，它的内涵是丰富的、外延是广阔的，与政治学、社会学、心理学都产生勾连，正因为它的这种气象，它的意义不仅对散文本身是一种自省和突围，更是对史的重构。历史好像是一座冰山，裸露在外为我们所见的也许只是横看成岭侧成峰的冰山一角。家族记忆散文的意义，就是它在通过自身重建现代史的过程中，潜入历史记忆的“冰河世纪”，追寻隐藏在冰山下的部分，并试图追寻是什么在推动着这座历史的冰山在前进，完成对战争伦理、文化基因、民族心理、信仰道义、人性秘奥的深层次、辩证化思考。

其次，个体如何参与现代史的重建？家族记忆散文的作者在创作之初也许并没有重建现代史的野心，事实上以一个人的努力，甚至一代人的努力都很难去撼动现代史，更谈何重建？在这里需要首先明确的是，重建并不是把之前的历史推倒重来、夷为平地甚至说另起炉灶、我注六经。与其说重建现代史，毋宁说重建的是看待现代史的视角和经纬度以及对待现代史的观念和态度，并思考：谁在叙述现代史？现代史在叙述谁？现代史是如何被叙述的？何为现代史的真实？如何去接近这种真实？

五四运动之后，中国出现了第一代现代知识分子。林贤治在《五四之魂》中说："其实，把五四说成是'事件'并不十分确切。这是一个短时段，唯凭一群知识者的努力，累积了巨大的精神能源。"①现代知识分子不仅仅是一种身份，更是一种现代性精神的象征。随着"救亡压倒启蒙"时代的到来，五四新文化运动中途夭折、黯然退潮。五四知识分子被迫转型，或主动求变，或向政治势力靠拢，或选择沉默噤声，很多人由五四的中坚力量变成了"五四之敌"，只有像鲁迅这样骨头特别硬的知识分子依然在"平安旧战场"中"荷戟独彷徨"，在"无物之阵"中坚持"举起投枪"。可以说，第一代知识分子虽然"寿命"较短，但其透出的强烈的个人主义与人道主义，却成了后世的光辉。20世纪50年代"重放的鲜花"可以说是五四精神闪烁的微光，60年代初发端的"地下文学"可以说是五四精神流淌的一条暗流，80年代的"归来者诗群"可以说是现代知识分子艰难归来的一个缩影。整个中国现代史，贯穿着现代知识分子身份、五四现代性精神的失落和重拾。五四新文化运动中迸发的五四精神狂飙突进、元气淋漓，但随着国家救亡运动的到来，五四精神变成了一缕孱弱的孤魂，在鲁迅的那支孤笔上茕茕孑立着。五四精神成为似死

① 林贤治：《五四之魂》，漓江出版社2012年版，第3页。

未死的灰堆，只有在灰堆的深处或某一阵风吹过后闪现出“五四之光”。20世纪80年代以后，无论是思想界还是文学界都开始重新审视五四的意义，但被共名已久的现代知识分子，其回归依然“道阻且长”。家族记忆散文可以说在这方面作出了有益的尝试，五四新文化运动中现代知识分子身份的确立，很大程度上就是依托散文。五四知识分子通过评论、杂文、论战等多种形式，最直接、最无碍地表达自己的思想和观点，而反过来，五四运动对文学领域的一个卓越的贡献也是对现代散文的确立。家族记忆散文虽然以怀人记事为主，但事实上却是外情内理的。表面上是“朝花夕拾”的调子，内里却是“呐喊”“彷徨”的底子，举起了现代知识分子的两面大旗：个人主义和人道主义。事实上，国家意志和官方话语在影响了过去人的生活之后，甚至也在影响现代人对过去的回忆和认知。家族记忆散文的可贵之处在于，它并没有盲目地高扬理性、排斥情感，“当我们（包括历史学家在内的大多数人）因为没有能力去掌握自己的生活及周遭的情况而备受困扰时，我们会不怀疑地接受主流历史叙述的权威，接受其建立并依赖的‘理性—非理性’的二元框架，接受其重‘理性’而轻‘非理性’的倾向”①。事实上，感性并不是理性之敌，理性是为了保持知识分子的独立性，而感性是推己及人的人性关怀和人道主义，甚至带有一点俄国式知识分子敏感多情的特质，这其实也是五四精神的遥远回响。

五四的主基调是“自由之精神”，强调人的独立与平等，试图利用西方思想完成对中国封建体制的颠覆，这可以是说理性精神，或者说启蒙精神。但在这种精神的深处，五四文学其实更强调一种对以故乡为基底的精神家园的追寻。只不过在当时“启蒙”以及后来的“救亡压倒启蒙”潮流中，其柔弱而边缘的情绪，并不能成为主流，甚至被视为靡靡之音。另外，在那个时代，家族被视为个人走向独立

---

① 许兆麟、刘健芝：《序一：一线之差——封闭/开放的（历史）阅读》，刘健芝、许兆麟选编《庶民研究》，中央编译出版社2005年版，第2页。

和人格解放的羁绊，是沉闷、落后、腐朽的象征，是毫无温情、生气的所在，像巴金的小说“激流三部曲”、曹禺的剧作《雷雨》等，其实都是逃离家族去寻找新的精神家园。但我们发现，即使像鲁迅，在张扬理性、批判国民性的同时，也是往记忆深处漫溯，去寻找曾经的故乡。《故乡》中的“闰土月下刺猹”和《社戏》中的“月夜归航偷豆”成为中国文学史上最动人的两幅画面，也成为古老乡土中国的温情画照。鲁迅的这种“朝花夕拾”的“精神还乡”式写作，影响了同时代乡土文学以及后来京派文学的写作，比如沈从文笔下希腊小庙式的湘西世界正是他的精神花园，再比如果园城之于芦焚、史家庄之于废名……这一文学传统可以一直被继承和延续下去，并在家族记忆散文中得到很好的体现和发展。

家族记忆散文对人类精神家园的追寻，首先表现在对故乡的追寻上。这其实是带着世俗性和功利性的，但故乡却是一个特殊的存在，在安土重迁的中国社会，故乡已经远不是一种地理概念，它是家族的诞生和开枝散叶之地，它是一人的“来”和“去”，所以在寻找家族谱系的同时往往也是在寻找自己的生命根系。家族是一个十分丰富的话语空间，包含了几代人的生命连接和延续以及记忆的传递和交织，家族记忆散文通过家族书写，确立了血缘地缘认同、文化记忆认同，最终完成自己的身份认同。像阎连科的“农民的儿子”身份、张大春的“读书人”身份、简媜的“简氏垦民”身份，他们找到了自己世俗和灵魂的归宿。

20世纪90年代以后，随着市场化经济的发展和城市化进程的加快，人们普遍面临着“乡关何处”的困惑和焦虑，故乡家园的寥落似乎也预示着精神家园的荒芜。很多作家也意识到这一问题，开始走上重建精神家园的修行之路。像张承志、张炜、贾平凹等作家或寄托于神秘的宗教，或汲取自想象的民间，虽然理想主义的大旗猎猎生风，但是这种“精神苦旅”，又类似于余秋雨式的“文化苦旅”，缺少了些创痛酷烈和自我体认。以作家张炜为例，他身上照见的是我们时代知识人的积贫积弱，知识没有让他们强大，反而让他们成为口头的道德家、革命家和梦幻制造者。张炜的精神缺陷是整整一代人的精神缺陷。在寻找精神家园的过程中，理想的烛光没有带他们走向通往家园之路，反而照见了自己的精神缺陷。

当然，从散文创作本身来说，现代作家也面临着一个自我重建的过程。20世纪90年代中国文学曾经在体制化的宏大叙事之外确立了个人化写作的意义和合法性。不可否认，体制在21世纪仍然试图重新整合资源，建构新的文学秩序。大众传媒、资本运作所主导的文学“新专制”也日趋深入。单数的“个”在获得写作自由的同时，也必然承担个体意义上的压抑和反抗。还不仅仅如此，“个”文学时代存不存在文学的尺度和标准？如何确立文学尺度和标准？所谓的再个人化将是“个”在“个”与“个”、审美惯例和审美创造之间确立文学意义上的写作自觉和自律的自我成长过程。在我们的理解中，再个人化应该是单数的“个”成为一个自我约束且富有创造力的文学个体。当下文学的自我复制和创造力、想象力匮乏恰恰暴露了“个”的文学时代还是一个有待丰盈的文学时代。“个”文学时代如何重新做一个作家并且再个人化，这将是当下中国文学面临的最大问题。仅仅就20世纪中国散文写作而论，从道理上说，每一个写作者固然都可以“依自己的心的倾向，去种蔷薇地丁”。这恰如胡梦华所言，散文是“个人的，一切都是从个人的主观发出来。所以它的特质又是不规则的、非正式的”。虽然散文是个人的、不规则的、非正式的，但并不意味着散文的写作是无序的。相反，这揭示了散文文体秩序构建的必要、难度和个性，只不过散文写作将散文的命名和边界的厘定下放到每一个具体的写作者那里了。对于不同的写作者，每一次写作均面临秩序的重建。因此，优秀的散文写作者无疑是文体的实验者，他们把秩序的建立放在写作实践中，在每一次写作行动中靠近散文的边界。一旦法度确立，他们将再次面临对既定法度的超越以及超越之后的重建。散文的魅力或许就在于这样的法度和自由的互动、位移以及法度的构建、拆除的冒险中。从这个角度上说，考察散文文体的规定性，我们可以说散文的写作是一种自律的写作，其美学范畴是法度和自由之间动态的、弹性的且依靠个人调控的相对空间。由此散文的写作开始分化，既可以放弃自律进入消费性的制作，同样可以保持一种清醒、警惕的自律，创造并坚守散文的动态的、弹性的美学规范。

家族记忆散文无疑是这样一种自律文本，虽然它不见得比同时代的作品深刻，甚至无可避免地暴露了知识人积贫积弱的通病，但是它却在尝试摆脱这种积贫积弱。家族记忆散文的作者姿态是放低的，不是知识分子，也不是道德家，而仅仅是一个家族史的聆听者、记录者，一个丢了故乡甚至丢了姓名的人，一个无处可依的漂泊者，一个失根焦虑症患者，一个再普通不过的家族后裔。他们回归到最世俗的情境中，回归到自己的生命本源中，回归到精神家园的原点上，将祖先的经验史、精神史引入自我精神的构建之中，去挖掘家族的根系、焊接记忆的断层。他们带着某种恐慌、焦虑和某种获得之后的落地感，去知晓并确认一个真理：丢失精神家园最糟糕的状态，不是满目疮痍的“废墟”状态，而是空空如也的“荒原”状态。

参考文献

一、图书类

冯亚琳、阿斯特莉特·埃尔主编，余传玲等译：《文化记忆理论读本》，北京大学出版社2012年版。

埃里克·H. 埃里克森著，孙名之译：《同一性：青少年与危机》，浙江教育出版社1998年版。

埃利希·诺伊曼著，李以洪译：《大母神——原型分析》，东方出版社1998年版。

本尼迪克特·安德森著，吴叡人译：《想象的共同体——民族主义的起源与散布》，上海人民出版社，2005年版。

C. 谢·弗兰克著，王永译：《社会的精神基础》，三联书店2003年版。

查特曼著，徐强译：《故事与话语：小说和电影的叙事结构》，中国人民大学出版社2013年版。

孟华主编：《比较文学形象学》，北京大学出版社2001年版。

E. M. 温德尔著，刁承俊译：《女性主义神学景观》，三联书店1995年版。

E. 希尔斯著，傅铿、吕乐译：《论传统》，上海人民出版社1991年版。

恩斯特·卡西尔著，黄龙保、周振选译：《神话思维》，中国社会科学出版社1992年版。

格里德著，鲁奇译：《胡适与中国的文艺复兴：中国革命中的自由主义（1917—1937）》，江苏人民出版社1996年版。

哈拉尔德·韦尔策编，季斌、王立君、白锡堃译：《社会记忆：历史、回忆、传承》，北京大学出版社2007年版。

卡尔文·S. 霍尔、沃农·J. 诺德拜著，张月译：《荣格心理学纲要》，黄河文艺出版社1987年版。

克雷默等著，魏庆征译：《世界古代神话》，华夏出版社1989年版。

拉里·A. 萨默瓦、理查德·E. 波特主编，麻争旗等译：《文化模式与传播方式》，北京广播学院出版社2003年版。

列维—施特劳斯著，李幼蒸译：《野性的思维》，商务印书馆1987年版。

露丝·本尼迪克特著，王炜等译：《文化模式》，三联书店1988年版。

马尔克斯著，范晔译：《百年孤独》，海南出版公司2011年版。

马克科姆·考利著，张承谟译：《流放者的归来》，上海外语教育出版社1986年版。

马泰·卡林内斯库著，顾爱彬、李瑞华译：《现代性的五副面孔》，商务印书馆2002年版。

莫里斯·哈布瓦赫著，毕然、郭金华译：《论集体记忆》，上海人民出版社2002年版。

荣格等著，张举文、荣文库译：《人类及其象征》，辽宁教育出版社1988年版。

荣格著，冯川、苏克译：《心理学与文学》，三联书店1987年版。

西蒙娜·薇依著，徐卫翔译：《扎根：人类责任宣言绪论》，三联书店2003年版。

约翰·维克雷著，潘国庆译：《神话与文学》，上海文艺出版社

1995年版。

巴金：《巴金论创作》，上海文艺出版社1983年版。

巴金：《随想录》，作家出版社2005年版。

北岛：《城门开》，三联书店2015年版。

曹伯言整理：《胡适日记全编》第1册，安徽教育出版社2001年版。

陈独秀：《陈独秀文集》，人民出版社2013年版。

陈浩：《女儿的台湾，父亲的大陆》，中华书局2013年版。

陈来：《古代思想文化的世界》，三联书店2002年版。

陈思和：《中国当代文学史教程》，复旦大学出版社1999年版。

陈万雄：《五四新文化的源流》，三联书店1997年版。

陈玉慧：《海神家族》，江苏人民出版社2009年版。

陈子展撰述，范祥雍、杜月村校阅：《诗经直解》，复旦大学出版社1983年版。

程金城主编：《中国新时期散文研究资料》，山东文艺出版社2006年版。

程歗：《晚清乡土意识》，中国人民大学出版社1990年版。

池子华：《中国流民史·近代卷》，安徽人民出版社2001年版。

邓九平编：《汪曾祺全集》，北京师范大学出版社1998年版。

丁东主编：《追忆双亲》，工人出版社2011年版。

范培松：《中国散文史》，江苏教育出版社2008年版。

费孝通：《乡土中国》，三联书店1985年版。

葛兆光：《中国思想史》第1卷，复旦大学出版社2002年版。

郭沫若：《郭沫若选集》第1卷上册，四川人民出版社1979年版。

过常宝：《楚辞与原始宗教》，东方出版社1997年版。

郝誉翔：《逆旅》，人民教育出版社2012年版。

何星亮：《中国图腾文化》，中国社会科学出版社1992年版。

何兆武口述，文靖撰写：《上学记》，三联书店2006年版。

胡风：《胡风杂文集》，三联书店1987年版。

户晓辉：《地母之歌：中国彩陶与岩画的生死母题》，上海文化出版社2001年版。

《花城》杂志主编：《远去的面孔和背影》，花城出版社2011年版。

《花城》杂志主编：《桃李劫》，花城出版社2012年版。

黄小黛：《家族记忆》，八旗文化（台湾）2011年版。

简媜：《天涯海角》，文化艺术出版社2011年版。

金宇澄：《回望》，广西师范大学出版社2017年版。

康岱沙口述，吕立勤执笔：《家族与往事》，世界知识出版社2011年版。

李杨：《抗争宿命之路》，时代文艺出版社1993年版。

李亦园：《人类的视野》，上海文艺出版社1996年版。

亮轩：《青田街七巷六号》，广西师范大学出版社2013年版。

亮轩：《飘零一家：从大陆到台湾的父子残局》，广西师范大学出版社2012年版。

林贤治：《中国散文五十年》，漓江出版社2011年版。

林贤治：《五四之魂》，漓江出版社2012年版。

林语堂：《林语堂散文精选》，长江文艺出版社2013年版。

刘剑波：《姥娘》，江苏文艺出版2012年版。

刘台平：《眷村》，江西教育出版社2013年版。

刘运峰编：《1917—1927中国新文学大系导言集》，天津人民出版社2009年版。

龙应台：《目送》，三联书店2009年版。

鲁迅：《鲁迅全集》，人民文学出版社1981年版。

北京鲁迅博物馆鲁迅研究室编：《鲁迅研究资料》第11辑，天津人民出版社1983年版。

鲁彦：《鲁彦散文选集》，百花文艺出版社1982年版。

罗成琰：《现代中国的浪漫文学思潮》，湖南教育出版社1992年版。

骆以军：《月球姓氏》，广西师范大学出版社2016年版。

茅盾：《茅盾全集》，人民文学出版社1991年版。

南帆：《关于我父母的一切》，人民文学出版社2004年版。

庞进：《秦人家事》，西安出版社2011年版。

齐邦媛：《巨流河》，三联书店2011年版。

沈从文：《沈从文全集》，北岳文艺出版社2002年版。

皮埃尔·诺拉主编，黄艳红等译：《记忆之场：法国国民意识的文化社会史》，南京大学出版社2015年版。

陶东风：《从超迈到随俗》，首都师范大学出版社1995年版。

王安忆：《故事和讲故事》，复旦大学出版社2011年版。

王鼎钧：《回忆录四部曲》，三联书店2013年版。

王鼎钧、郑明娳：《现代散文》，三民书局（台湾）2009年版。

王沪宁：《当代中国村落家族文化》，上海人民出版社1991年版。

王靖献著，周发祥译：《衣饰与追求——〈离骚〉、〈仙后〉比较研究》，《楚辞资料海外编》，湖北人民出版社1985年版。

王宁编：《新文学史》第1辑，清华大学出版社2001年版。

王晓明：《潜流与漩涡》，中国社会科学出版社1991年版。

王兆胜：《新时期散文的发展向度》，广东人民出版社2014年版。

吴持哲编：《诺思洛普·弗莱文论选集》，中国社会科学出版社1997年版。

吴俊：《鲁迅个性心理研究》，华东师范大学出版社1992年版。

吴晓东：《镜花水月的世界：废名〈桥〉的诗学解读》，广西教育出版社2003年版。

吴小美、魏韶华：《老舍的小说世界与东西方文化》，兰州大学出版社1992年版。

萧兵：《楚辞的文化破译》，湖北人民出版社1991年版。

萧兵、叶舒宪：《老子的文化解读》，湖北人民出版社1994

年版。

萧功秦：《家书中的百年史》，华夏出版社2014年版。

萧曼青：《像我这样的母亲》，健行文化出版事业有限公司（台湾）1996年版。

谢选骏：《神话与民族精神》，山东文艺出版社1986年版。

薛暮桥：《薛暮桥学术论著自选集》，北京师范学院出版社1992年版。

徐贲：《人以什么理由来记忆》，中央编译出版社2016年版。

许燕吉：《我是落花生的女儿》，湖南人民出版社2013年版。

刘健芝、许兆麟选编：《庶民研究》，中央编译出版社2005年版。

阎连科：《我与父辈》，云南人民出版社2009年版。

杨知勇：《家族主义与中国文化》，云南大学出版社2000年版。

张文达、高质慧编：《台湾学者论中国文化》，黑龙江教育出版社1989版。

叶舒宪：《原型与跨文化阐释》，暨南大学出版社2002年版。

叶正大：《记忆中的父亲：叶挺》，中国文史出版社2014年版。

袁珂、周明编：《中国神话资料萃编》，四川社会科学院出版社1985年版。

张大春：《聆听父亲》，上海人民出版社2014年版。

张典婉：《太平轮1949》，商周出版（台湾）2009年版。

张光直：《中国青铜时代》，三联书店1983年版。

张光直：《中国青铜时代二集》，三联书店1990年版。

张光直：《美术、神话与祭祀》，辽宁教育出版社2002年版。

张辉诚：《离别赋》，印刻出版（台湾）2011年版。

张嫱主编：《宝岛眷村》，中国人民大学出版社2010年版。

张清芳、陈爱强：《台湾当代散文艺术流变史》，人民出版社2011年版。

赵沛霖：《兴的源起》，中国社会科学出版社1987年版。

赵国华：《生殖崇拜文化论》，中国科学出版社1990年版。

郑鸿生：《母亲的六十年洋裁岁月》，三联书店2013年版。

止庵：《惜别》，上海人民出版社2014年版。

止庵编：《废名文集》，东方出版社2000年版。

钟文音：《昨日重现：物件和影像的家族史》，大田出版有限公司（台湾）2001年版。

钟文音：《在河左岸》，人民教育出版社2012年版。

周芬伶：《母系银河》，印刻出版（台湾）2005年版。

周建人口述，周晔编写：《鲁迅故家的败落》，湖南人民出版社1984年版。

鲁迅博物馆等选编：《鲁迅回忆录》，北京出版社1999年版。

周志文：《同学少年》，山东画报出版社2009年版。

周志文：《家族合照》，广西师范大学出版社2013年版。

周志文：《记忆之塔》，三联书店2013年版。

周作人：《知堂回想录》，河北教育出版社2002年版。

朱西甯：《华太平家传》，联合文学出版社（台湾）2002年版。

二、期刊报纸类

杰姆逊：《处于跨国资本主义时代中的第三世界文学》，《当代电影》1989年第6期。

佩里·米勒：《离去与归来》，《民族》1951年第10期。

毕飞宇：《“硬”说周作人的“小说”》，《作家》1997年第5期。

蔡江珍：《当代台湾散文理论的审美现代性形态》，《文艺理论研究》2013年第6期。

陈独秀：《吾人最后之觉悟》，《青年杂志》第1卷第6号，1916年2月15日。

陈独秀：《东西民族根本思想之差异》，《青年杂志》第1卷第4

号，1915年12月15日。

陈独秀：《一九一六年》，《青年杂志》第1卷第5号，1916年1月15日。

陈思和、张新颖：《关于中国当代文学史的几个问题》，《当代作家评论》1999年第6期。

陈思和：《写父亲，太沉重——读阎连科的〈我与父辈〉》，《散文选刊》2009年第10期。

丁晓原：《“五四”散文的现代性阐释》，《中州学刊》2005年第2期。

冯仰操：《通向历史的一种路径——读范培松的〈南溪水〉》，《小说评论》2012年第5期。

黄维宗：《难以逃遁的困境——〈阿Q正传〉的叙述者及其话语》，《上海文论》1991年第6期。

黄雅歆：《〈天涯海角〉与〈母系银河〉的“父系”“母系”追索——兼论散文的“历史／家族”书写》，《彰化师大国文学志》（台湾）2011年第22期。

贾梦玮：《历史的情感成本——〈钟山〉的“个人化”叙事》，《小说评论》2009年第2期。

雷颐：《“私人叙事”与“宏大叙事”》，《读书》1997年第6期。

李锐：《生命深处》，《读书》2008年第5期。

李双志：《家族史与当代德国文学的历史记忆叙述模式》，《当代外国文学》2013年第4期。

梁鸿：《历史与我的几个瞬间》，《上海采风》2015年第5期。

林强：《底层视角，家国叙述——试论简媜散文集〈天涯海角〉的历史叙述》，《扬子江评论》2011年第5期。

刘亚秋：《从集体记忆到个体记忆——对社会记忆研究的一个反思》，《社会》2010年第5期。

林央敏：《散文出位》，《文讯》（台湾）1984年第14期。

林语堂：《发刊词》，《人间世》第1期，1934年4月5日。

刘再复：《论新时期文学的主潮——在“中国新时期文学十年讨论会”上的发言（内容提要）》，《文学评论》1986年第6期。

楼肇明、张洁：《叙事与诠释——关于九十年代散文的载体和文体类型》，《小说家》1998年第2期。

孟繁华：《战争本质的国族叙事与个人体验——中国、西方战争文艺“历史记忆”的差异性》，《山东社会科学》2006年第4期。

莫言：《十年一觉高粱梦》，《中篇小说选刊》1986年第3期。

钱中文：《文学理论现代性问题》，《文学评论》1999年第2期。

饶涤生：《日趋严重的农民离村问题》，《申报月刊》第4卷12号。

舒敏华：《“家国同构”观念的形成、实质及其影响》，《北华大学学报》（社会科学版）2003年第2期。

王光东：《“民间”的现代价值——中国现代文学与民间文化形态》，《中国社会科学》2003年第6期。

王岳川：《新历史主义的文化诗学》，《北京大学学报》（哲学社会科学版）1997年第3期。

王云芳：《家族史的现代书写——评张大春〈聆听父亲〉》，《现代语文》2008年第10期。

汪政：《生命应有的尊严——评刘剑波的长篇纪实文学〈姥娘〉》，《文学报》，2012年6月。

吴虞：《读〈荀子〉书后》，《新青年》第3卷第1号，1917年3月1日。

武善增：《在亲情拷问与灵魂自审中探查人性的真相——评刘剑波长篇纪实文学〈姥娘〉》，《扬子江评论》2012年第6期。

溪清、渝嘉：《当代散文创作纵横谈》，《北京师范大学学报》1990年第1期。

晓华：《阎连科的乡村伦理——评〈我与父辈〉》，《当代作家评论》2009年第6期。

徐琼星：《新的历史意识——评莫妮卡·马龙的〈帕维尔的信——一个家庭的故事〉》，《外国文学动态》2012年第1期。

晏洁、宋剑华：《边缘化的孤独者——鲁迅小说中的新派知识者新论》，《鲁迅研究月刊》2018年第2期。

杨佳娴：《在历史的裂隙中——骆以军〈月球姓氏〉的记忆书写》，《中外文学》（台湾）2003年第1期。

杨剑龙：《论鲁迅的乡土情结与乡土小说》，《鲁迅研究月刊》1993年第6期。

《座谈东山嘴遗址》，《文物》1984年第11期。

郁达夫：《悲剧的出生》，《人间世》，1934年12月5日。

郁达夫：《书塾与学堂》，《人间世》，1935年1月5日

张博：《记忆与遗忘的重奏——文学、历史、记忆浅论》，《文艺争鸣》2010年第1期。

张德明：《流浪的缪斯》，《外国文学研究》2002年第8期。

张杰：《麦家、方方力挺阿来，得0票不影响〈瞻对〉的价值》，《华西都市报》，2014年8月13日。

张杰：《“报告文学”已老“非虚构”请站起来》，《华西都市报》，2014年8月15日。

张汝伦：《乡愁》，《天涯》1997年第1期。

张天翼：《我的幼年生活》，《文学杂志》第1卷第2号，1933年5月15日。

张炜：《小说与散文应该是趋近求同的》，《光明日报》，2014年9月1日。

张学昕、梁海：《时间之上：“非虚构”的历史与人生——齐邦媛的〈巨流河〉与“非虚构”写作》，《南方文坛》2013年第2期。

赵婷婷：《“定体”与“大体”：散文的边界之争》，《博览群书》2015年第3期。

周永康、李甜甜：《记忆的微光：社会记忆中的个体记忆——对

阎连科小说〈我与父辈〉的社会学解读》，《名作欣赏》2015年第6期。

朱云霞：《“解严”后台湾家族书写的特征与意义》，《中南大学学报》（社会科学版）2014年第1期。

朱云霞：《呈现与审视：“解严”后台湾家族书写中的创伤叙事》，《齐鲁学刊》2015年第1期。

三、学位论文类

胡嘉芮：《巨史私传——朱天心、张大春、龙应台的记忆书写》，台湾“中央大学”，2012年硕士论文。

柯品文：《八〇年代后台湾散文之家国书写研究》，台湾成功大学，2010年博士论文。

林唯莉：《女游与女性自传式书写中的家国语艺——以〈逆旅〉〈漫游者〉〈海神家族〉为分析对象》，台湾成功大学，2006年硕士论文。

李晓慧：《当代台湾女性散文的家族书写——以钟文音〈昨日重现〉、简媜〈天涯海角〉为分析对象》，台北教育大学，2009年硕士论文。

阮承香：《记忆构建与自我认同——赴台第一代女作家怀旧散文研究》，福建师范大学，2013年硕士论文。

孙峰：《从集体记忆到社会记忆——哈布瓦赫与康纳顿社会记忆理论的比较研究》，华东师范大学，2008年硕士论文。

王依善：《台湾外省第二代作家的记忆书写》，浙江大学，2012年硕士论文。

张腾云：《历史与小说的双重悖论——论张大春文学书写中的历史叙事》，汕头大学，2007年硕士论文。

后 记

本书是以我的博士学位论文《中国现代小说还乡母题研究》涉及家族文化及其现代衍变的部分（第一、二章）和葛杰的硕士论文《20世纪90年代以来家族记忆散文研究》（第三、四章）为基础，由葛杰最终整理完成的。

需要说明的是，我博士论文研究的是还乡母题，家族文化只是牵涉到还乡母题现代转换和安置的动因之一，且所研究的文体是中国现代小说，而不是散文。虽然葛杰进行了梳理和重述，但这依然在本书里留有痕迹。即便如此，我认为，以家族文化衍变和中国现代小说的关系，观照中国现代散文，同样是一个有价值的研究视角。

值得注意的是，本书研究的重点放在中国当代家族散文，尤其是其特别活跃和发达的20世纪90年代以来的历史阶段。家族文化衍变和中国现代小说的关系是本书的历史背景，小说文本的观察角度，恰恰为考察家族文化衍变和中国现当代散文的关系提供了更大的可能性和更多的丰富性。

何 平

2019年10月1日